Petra Steps (Hg.)
Sport ist Mord

Von Petra Steps bisher bei KBV erschienen:

Gauner, Geigen, Griegeniffte

Inhalt

Vorwort

Sport ist eine der beliebtesten Freizeitbeschäftigungen in Deutschland. Wen wundert es also, dass sich auch in diesem Bereich das Böse tummelt. Es ist nicht immer gleich erkennbar, aber es liegt auf der Hand. Wer hat beim Blick in eine Schlucht nicht schon einmal daran gedacht, dass die Menschen, denen man rein zufällig begegnet, etwas anderes als Bergwandern im Sinn haben könnten? Wie viele Fußball-Fans wünschen der gegnerischen Mannschaft zumindest die Pest an den Hals? Wie oft kursieren Gerüchte, dass Athleten etwas ins Glas oder in die Zahnpasta-Tube geschmuggelt wurde?

Die beteiligten Autoren, die sich alle mit großem Elan auf das Thema stürzten, verfügen über ihre eigenen Erfahrungen mit Sport, oder sie haben sich auf weniger bekanntes Terrain begeben. An dieser Stelle danke ich stellvertretend für alle Helfer und Unterstützer dem Fliegenfischer, der mir einen winzigen Einblick in die hohe Kunst seines Hobbys gestattete. Mein Wissenszuwachs war enorm! Gleichzeitig bitte ich, auf Diskussionen um die Einordnung der beschriebenen Sportarten zu verzichten. Fliegenfischen oder Pole Dance sind dafür gute Beispiele. Kraft, Koordination und Ausdauer stehen für mich bei beiden Beschäftigungen im Vordergrund. Dass ein passionierter Fliegenfischer verantwortungsvoll mit den Produkten seines (möglichen) Fangs umgeht, setze ich voraus, genauso wie die Beschreibung von Pole Dance nicht die Prostitution fördert. Ich habe den Begriff Sport im weiten Sinne gefasst und die verschiedensten körperlichen Aktivitäten zugelassen, die in Verbindung mit Bewegung, Spiel oder bisweilen auch Wettbewerb stehen.

Mir hat die Umsetzung der Idee viel Spaß bereitet. Ich habe Einblicke in mir unbekannte Welten bekommen. Und wenn Sie Ihre sportliche Betätigung nach dem Lesen mit anderen Augen betrachten oder Lust zum Kampf gegen den inneren Schweinehund bekommen haben, dann ist das ein schöner Nebeneffekt der Geschichten!

Ich wünsche Ihnen ein mörderisches Sportvergnügen, egal ob mit dem Buch oder in der realen Welt. Gleichzeitig danke ich dem KBV Verlag sowie Ralf Kramp für die Chance zur Umsetzung meiner schon länger gepflegten Idee!

Petra Steps

Schwerelos

REGINA SCHLEHECK

Du dachtest, du seist stark. Hast Techniken entwickelt. Ausweichen. Schweigen. Luft anhalten. Totstellen.

Bis Roland kam.

Deine Mutter war seit Wochen aufgekratzt. Blieb abends weg. Summte beim Wäschezusammenlegen. Fragte, was sie kochen solle. Du wusstest, es galt nicht dir. Etwas anderes musste geschehen sein. Du wolltest es nicht wissen. Es ist dieses Alter. Wenn die Schwerkraft an dir zerrt. Wenn du nicht mehr weißt, wie du die Arme rechts und links hängen lassen kannst, ohne dass sie sich verknoten. Wenn der eigene Körper dir fremd ist und fremde Körper dich anziehen. Wenn die Mutter dich nicht allein, aber nur ja in Ruhe lassen soll. Deswegen sagst du nichts. Du gibst ihm nicht die Hand. Nickst kurz, als sei es scheißegal, dass deine Mutter einen Typen mit nach Hause bringt. Ist es das nicht auch?

Die nächtlichen Geräusche aus dem Schlafzimmer sind unerträglich.

Als du eines Sonntagmorgens müde, mies drauf und mit Kopfschmerzen in der Küche einen Kaffee aufsetzt, öffnet sie leise die Tür. Ah, der Held deiner schlaflosen Nächte schlummert noch. Sie holt eine zweite Kaffeetasse aus dem Schrank, stellt sie neben deine, fragt: »Darf ich?«

Du weißt, dass du kein Recht hast, ihr die Tasse an den Kopf zu schmeißen. Also lässt du es. Stierst auf den herabrinnenden braunen Sud, als lägen darin Antworten auf die viel größeren Fragen des Lebens.

Sie lehnt sich an die Anrichte, die Arme im Rücken verschränkt. Ihre Stimme gluckert von unten aus dem Bauch heraus. Kleine Glücksbläschen scheinen darin zu schwimmen, die platzen und ein eigenartiges Vibrato zwischen Erregung, Beunruhigung und Sorge zeitigen.

»Roland lädt uns ein! *Drei* Wochen! Wir fliegen in die Türkei!«

Die Sorge gilt dir. Sie weiß es. Ohne dass es ausgesprochen wurde. Weiß, dass du nichts sehnlicher wünschst, als dass er aus eurem Leben verschwindet. Alles wieder auf Anfang. Du weißt, dass das pubertär ist. Sie weiß, dass du das weißt. Und dass du kein Recht hast.

Hat *sie* ein Recht, auf deine Kosten glücklich zu sein?

Sie hält dein Schweigen nicht aus, das leise Röhren der Kaffeemaschine kann die Stille nicht füllen. »Endlich wieder Urlaub!«, sagt sie.

Es stimmt. Der letzte Urlaub liegt weit zurück. Du weißt nicht mehr viel davon. Das Schweigen im Auto ist hängen geblieben. Die Übelkeit auf den Serpentinenstraßen in den Alpen. Kirchen, die der Vater besichtigen wollte, während du mit der Mutter auf Stufen im Schatten hocktest. Ein paar Tage am Gardasee. Seichtes Wasser, schlickiger Grund. Als du weit genug draußen warst, dass du keinen Boden mehr unter den Füßen spürtest, schwamm dir ein Stück Scheiße entgegen. Den Rest der Zeit bist du am Strand geblieben.

Du versuchst ein Lächeln. »Ist doch super!«, sagst du.

Die Hitze trifft dich wie eine Keule, als ihr das Flugzeug verlasst. Der klimatisierte Shuttle-Bus bringt euch zur Ferienanlage. Du kannst wieder durchatmen. Siehst durch dreckige Scheiben staubige Straßen, spärliche Vegetation und drei anstrengende Wochen auf dich zukommen.

Am nächsten Tag strahlt die Sonne, als du auf die schattige Terrasse trittst, angelockt vom Duft der Croissants und des Kaffees. Roland und deine Mutter blättern in Prospekten, die neben dem Lageplan der Anlage und den Rufnummern für alle Fälle auf dem Couchtisch lagen.

»Manu und ich haben gewettet«, sagt Roland. »Guck.« Er hält dir einen Hochglanzflyer hin. Freizeitangebote. Reiten, Moto-Cross-Fahren, Tauchen, Yoga und Aerobic.

»Such dir was aus!« Die Frau, die Roland Manu nennt, lächelt dich erwartungsvoll an.

Du gießt dir einen Kaffee ein. Blätterst Seiten mit lachenden Menschen um. Dein Blick bleibt an einer gefleckten Muräne hängen, die missmutig aus einem Unterwasser-Höhleneingang lugt. Du liest, was da steht.

»Ha! Ich wusste es!«, triumphiert Roland.

Mutter schmollt. »Früher wolltest du immer reiten.«
Früher!

Roland ist vor ein paar Jährchen auch getaucht, erfährst du. Aber das verlerne man nicht. Ein großartiges Gefühl. Wie Fliegen. Nein, Schweben. Meditation im Meer.

Du blätterst schnell weiter, guckst, ob es nicht so etwas wie Karate gibt, etwas zum In-die-Fresse-Schlagen, aber Roland ist schon aufgestanden und zum Telefon gegangen, um dich für den Kurs anzumelden.

Mutter beugt sich zu dir rüber, raunt: »Das hätten wir uns nie leisten können!« Den Blick auf den Mann am Telefon gerichtet.

Es beginnt langweilig. Viel Theorie: Physik, Physiologie, Druckausgleich, Dekompressionstabellen. Die meisten Unfälle passieren, wenn man zu schnell aufsteigt. Regeln, die man beachten muss: Niemals ohne Buddy, einen Partner, tauchen, immer in seiner Sichtweite bleiben.

Pauken am Pool für die Prüfung. Ein Portugiese namens Paulo hat sich zu dir gesellt, ihr fragt euch gegenseitig in gebrochenem Englisch ab.

Als Fatih, der Tauchlehrer, euch die Geräte erklärt, steht Paulo neben dir. Vor dem Anlegen der Ausrüstung fragt er: »Be your buddy?« Er zerrt an dem Anzug, in den du nur mühsam reinkommst. Erinnert dich an deine Mutter, die zu Beginn des Winters die zu klein gewordenen Strumpfhosen am Bund festhielt und dich aufforderte zu hopsen, bis sie sich dehnten.

Ihr lacht, und als ihr im Wasser seid, spritzt er dich nass, die anderen machen mit, Fatih lässt sich anstecken, eine Wasserschlacht tobt, bis ihr, atemlos und chloraugig, bereit seid, den Instruktionen des Mannes, der dein Vater sein könnte und auch noch so heißt, zu folgen.

Tauchen in voller Montur am Boden des Pools. Die gekräuselten Härchen an Paulos Waden sind im Vorbeischwimmen gestochen scharf erkennbar. Du streifst sie wie versehentlich mit der Hand. Er lässt sich fallen, taucht an dir vorbei, wendet, schwebt dir entgegen, Brille an Brille. Er zwinkert dir zu. Dir wird warm.

Als ihr am dritten Tag zum Tauchen in die Bucht geht, hat die Sonne sich hinter Wolken verzogen, das Meer ist unruhig, der scharfe Wind erzeugt Gänsehaut auf gebräunter Haut. Presslufttank, Bleigurt, der enge Gummianzug, die wulstige Weste sorgen für Beklemmung. Mit Mühe gelingt es dir, die Flossen überzustreifen, du watschelst die letzten Schritte über kiesigen Boden, ehe das Wasser an dir zu zerren beginnt. Es ist so viel kälter als die Plörre im Pool! Sickert dir eiskalt in den Anzug. Als es Brusthöhe erreicht hat, übernehmen die Wellen das Gewicht des Tanks, werfen ihn hin und her und machen dich zum willenlosen Anhängsel. Salzwasser spritzt, brennt dir in den Augen. Du streifst dir keuchend die Brille über. Sie beschlägt sofort. Scheuklappen schränken dein Gesichtsfeld ein. Die Welt wird milchig-schlierig. Jemand zerrt an der Brille, es zieht in den Haaren. Paulo. Die braunen Augen blicken dich besorgt an. »You're okay?« Du nickst. Er spuckt schaumigen Speichel in deine Taucherbrille, verreibt ihn mit dem Finger, spült mit Salzwasser nach, lässt es ablaufen und streift dir die Brille wieder über. Es funktioniert. Wenn du den Blick nach unten richtest, ist auf einmal alles klar. Als du den Kopf wieder hebst, hörst du Fatih kommandieren: »The Regulator!« Du angelst danach, schüttelst das Wasser heraus, setzt ihn ein. Das Mundstück nimmt sich wulstiger aus als zuvor. Ein Würgen überkommt dich. Das Geräusch der Wellen, das Dröhnen des Atemgeräts machen es unmöglich, etwas von dem zu verstehen, was Fatih ruft, aber der hochgereckte Daumen heißt: Alles okay? Du hältst den Daumen hoch: Alles okay. Er gibt das Signal zum Abtauchen.

Schlagartig bist du in einer anderen Welt. Das Engegefühl ist weg. Du schwebst unter der Wasseroberfläche. Siehst unter dir Steine, Sand, Muscheln, kleine Fische, die hin und her flitzen.

Du hast alles um dich herum vergessen, als jemand an deinem Inflator zerrt, ihn hochhält, die Luft aus deiner Tarierweste brodelnd entweichen lässt. Fatih. Die Bleigewichte ziehen dich nach unten. Wasserdruck legt sich auf deine Ohren, lässt sie ertauben. Ein bohrender Schmerz in den Ohren. Wieder Fatihs Hand. Sie hält dir die Nase unter der Maske zu. Panik überkommt dich. Die Enge! Dann fällt dir der Trick ein, den er euch gezeigt hat: kräftig durch die Nase gegen die Finger ausatmen, wie wenn du dich schnäuzen wolltest. Mit einem schmerzhaften Knacken in den Ohren löst sich der Druck.

Vor, neben, unter, über dir erkennst du die schwarzen Umrisse der anderen, einige strampeln, andere liegen still im Wasser. Gleichmäßig aufsteigende Bläschenwolken als einzige Lebenszeichen. Wo ist dein Buddy?

Ein Schatten von oben. Eine Taucherbrille schiebt sich in dein Sichtfeld, braune Augen blitzen dich an. Du stößt einen erleichterten Schrei aus, der nur in deinem Kopf hörbar ist und durch den Regler verblubbert. Paulo sucht deine Hand, zieht dich tiefer, gibt dich wieder frei. Der Meeresboden. Du lässt noch ein wenig Luft aus der Weste, schwebst dicht über dem Grund. Mit jedem Einatmen bekommt dein Oberkörper sachten Auftrieb, mit dem Ausatmen sinkt er ab. Wie durch eine Lupe und wie in Zeitlupe siehst du unter dir kleine Fische, Schalentiere, Würmer, Pflanzen, die sich sanft bewegen oder durch die Strömung in Bewegung versetzt werden.

Ruhe überkommt dich. Du lässt dich jenseits von Zeit und Raum treiben, spürst ein beglückendes Gefühl von Leichtigkeit, Freiheit, Unendlichkeit in dir aufsteigen.

Das Aufwirbeln von Sand verrät dir, dass Fatih mit der Sicherheitsprüfung begonnen hat. Er und Paulo knien einander gegenüber. Paulo hat die Taucherbrille abgestreift, sie auf den Boden fallen lassen, nimmt den Inflator aus dem Mund, lässt ihn treiben. Für einen Moment kann er nichts sehen, nicht atmen. Dann macht er eine kreisende Armbewegung von hinten unten aufwärts, erwischt den Schlauch des Reglers, tastet nach dem Mundstück, setzt es ein, bläst das Wasser hinaus, atmet tief durch, tastet nach der Brille am Meeresboden, findet sie, schüttelt sie, um sie vom Sand zu befreien, streift sie über, hebt den oberen Rand an, drückt mit einem heftigen Nasenatemstoß das Salzwasser hinaus. Gibt Fatih das Zeichen: Alles okay.

Fatih wendet sich dir zu.

Ihr habt die Prozedur oft im Pool geübt. Hier unten ist es vollkommen anders. Die Kälte des Wassers, das Salz, das in den Augen brennt, der Druck, der in dieser Tiefe herrscht, das Wissen: Wenn es misslingt, kannst du nicht einfach aufstehen und den Kopf über Wasser halten. Du kannst auch nicht mit ein paar Flossenschlägen an die Oberfläche gelangen, sie ist zu weit weg. Die Sache mit dem Druckausgleich. Die meisten tödlichen Tauchunfälle passieren durch zu schnelles Aufsteigen. Du bist darauf angewiesen, dass dein Buddy dir seinen zweiten Atemregler in den Mund schiebt oder den eigenen mit dir teilt. Die Panik.

Du weißt am Ende nicht, wie du es geschafft hast. Du weißt, du warst dem Tod nie näher.

Während Fatih einen nach dem anderen examiniert, lässt du dich mit Paulo am Boden treiben, kommst wieder runter. Zwingst dich, tief durchzuatmen. Spürst Ruhe sich in dir ausbreiten. Schwebst. Siehst. Genießt.

Als du zum Appartement zurückkehrst, ist niemand da. Du wirfst dich auf eine der Terrassen-Liegen, lässt die Sonne deinen Rücken wärmen, schließt die Augen, gibst dich deiner Erschöpfung hin.

Durch einen Nebel von Wohligkeit hörst du Schritte, denkst, es ist deine Mutter. Aber es ist Rolands Stimme: »Hast du dich eingecremt?«

Du bist müde, hast keine Lust aufzustehen. Weißt, du müsstest.

»Soll *ich*?«, fragt die Stimme.

»Hm«, sagst du unbestimmt, die Augen geschlossen.

Du spürst kühle Creme auf deinem Rücken. Rolands Hände, die sie verreiben.

»Und? Bestanden?«, fragt er.

»Hm«, wiederholst du.

»Glückwunsch«, sagt er.

Dir fällt ein, dass du es endlich aussprechen musst. Gut, dass du die Augen geschlossen hast, das macht es leichter.

»Danke«, sagst du. »Das war sehr cool.«

Er lacht leise. Seine Hände gleiten über deine Arme, beginnen deine Waden zu massieren.

»Ich hab einen Tauchausflug gebucht«, sagt er. »Will doch mal sehen, ob ich es noch draufhab. Morgen Vormittag. Wir fahren zum Riff.«

Wir?, denkst du. Wer ist wir?

»Oder traust du es dir noch nicht zu?«, fragt er.

Das Wir also. Du denkst an die Welt dort unten. An deine Mutter. Du weißt, du wirst das so schnell nicht wieder erleben.

»Alles okay?«, fragt er.

»Hm«, sagst du.

Seine Hände kitzeln an deinen Oberschenkeln.

»Ich bin gespannt.« Seine Stimme ist ein wenig tiefer gerutscht.

Ja, denkst du und genießt den sanften Druck der Finger, die deine Taille massieren.

Paulo, denkst du.

Fingerspitzen verteilen frische Creme unter den Rand deines Bikinis, da, wo man sich so leicht verbrennt, wenn das Höschen verrutscht. Das Kitzeln wird stärker. Die Hände gleiten hin und her, erobern fast unmerklich Terrain, gleiten über den Ansatz deiner Pobacken, ein Finger schlüpft in die Ritze dazwischen, rutscht wie versehentlich auf dem Cremefilm ein wenig tiefer. Dir wird heiß zwischen den Schenkeln. Ein wohliger Schauer durchfährt deinen Körper. Die Hände ziehen sich zurück.

Ach, Paulo, denkst du. Wo bist du? Du bewegst dich nicht. Atmest flach. Die Hände kommen mit frischer Munition zurück, verteilen eine cremige Schicht in deinem Kreuz, so dick, dass sie eine Weile damit beschäftigt sind, sie über deinen ganzen Rücken zu verschmieren, bis sie wieder an der Stelle angekommen sind, wo sie eben aufgehört haben, dich zu streicheln. Du hast den Moment gefürchtet. Und sehnsüchtig erwartet. Zitterst ein wenig. Ganz langsam, unendlich behutsam dringen Fingerspitzen unter das Gummi deines Höschens, bewegen sich hin und her, ertasten deine Rundungen, gleiten in die Ritze. Tiefer. Du hältst die Luft an. Stellst dich tot. Tust, als würdest du gar nicht mitbekommen, was vor sich geht. Kannst das Zittern nicht unterdrücken. Spürst ein Ziehen in deinem Unterleib. Als eine cremige Fingerkuppe an deinem After angekommen ist, fällt eine Tür ins Schloss. Blitzschnell sind die Hände verschwunden. Schritte entfernen sich. Du liegst auf dem Bauch und frierst mitten in der Sonne.

In der Nacht machst du kein Auge zu. Den ganzen Abend hast du dich totgestellt. Weggeguckt, den Blick niedergeschlagen, einsilbig geantwortet. Bist früh auf dein Zimmer verschwunden, hast die Tür abgeschlossen.

Ihr brecht gleich nach dem Frühstück auf. In dem Shuttle zum Hafen, von wo das Boot startet, steuerst du den ersten freien Platz neben einer Frau an, nickst ihr freundlich zu, sagst: »Darf ich?«, und setzt dich, ehe Roland den Van geentert hat.

Auf dem Boot sitzt ein Mann neben der Frau. Du lässt dich auf der anderen Seite nieder. Roland ist damit beschäftigt, dem Skipper den Beitrag für die Tour und die Ausrüstung zu entrichten. Zwei junge Männer setzen sich neben dich auf die Bank. Roland findet dir gegenüber Platz. Er sucht deinen Blick, zwinkert dir zu, als er ihn erwischt, du schlägst ihn nieder. Den Blick.

Als ihr nebeneinander ins Wasser gleitet, weißt du, dass du jetzt ganz auf dich gestellt bist. Du hast es oft genug im Kopf durchgespielt. Bist vollkommen ruhig. Beachtest jeden Schritt: Brille reinigen, Mundstück auspusten, das »Okay«-Zeichen, Luft aus der Weste entweichen lassen, kontrolliertes Sinken. Ihr hangelt euch an der Ankerkette entlang, langsam, mit Pausen, Druckausgleich, weiterhangeln, Flaschendruck und Tiefe auf dem Manometer kontrollieren, den Buddy im Auge behalten, weiterhangeln. Ihr löst euch von der Kette und setzt den Abstieg paarweise fort. Das Riff fällt steil ab. In einer Tiefe von zwanzig Metern ist es dämmrig, aber man kann sich noch gut orientieren. Die anderen sind außer Sichtweite. Langsam taucht ihr hintereinander an dem Felsen entlang. Verharrt. Beobachtet die bizarren Formationen, das Leben darin und daran. Man hat euch gewarnt, es gäbe Muränen. Sie schnappten blitzartig zu. Ihr haltet nach Höhlen Ausschau.

Obwohl du Roland dicht hinter dir weißt, bist du ganz bei dir. Das Rauschen des Atemreglers trennt dich von dem Rest der Welt. Zwischen seinem Mund und deinem Ohr ist eine undurchdringliche Wasserschicht. Zwischen seiner Hand und deiner Haut Neopren.

Roland sinkt von Zeit zu Zeit tiefer, wedelt mit den Flossen, pumpt Luft, muss sie wieder ablassen, sucht Halt am Riff. Er hat sehen wollen, ob er es noch draufhat. Er *hat* es nicht drauf. Nicht so gut wie du. Du fühlst dich stark.

Als er unmittelbar unter dir ist, reißt du ihm mit der Rechten die Brille vom Kopf und lässt sie fallen. Eine leichte Übung. Bis auf die Tatsache, dass der Meeresboden am Riff um einiges tiefer ist. Wenn er die Brille wiederfinden will, muss er einen Fortgeschrittenen-Schein erwerben. Es geht aber auch ohne. Brillen gehen immer wieder mal verloren, hat Fatih gesagt. Mit der anderen Hand ziehst du ihm den Atemregler aus dem Mund, hebst seinen Sauerstofftank an und klemmst den Schlauch darunter fest. Das Überraschungsmoment ist auf deiner Seite. Du wolltest ihn nur testen. Er hat es selbst gewollt. Eine etwas schwierigere Übung, aber zu schaffen, wenn man die Ruhe bewahrt. Du stößt dich vom Riff ab und behältst deinen Buddy aus sicherer Entfernung im Auge.

Nein. Er hat es einfach nicht mehr drauf.

Als du die Ankerkette erreicht hast, zitterst du dennoch am ganzen Körper. Es braucht Zeit, ehe du die Wasseroberfläche erreichst. Du musst ein paarmal stoppen, Druck ausgleichen, abwarten, die Anzeigen kontrollieren, die Weste aufpumpen. Das Zittern verstärkt sich, je mehr du dich der Oberfläche näherst, je wärmer das Wasser wird. Der Schatten des Bootsrumpfs vor dir. Als du den glitzernden Wasserspiegel durchbrichst, den Atemregler ausspuckst, die Brille vom Kopf reißt und zu schreien beginnst, zittert dein Körper so heftig, dass du die Kontrolle über deine Glieder verlierst. Die anderen zerren dich an Bord, haben Mühe, ein klares Wort aus dir herauszubekommen, du weinst und zitterst, zuckst und schreist, die Welt ist ein Durcheinander von Menschen, die sich über dich beugen und in fremden Sprachen etwas von dir wissen wollen, die Hand an dich legen, dich von den Geräten befreien, aus dem Anzug schälen, um dich herumwirbeln, dass das Boot immer heftiger schwankt, bis du dich übergeben musst.

Als deine Mutter dich am Abend in die Arme schließt, bleich, mit rot geweinten Augen, du dich mit rot geweinten Augen an sie klammerst wie sie sich an dich, fühlt es sich an wie der Moment, als du vor einer Ewigkeit einmal im Gedränge eines Jahrmarkts verloren gegangen warst und nach einer weiteren Ewigkeit in die Arme deiner Mutter zurückgefunden hattest.

Alles auf Anfang.

Es klopft. Paulo. Seine Augen, sein Blick, seine Arme, die dich umschlingen, seine Hände, die über deinen Rücken streicheln.

»You're okay?«

Du nickst. Ja. *Das* fühlt sich besser an.

Massenstart

CHRISTOPH KRUMBIEGEL

Ich halte meinen Rücken so fest gegen den Stamm der Zirbe gedrückt, dass ich meine, jede Kontur der aufgeworfenen Rinde einzeln spüren zu können. Am Baum vor mir ist etwas Holz abgesplittert, ganz frisch. Das kommt, weil gerade jemand auf mich schießt. Aber der Reihe nach.

Wir hatten uns wie die Könige über die Einladung gefreut, Weidemann, Zakava, Bornstedt und ich. Ein internationales Biathlon-Meeting bekommt man nicht mehr jeden Tag angeboten, schon gar nicht, wenn man stets nur dem C-Kader angehört hat und jetzt auch noch in die Jahre gekommen zu sein scheint. Bornstedt war schon vor Beginn der letzten Saison nur schwer vom endgültigen Rückzug aus dem Kreis der Aktiven abzuhalten gewesen, und Zakava hatte tatsächlich ein Häuschen in Zempin an der Ostsee geerbt, wo an Trainingsvorbereitungen unter annähernden Wettkampfbedingungen rein gar nicht mehr zu denken war. Bei einem ersten verlängerten Wochenende in der mecklenburgischen Idylle war der Lauf seiner mitgeführten und heiß geliebten Waffe von der salzigen Luft zum Rosten gebracht worden, was ihn umgehend hatte wieder abreisen lassen. Aber keiner wusste, wie lange diese Aversion bei ihm anhalten würde, am wenigsten Zakava selbst. Weidemann akzeptierte alles, sofern er nicht länger als sechs Tage von zu Hause wegbleiben musste. War er selbst nicht zugegen, dann nannten wir ihn seit Jahren nur noch Weinemann, weil er Ende der Neunziger in einem mehrwöchigen Trainingslager in Östersund beinahe jeden Abend unter der Dusche aus Heimweh geheult hatte wie ein schwermütiger Husky. Von da an hielten sich bei ihm die Anwendungen von Physio- und Psychotherapie etwa die Waage. Jedenfalls empfanden wir alle diesen bevorstehenden Wettkampf als spannendes Vorhaben, als Krönung einer ansonsten sehr lauen Saison. Keiner von uns hatte vorher etwas von einem Veranstalter mit dem Kürzel »WGOOL 2000« gehört. Wir tippten auf einen länderübergreifenden Zusammenschluss verschiedener Verbände. Die Einladung war – wie international üblich – in Englisch abgefasst, Randbedingungen wurden nicht einzeln aufgeführt, lediglich die Kenntnis der von der Internationalen Biathlon Union »IBU« festgelegten Regeln setzte das Papier an einer Stelle voraus. Der für Übernachtung und Verpflegung übliche Unkostenbeitrag würde in diesem Fall sogar vom Veranstalter übernommen werden. Und achtundvierzig Stunden später sollte uns auf äußerst unangenehme Weise klar werden, warum das so war.

Als Meeting-Point war eine Anzeigetafel auf dem Münchner Hauptbahnhof angegeben, weshalb wir vermuteten, den Vergleich sicherlich in Ruhpolding austragen zu können. Wir wurden extrem pünktlich von einer wahrscheinlich taubstummen Hostess entgegengenommen und zu einem schwarzen Van geführt, der in der Nähe des Nachtausganges am Bahnhof auf uns wartete. Zakava meinte später, er hätte unweit von unserem Fahrzeug noch mindestens drei ähnliche Busse ausgemacht, in die man zur gleichen Zeit ebenfalls kleine Gruppen sportlicher Herren einfüllte. Unser Gepäck wurde von zwei aus dem Nichts erscheinenden kräftigen Herren in das Heck des Wagens geschichtet, anschließend legten sie dem zuletzt eingestiegenen Weidemann sogar noch wie einem Kind den Sicherheitsgurt an. Weidemann nickte dankbar. Jene straffe Organisation unseres Transfers fühlte sich auf höchst angenehme Weise militärisch an. Die schicken getönten Scheiben erwiesen sich, nachdem die Türen geschlossen worden waren, als auch für Passagiere absolut undurchsichtig. Der Innenraum wurde von LED-Streifen in ein mattes rotes Licht getaucht und erhielt auf diese Weise das Flair eines Geflügel-Brutkastens. Dass die Fahrerkabine schall- und blickdicht vom Fond des Wagens getrennt war, zeigte uns eindrucksvoll den Respekt, mit dem die ungestörte Vorbereitung der Sportler behandelt wurde. Jemand klopfte von außen zweimal auf das Wagendach, und wir setzten uns in Bewegung. Nahezu gleichzeitig nahm unsere ganze Gruppe ein leises Zischen und einen zarten Erdbeergeruch wahr. Weidemann fing wenige Sekunden später an, ein wenig irre zu kichern. In einem mitreißenden Anfall von Heiterkeit machten wir uns über die fehlenden Türöffner und die funktionslosen Fensterheber lustig. Zakava stimmte noch das Trompeterlied an, dann sanken all unsere Köpfe schläfrig zur Seite.

Das Erwachen gestaltete sich recht rustikal, indem ein unsichtbarer Arm die Schiebetüre des Vans mit einem Ruck öffnete. Ich sah Weidemann im unvermittelt brutal eindringenden Sonnenlicht wie eine Schabe zappeln. An Bornstedts Mundwinkel glitzerte ein kleines Rinnsal aus Schlafspucke, als er sich verdutzt zu Zakava und mir umdrehte. Unsere Pupillen waren so groß wie Butterkekse. Die Heckklappe wurde geöffnet, weiteres Licht strömte ein, und wir sahen unser Gepäck in diesem gleißenden Schein verschwinden. Dann winkte eine Hand ins Wageninnere, und eine sanfte Stimme bat uns auf Englisch, der Hand und dem Rest zu folgen. Noch etwas benommen ließen wir uns von dieser weiteren, diesmal nicht taubstummen, aber auch nicht deutschsprachigen Hostess unter einer lang gezogenen Überdachung in einen Flachbau führen. Hinter dem Wagen, den wir eben verlassen hatten, warteten mindestens noch drei weitere, einen vierten sah man weiter vorn mit offenen Türen am Straßenrand stehen. Im Gebäude angelangt, passierten wir eine unbesetzte und scheinbar auch schon seit längerer Zeit verwaiste Rezeptionstheke. Wir folgten den zügigen Schritten der Dame über mehrere Flure hinweg zu einer Tür, die mit einer Deutschlandfahne geschmückt war. Die Hostess sperrte auf, trat zur Seite und bedeutete den zwei Herren, die uns auf vollkommen geräuschlose Weise folgend das Gepäck getragen hatten, ihre Last in den

Räumlichkeiten hinter der Tür abzustellen und diese umgehend wieder zu verlassen. Als das vollbracht war, komplimentierte sie uns unter einem bezaubernden Lächeln in eine Art Suite, zeigte uns die Schlafzimmer und Bäder, einen gut gefüllten Kühlschrank und ein Zimmertelefon, das überhaupt nicht angeschlossen war. Nirgends fand sich ein Hinweis oder Anhaltspunkt, in welchem Land oder gar welchem Landstrich wir uns befanden. Die Armaturen stammten aus Italien, die Möbel aus Schweden und die Äpfel in der Schale auf dem Couchtisch aus Neuseeland. Die Dame zog sich nach der Erklärung des Bügelautomaten mit einer tiefen Verbeugung ins Geflecht der Flure zurück. Vermutlich aus purer Gewohnheit schloss sie uns dabei wie selbstverständlich ein.

Trotz der doch nicht gänzlich gewohnten Umstände unserer Anreise verfielen wir mit dem Schließen der Türe und dem Bewusstsein über einen baldigen Start in unsere bewährte Mannschaftsroutine. Zakava und ich schraubten ein Haltegestell auf einen der Tische und begannen mit dem rituellen Wachsen der Ski. Bornstedt hörte in immenser Lautstärke das Weihnachtsoratorium, und Weidemann verzog sich mit einer Illustrierten aufs Klo. Vier Stunden später ertönte der Countdown zum Start über die Deckenlautsprecher.

Ein Massenstart wird von einer vibrierenden Aufregung begleitet. Das Starterfeld steht scheinbar geduldig Seite an Seite, aber unter dem Lycra-Gewebe der hautengen Anzüge fiebern die Athleten wie wilde Hunde dem Schuss entgegen. Einen Wimpernschlag später werfen sie sich ohne Zurückhaltung in den Kampf. Wir wurden erst hier mit den anderen Mannschaften zusammengeführt. Zakava zählte zwanzig weitere Teilnehmer außer uns. Sie standen in fünf Gruppen eng zusammen und untereinander jeweils außer Hörweite. Die Finnen, Schweden und Norweger konnte man einwandfrei identifizieren, alle restlichen Teilnehmer trugen Flecktarn-Anzüge mit winzigen Nationalitätenkennzeichen, aber Bornstedt war sich ziemlich sicher, dass Tschechien und Russland noch mit von der Partie waren. Wir entnahmen der Situation und dem Verhalten der anderen, dass es wohl weder ein offizielles Training noch ein regelkonformes Einschießen geben würde. Weidemann wirkte vom ersten Moment an nervös und fahrig. Er beobachtete die anderen Gruppen misstrauisch und präsentierte uns permanent seine beunruhigenden Entdeckungen. Anfangs schenkten wir ihm dabei wenig Beachtung, weil Weidemann selbst in vollkommen entspannten Momenten eine seltsame Paranoia an den Tag zu legen pflegte. Aber nachdem er uns zum dritten Mal darauf hingewiesen hatte, dass die mutmaßlich tschechische Mannschaft anscheinend großkalibrige halb automatische Waffen geschultert hatte, wurden Zakavas Augen plötzlich ganz schmal. Er murmelte etwas Unverständliches und spuckte in den Schnee. Weidemanns Augen tasteten die Gruppen in verzweifelter Rastlosigkeit ab. Außer uns wirkten lediglich die Finnen etwas nervös. Sie unterhielten sich ungewöhnlich schnell und mit häufig überschlagenden Stimmen. Sich der Verworrenheit ihrer Sprache bewusst, gaben sie sich dabei keinerlei Mühe, die anderen nicht mithören zu lassen. Zwei Streckenposten und ein Starter, alle drei mit schwarzen Kampfanzügen und Motorradmasken eingekleidet, verteilten untereinander Kommandos per Handzeichen. Eine schnarrende Hupe verkündete das Signal zum Vorrücken an die Startlinie. Bornstedt und ich wandten, auf den Signalschuss wartend, einander kurz die Gesichter zu, weil wir gleichzeitig bemerkt hatten, dass mindestens einer der Herren direkt neben uns eine unignorierbare Schnapsfahne mit sich trug, was für uns eine vollkommen neuartige Wettkampferfahrung darstellte. Weidemanns Beherrschung ging vollends flöten, als wir aus den Augenwinkeln beobachten konnten, wie sich der von uns am weitesten entfernt stehende Russe in aller Seelenruhe einen Schlagring über den Funktionshandschuh streifte. Ich zog zum achtzigsten Mal meine Stockschlaufen fest. Der Kauderwelsch der Finnen schwoll bis zum Startschuss an und gipfelte mit diesem zusammen in einem spitzen Schrei. Als sich das Starterfeld wie eine Wolke bösartiger Insekten von der Linie löste, blieben bereits zwei der Finnen wie defekte Schaufensterpuppen dahinter liegen. Zakava schob mich geistesgegenwärtig mit seinem Stock in die Spur, die am weitesten links lag. Im nächsten Augenblick flogen ein Norweger und ein Schwede rechts an mir vorbei, wobei Letzterer mit konsequenter Disziplin daran arbeitete, seine ungewöhnlich scharf geschliffene Stockspitze zwischen den Schulterblättern des Norwegers verschwinden zu lassen. Hinter uns fielen die ersten Schüsse. Bornstedt schrie ein knappes Kommando, um uns aus der linken Startloipe ins

Dickicht ausbrechen zu lassen. Die zwei restlichen Finnen, die auf der rechten Außenloipe exakt die gleiche Idee verfolgten, wurden nach einer allzu kurzen Zukunft abseits der Spur von einem Sprengsatz in die Luft gepustet, was uns zur spontanen Überarbeitung unseres Erfolgsplanes inspirierte. Zakava spornte uns zu einem Sprint an, weil er entdeckt hatte, dass die nunmehr verbliebenen drei Loipen am Ende einer kleinen Senke voneinander wegführten. Bornstedt und ich trieben die Gruppe mit einem wechselweise ausgestoßenen Motivationsschrei durch die Senke. Weidemann verbremste sich bei der leichten Abfahrt und strauchelte nach rechts direkt vor die Skispitzen der Russen, die ihn sofort kampflustig umringten. Ein barsches »Weiter!« von Zakava, der seinem positiven Wesen gemäß sofort auch in diesem Verlust eine Chance entdeckt hatte, bescherte uns einen satten Bodengewinn gegenüber den Russen. Wir bogen mit der linken Loipe ab, hasteten durch eine Schonung und gelangten an den Rand eines tieferen Talkessels, in welchen rechts von uns in einigem Abstand auch die anderen beiden Spuren zu münden schienen. Alle drei Loipen endeten abrupt am Übergang ins steilere Gelände. Auf der mittleren tauchten zwei von den Tschechen auf, auf der rechten die noch komplette schwedische Mannschaft. Die Tschechen schnallten behände die Skier ab und warfen Rauchbomben in alle Richtungen. Und in diesem Rauch verlor sich alles.

Ich halte meinen Rücken so fest gegen den Stamm der Zirbe gedrückt, dass ich meine, jede Kontur der aufgeworfenen Rinde einzeln spüren zu können. Bornstedt habe ich vor einigen Minuten angriffslustig schreien hören, und die Schüsse werden langsam seltener. Ich zucke unwillkürlich zusammen, als abermals etwas vom Baum vor mir absplittert. Dann drehe ich mich um und sehe Zakava mit dem Gewehr im Anschlag auf mich zukommen. Wenige Meter vor mir bleibt er stehen und hält mich zwei Sekunden unentschlossen im Visier. Dann seufzt er leise, lässt die Waffe sinken und kauert sich an meine Seite.

»Es ist nichts Persönliches,« keucht er, dabei sichtlich um Verbindlichkeit bemüht. »Ich arbeite seit einigen Jahren für das IOC, inoffiziell natürlich.« Ich nicke verwirrt. Zakava keucht weiter. »Bei den letzten drei Winterolympiaden war der Verkauf der Fernsehrechte ein absolutes Debakel. Das IOC hat daraufhin Studien in Auftrag gegeben. Die überwiegende Zahl der Zuschauer zwischen 18 und 43 Jahren empfindet die Wettkämpfe als langweilig und überholt, als nicht mehr konkurrenzfähig zur übrigen Unterhaltung. Die Welt gähnt nur noch, selbst wenn unsere Kameraden im Eis von Sotschi übermenschliche Höchstleistungen abrufen. Seit zwei Jahren läuft ein geheimes Programm zur sogenannten Revitalisierung der Winterspiele. Nach dem Willen der Funktionäre soll hier möglichst frei von konventionellen Kreativitätsblockaden ausgelotet werden, wie die klassischen Disziplinen durch leichte Änderungen im Reglement zu packenden Wettbewerben mit zeitgemäßem Unterhaltungswert transformiert werden könnten. Wir befinden uns mitten in der Betaphase. Mit etwas Glück könnten der Vierer-Verfolgungs-Bob, der Hürden-Eisschnelllauf und das Synchron-Springen von der Großschanze bereits in Peking zu den Publikumsmagneten gehören …« Zakava blickt kurz mit glasigen Augen zur Seite. Dann sieht er mich noch einmal durchdringend an. »Ich werde vorgeben, gestrauchelt zu sein. Du bekommst sechzig Sekunden Vorsprung. Mehr kann ich jetzt nicht mehr für dich tun.« Mit einer energischen Kopfbewegung scheucht Zakava mich ins Dickicht. »Sport frei!« höre ich ihn noch keuchen. Aber da laufe ich bereits um mein Leben.

Enorm in Form

RAINER WITTKAMP

Es klang wie eine Startpistole, doch die Kugeln waren real. Ich rannte. Aber ich kam nicht vom Fleck. Ich musste an Jane Fonda denken. Ausgerechnet jetzt. Scheiße!

Jane Fonda trug einen türkisfarbenen Badeanzug und hüpfte darin auf und ab. Drehte sich nach links, nach rechts, um ihre Achse, kam zurück in die Ausgangssituation, hüpfte erneut auf und ab. Dabei lächelte sie ununterbrochen. Mama machte Jane alles nach. Sie hüpfte ebenfalls auf und ab, drehte sich nach links und rechts, um ihre Achse und lächelte, lächelte, lächelte. Exakt wie Jane Fonda in ihren Aerobic-Videos. Die Zeit zwischen 14:30 und 15:00 Uhr war heilig für Mama. Ihre Lächelzeit mit Jane. Bis Mama auf einmal nicht mehr lächelte, bis sie zusammenklappte, auf unserem Orientteppich lag und röchelte. Während Jane Fonda im Fernsehen weiterhin auf und ab hüpfte, starb meine Mama. Ich war fünf Jahre alt, stand neben ihr, betrachtete sie staunend und wusste nicht, was ich tun sollte.

Mamas Schwester Dora in Plauen machte zur gleichen Zeit ähnliche Übungen. Zur Fernsehsendung *Medizin nach Noten*. Wahrscheinlich starb Mama, während Tante Dora gerade ebenfalls ihre popgymnastischen Verrenkungen absolvierte. Doch im Gegensatz zu Mama starb Tante Dora nicht am Dauerlächeln. In der DDR war Jane Fonda nämlich nur als Schauspielerin bekannt. Aber der Aerobicwahn hatte die Menschen auch dort flächendeckend erfasst.

Mein Verhältnis zum Sport war also von Kindheit an gestört. Als ich in der Grundschule zusammen mit den anderen Jungen und Mädchen in die Sporthalle kam, wurde mir schlecht. Bei den gymnastischen Übungen musste ich immer an Mama denken. Ich stellte mich in die letzte Reihe, hoffte inständig, dass der Lehrer mich übersah. Ich zitterte vor Angst, und ein blasses Mädchen mit langen roten Haaren fragte mich, was ich denn hätte. Sie hieß Astrid, war sehr nett zu mir, wechselte aber kurz darauf auf eine andere Schule.

Mein Vater ließ mich durch ein ärztliches Gutachten vom Sportunterricht befreien. Was einerseits schön war, mich andererseits aber in den Augen meiner Mitschüler zum totalen Sportversager machte. Ich überlegte wochenlang, ob es denn keine Sportart gab, die weniger lebensbedrohlich war als diese Gymnastik. Etwas, das mich vor meiner Klasse womöglich noch als Sportskanone glänzen lassen würde. Doch mir fiel nichts ein. Aber dann kam zu Ostern mein Cousin Bertram zu Besuch.

Er war sieben Jahre älter als ich und bei der Luftsportjugend des Deutschen Aero Club e. V. aktiv. Bertram hatte ein Fotoalbum mitgebracht, das er mir stolz präsentierte. Es zeigte ihn mit anderen Jugendlichen bei fliegerischen Aktivitäten. Beim Drachen- und Segelfliegen, Ballonfahren und Modellbau. Ich war fasziniert. Das Medium Luft ... Sich von der Erde zu lösen ... Modellbau – Heureka! Das war eine Sportart, für die ich alle Voraussetzungen mitbrachte. Die wie für mich geschaffen war.

Papa gab ihn mir an Mamas erstem Todestag: »Der kleine UHU« von Graupner, den ich mir so gewünscht hatte. Was für ein Flieger! Rumpflänge 790 Millimeter, Spannweite 1200 Millimeter und die Tragfläche vollständig aus Balsaholz. Mit diesem Schnellbaukasten fing meine Sportkarriere an, die bis heute andauert. Ich ernte oft Kopfschütteln, man hält mich für einen Schwachkopf, weil ich als Mann von Mitte dreißig meine Zeit mit Kinderkram verplempere. Aber für mich ist das kein Spielzeug, kein Hobby. Es ist vielmehr eine Mission, ja, ich lebe für den Modellbausport. Ich weiß noch, wie aufregend es war, als ich meinen ersten Flieger zusammenbaute. Wie ich bei den Bundesvergleichsflügen der Luftsportjugend einmal Erster und zweimal Dritter wurde. Und die vielen Freunde, die ich durch den Modellbau kennenlernte. Außergewöhnliche Momente, die mein Leben prägten.

Ich bin ein Einzelkind, meine Eltern bekamen mich erst sehr spät, Mutter war bereits einundvierzig Jahre alt, Vater schon vierundfünfzig. Ich wuchs in einer Backsteinvilla in Berlin-Nikolassee auf, in der ich noch heute lebe. Nach meiner Schulzeit studierte ich mal dieses, mal jenes, planlos, mein Vater ließ mich gewähren.

Für ihn war es in Ordnung, dass ich meine Zeit vornehmlich dem Modellbau widmete, bereitwillig überließ er mir immer mehr Räume für meine Leidenschaft. Als Vater vor elf Jahren bei einem Autounfall ums Leben kam, hängte ich das Studium sogleich an den Nagel. Finanziell hatte ich ausgesorgt, dank des Erbes konnte ich mich ungestört meiner Mission widmen.

Nachdem ich einmal Feuer gefangen hatte, versuchte ich mich auf allen Gebieten des Modellbausports. Vorausgesetzt, es handelte sich um Luftfahrzeuge. Schwimmfähige Miniaturschiffe, Rennautos im Maßstab 1:25 oder lächerliche Star-Wars-Raumschiffe interessierten mich nicht. Mit den Jahren wurde die Technik ausgefeilter. War »Der kleine UHU« noch ein Wurfgleiter, stieg ich als Teenager auf Motorflugmodelle um, später auf Helikopter, die ich mit immer komplizierteren Steuerungssystemen ausrüstete. Dann baute ich den ersten Quadrokopter, dem nach weiteren Exemplaren mehrere Hexakopter folgen sollten. Und schließlich entwickelte ich meinen eigenen Oktocopter. Jetzt war ich in der Königsklasse angekommen.

Oktokopter sind weit mehr als nur bessere Hubschrauber, sie stellen im Modellbau einen evolutionären Fortschritt dar, wie etwa der Landgang der Wirbeltiere im Devon. Schon der Aufbau eines Oktokopters ist überragend. Acht in einer Ebene angeordnete Rotoren halten ihn stabil in der Luft, Lage- und Beschleunigungssensoren sorgen für die Flugstabilisierung. Durch entsprechende Software konnte ich individuelle Einstellungen vornehmen, völlig auf meine fliegerischen Bedürfnisse abgestimmt. Ich lenke meinen Oktokopter mithilfe einer Videobrille und kann so gleichzeitig die eingebaute HD-Kamera perfekt bedienen. Und was mich besonders stolz macht: Mein Oktokopter ist nach zahllosen Verbesserungen so gut wie lautlos. Ein sportlicher Höhepunkt, olympiareif.

Seit dem Tod meines Vaters ist es im Haus still geworden, ich habe eigentlich nie Gäste. Ich lade niemanden ein, lege keinen Wert darauf, mich auch noch zu Hause zu rechtfertigen. Wegen all des »Spielzeugs«, das sich in den Zimmern stapelt. Es ist bereits sechs Jahre her, dass ich das letzte Mal Besuch hatte. Mein Cousin Bertram war mal wieder in Berlin, nach über zwei Jahrzehnten. Er schritt kopfschüttelnd durch die Räume, und ich war froh, als er endlich ging. Uns verband nichts mehr. Er hatte den Modellbau schon vor Jahren aufgegeben.

Eine Frau hat mich jedoch noch nie zu Hause besucht. Was sollte sie auch hier? Modellbausport ist eine Männerdomäne, Frauen haben daran keinen Spaß. So erkläre ich mir auch, dass ich noch nie eine Freundin hatte. Obwohl es fast einmal dazu gekommen wäre. Denn an der Uni lernte ich seinerzeit mehrere Kommilitoninnen kennen und bin mit einer sogar zweimal in der Mensa essen gegangen. Sie hieß Lisa, hatte blasse Haut, feuerrote Haare und war sehr nett. Und erinnerte mich an die Astrid aus meiner Grundschulzeit. Lisa schien sich wirklich für den Modellbausport zu interessieren. Ich lud sie ein, sich bei mir zu Hause meine Modelle anzuschauen, und sie war nicht abgeneigt. Aber es wurde nichts daraus, denn nach den Semesterferien habe ich sie nie wiedergesehen.

So ist es kein Wunder, dass ich bis heute noch keine sexuelle Begegnung mit dem anderen Geschlecht hatte. Natürlich denke ich manchmal, wie es wohl wäre, mit einer Frau zu schlafen, aber ich habe mich aus Vernunftgründen entschlossen, es bei der Vorstellung zu belassen. Durch mein zölibatäres Leben kann ich all meine Energie in den Bereich fließen lassen, auf den es mir wirklich ankommt: In den Modellbausport, dem ich meine ganze Existenz gewidmet habe. Obwohl ich dieses sexfreie Leben hin und wieder infrage stelle. Pornografische Produkte sind für mich jedoch keine Alternative, das Interesse daran habe ich schon vor Jahren verloren. Die Darstellung des menschlichen Sexualaktes mit der Begrenzung auf wenige Positionen ruft bei mir nur noch Langeweile hervor. Da bietet ein Oktokopter erheblich vielfältigere Zerstreuung. Sei es das schnelle Steigen, rasante Überschläge oder Pirouetten, Rollen in beide Richtungen, der Abstieg in Rückenlage, der Lunar Twist, Zero Gravity, der Sky Screw und was sonst noch alles ... Trotzdem keimte in meinem Herzen weiterhin die Hoffnung, eines Tages vielleicht noch eine Frau zu treffen, die mich genauso faszinieren könnte wie der Modellbausport. Und meine Erwartung wurde nicht enttäuscht.

Ferngesteuerte Oktokopter, die weniger als fünf Kilogramm wiegen, brauchen keine behördliche Aufstiegsgenehmigung. Sie müssen jedoch in Sichtweite des Piloten betrieben werden. Außerdem ist vorgeschrieben, dass ein ausreichender Abstand zu Verkehrswegen und Menschenansammlungen eingehalten und die öffentliche Sicherheit nicht gefährdet wird. Man kann Oktokopter also beinahe überall fliegen lassen. Nachdem ich etliche Standorte in Berlin und dem näheren Umland ausprobiert hatte, wurde mir klar, dass mein fliegersporttechnisches Können am meisten gefordert würde, wenn ich den Oktokopter in Stadtrandsiedlungen starten ließ. In Gegenden, die von Eigenheimen geprägt sind, dichten Grünbewuchs haben und nur wenig Verkehr. Hier konnte ich tollkühne Kunstflugfiguren über Dächern und Garagen ausführen, elegant durch Baumgruppen gleiten, rasante Loopings über Swimmingpools fliegen. Alles von einer Full-HD-Kamera direkt auf mein Retina-Display übertragen. In Echtzeit. Ich musste nur einen guten Standort wählen, von dem aus ich den Oktokopter lenken konnte und gleichzeitig den Anwohnern verborgen blieb. Denn hin und wieder fiel ich einem von ihnen schon mal auf. Zwar verfolgte ich keinerlei unlautere Interessen, aber Vorsicht ist die Mutter der Porzellankiste, wie mein verstorbener Vater immer zu sagen pflegte. Deshalb sondierte ich ein potenzielles Sportfluggebiet zuvor immer gründlich. Getarnt als Zettelverteiler checkte ich die Gegend auf mögliche Gefahrenpunkte ab. Wenn alles in Ordnung war, kam es ein paar Tage später zum Jungfernflug.

Auf diesem Weg habe ich in den letzten Jahren einige der Berliner Eigenheimsiedlungen kennengelernt. Und konnte dabei auch häufig einen Blick hinter die Kulissen werfen, bekam Kenntnis von manchem Geheimnis der Anwohner. Ich fand es amüsant, was sie so trieben, sobald sie sich unbeobachtet fühlten. Zu Hause verbrachte ich viele heitere Stunden, wenn ich mir die aufgezeichneten Videos ansah. Wie zum Beispiel mein Oktokopter um eine Hausecke bog und einen Rentner erschreckte, der darauf die Kontrolle über seinen Aufsitzrasenmäher verlor. Was habe ich gelacht, als er eine riesige Schneise in ein Anemonenbeet rasierte. Oder das Mädchen, das selbstvergessen schaukelte, als sich ihr der Oktokopter im Sturzflug näherte. Sie flog im hohen Bogen von der Schaukel und landete im Swimmingpool. Mama musste voll angezogen hinterher springen, um die Kleine zu retten. Großer Brüller.

Mein Favorit war allerdings die Nummer mit den zwei Kerlen, die eine Buche fällen wollten. Während der eine den Baum mit einem Seil sicherte, um die Fallrichtung zu kontrollieren, machte sich der andere mit einer Motorsäge ans Werk. Plötzlich sauste der Oktokopter mit einem schnittigen Vorwärtslooping auf die beiden zu. Dem Motorsägenmann entglitt sein Gerät, es hüpfte über den Rasen, sein Freund ließ das Seil fallen und flüchtete. Der zwanzig Meter hohe Baum kippte in die falsche Richtung und machte krachend ein Gewächshaus platt. Brüller hoch zwei. Ja, auch der Modellbausport hat durchaus seine lustigen Seiten.

Als nächstes Fluggebiet hatte ich mir die Gegend rund um den Karpfenpfuhl in Lichterfelde ausgeguckt. Wie immer prüfte ich vorher inkognito, ob ich mit irgendwelchen Widerständen zu rechnen hätte. Ideal schien mir der Bezirk nicht, auf Google Maps war die Baustelle nicht zu sehen gewesen, die einen schnellen Rückzug in Richtung Innenstadt verhindern würde. Ich wollte schon aufstecken, doch dann sah ich sie. Eine blasse Frau mit langen roten Haaren. Sie stand auf der

Terrasse eines Einfamilienhauses, trug einen türkisfarbenen Badeanzug und machte gymnastische Übungen. Wie in Mamas Aerobic-Videos. Da sie mir den Rücken zugewandt hatte, konnte ich ihr Gesicht nicht sehen. Ihr Smartphone meldete sich, und sie nahm das Gespräch entgegen. Sie lachte, freute sich über den Anruf. Dann verschwand sie im Haus. Ich wartete eine Weile, doch sie kam nicht zurück. Ein Wagen parkte neben dem Haus, und ein grobschlächtiger Mann stieg aus, sicher einen ganzen Kopf größer als ich. Ehe er mich bemerkte, verschwand ich.

In den nächsten Tagen hielt ich mich ständig am Karpfenpfuhl auf, hoffte, die rothaarige Frau wiederzusehen. Ich hatte in einer Baumgruppe Stellung bezogen, den Oktokopter startbereit. Am dritten Tag kam sie endlich auf die Terrasse, und ich ließ mein Fluggerät aufsteigen. Lautlos steuerte ich es auf das Haus zu, nutzte dabei jede Möglichkeit zur Deckung, um von der rothaarigen Frau nicht bemerkt zu werden. Doch es drohte keine Gefahr, sie machte konzentriert ihre aerobischen Übungen. Dann meldete sich erneut ihr Smartphone, und sie telefonierte wieder. Ich filmte sie aus allen Positionen, setzte mein ganzes fliegerisches Können ein. Plötzlich durchströmte mich eine Welle des Glücks. Es war meine ehemalige Kommilitonin Astrid. Die einzige Frau, die sich jemals für mich und den Modellbausport interessiert hatte. Als sie schließlich im Haus verschwand, lenkte ich den Oktokopter zu mir zurück und ließ ihn sanft landen. Ich verpackte ihn in meinem Transportbeutel und schlich durch das Buschwerk zur Straße. Dort stolperte ich direkt vor einen Pkw, der scharf bremsen musste. Am Steuer saß der grobschlächtige Mann. Astrids Gatte? Er hüpfte heraus, packte mich mit seinen bratpfannengroßen Pranken, brüllte mich an. Ich schaffte es, mich frei zu machen, und rannte davon.

In den nächsten Tagen mied ich den Karpfenpfuhl, doch dann konnte ich nicht länger widerstehen. Der Wunsch, Astrid zu sehen, war einfach zu stark. Schließlich gab ich ihm nach und bezog meine Stellung zwischen den Bäumen. Ich wartete und hatte Glück, meine rothaarige Freundin ließ sich wieder auf der Terrasse blicken. Ich startete den Oktokopter und filmte sie.

Genauso wie auch am nächsten Tag ...

Und am übernächsten Tag ...

Und am Tag danach ...

Doch dann passierte es: Astrid war auf der Terrasse, aerobicte und telefonierte, ich filmte sie. Beide waren wir völlig versunken in unser Tun. Bemerkten nicht, wie der grobschlächtige Mann aus dem Haus kam. Er schrie Astrid an, und sie beendete panisch ihr Telefonat. Er entriss ihr das Smartphone, schaute auf das Display. Dann packte er seine Frau, schüttelte sie, brüllte. Seine Hände legten sich um ihren Hals. Ich filmte geschockt, wie er Astrid erdrosselte. Der Mörder ließ die Tote zu Boden sinken und bemerkte den Oktokopter. Er schaute in die Kamera, als würde er mich direkt anblicken. Ich versuchte, mein Sportgerät zu mir zu lenken, doch meine zitternden Hände versagten. Der Oktokopter kollidierte mit dem zusammengeklappten Sonnenschirm und stürzte ab. Ich rannte los, um ihn zu holen. Doch der Mörder kam mir zuvor, riss den Oktokopter an sich, kam bedrohlich auf mich zu. Ich flüchtete panisch. Auf Umwegen fuhr ich zurück nach Nikolassee, wechselte die U- und S-Bahnen, nahm verschiedene Busse und Taxen, bemühte mich, jeden nur denkbaren Verfolger abzuschütteln.

Zu Hause versuchte ich herunterzukommen, mich zu beruhigen, doch die Fragen drängten sich immer wieder auf: Was jetzt? Was hatte ich zu befürchten? War es nicht meine Pflicht, zur Polizei zu gehen und mich als Augenzeuge zur Verfügung zu stellen? Aber wie sollte ich den Beamten erklären, was ich am Karpfenfuhl gemacht hatte? Das Grundstück war rundum mit Bäumen und Buschwerk bepflanzt, im Prinzip uneinsehbar. Ich würde mich selbst verdächtig machen, man würde mich der Tat beschuldigen. Natürlich könnte mein Oktokopter alle Zweifel ausräumen, aber der befand sich im Besitz des Mörders. In dessen derben Händen, die niemals in der Lage sein würden, ein so sensibles Gerät wie einen Oktokopter zu dirigieren. Ein Gehirn, das auf Gewalttätigkeit geeicht war, auf Befehl und Gehorsam, aber nicht auf das Tüfteln, Verbessern und Entwickeln wie mein eigenes. Ich mochte gar nicht daran denken, wie er den Quadrocopter untersuchte und mit seinen Pranken die ganze Elektronik zerstörte.

Am nächsten Tag besorgte ich mir alle Zeitungen, hatte die ganze Zeit die Nachrichten eingeschaltet. Doch von dem Mord wurde nichts berichtet. Ich atmete auf. Versuchte mir einzureden, dass ich halluziniert hatte. Dann war ich sicher, dass Astrids Mörder ihre Leiche irgendwo entsorgt hatte. Welches Interesse sollte er auch haben, mich zu verfolgen? Ich schöpfte Hoffnung, dass ich bald alles überstanden hätte, mein normales Leben weiterführen könnte. In der Nacht schlief ich endlich wieder ruhig, auch wenn ich in den frühen Morgenstunden durch Geräusche auf der Terrasse wach wurde. Wahrscheinlich eine Katze, dachte ich beim Wiedereinschlafen, die etwas umgestoßen hat.

Beim Aufstehen waren die dunklen Wolken verschwunden, und ich frühstückte entspannt. Dann ging ich in den Garten, um zu sehen, was das in der Nacht für ein Geräusch gewesen war. Ich stockte. Auf dem Rasen lag mein Oktokopter. Der Mörder musste ihn dort deponiert haben. Ich untersuchte ihn. Natürlich war die Full-HD-Kamera entfernt worden. Aber fachmännisch, wie ich verblüfft feststellte. Dann sah ich ein Fluggerät, das zehn Meter von mir entfernt in der Luft schwebte. Ein Oktokopter, doppelt so groß wie mein eigener. Er hatte unter der Bodenplatte einen großen Metallbehälter. Eine Kamera? Plötzlich stieß das Flugsportgerät abwärts, als wolle es einen Angriff fliegen. Ich warf mich auf den Rasen. Aber der Oktocopter blieb in der Luft stehen, tänzelte neben meinem Kopf. Ich hörte ein schnarrendes Geräusch, und am Metallbehälter sprang eine Klappe auf. Ein Rohr schob sich heraus – der Lauf einer Pistole. Ich schnellte hoch, versuchte, ins Haus zu kommen.

Pistolenkugeln pfiffen um meinen Kopf, ich rannte wie ein Hase um mein Leben, doch der sechste Schuss durchschlug meinen Oberschenkel. Ich stürzte. Hörte ein Klicken. Das Magazin war leer geschossen. Der Oktokopter drehte um und verschwand hinter einer Baumgruppe. Ich muss ans Telefon kommen, dachte ich, Hilfe rufen. Ich versuchte aufzustehen, doch der Schmerz war zu stark, das verletzte Bein brach weg. Mit zusammengebissen Zähnen robbe ich auf das Haus zu.

Da glitt der Oktokopter lautlos hinter den Bäumen hervor. Zweifellos nachgeladen. Mir war klar, dass es kein Entkommen gab. Wenn ich statt des Modellbausports doch bloß Aerobic gewählt hätte. Eine Sportart, die die Muskulatur systematisch aufbaut, die die einzelnen Muskelpartien zu maximaler Power befähigt, den ganzen Bewegungsapparat auf ultimative Leistung trimmt. Hatte ich aber nicht. Mein letzter Gedanke galt Jane Fonda. Und meiner Mama.

Bleibachs Handicap

KLAUS STICKELBROECK

Manchmal war es besser, das Telefon einfach mal klingeln zu lassen. Ignorieren. Gar nicht abheben. Kaum hatte ich nämlich den Hörer am Ohr, wurde ich mit kräftiger Stimme scharf angebellt. »Hansen? Ich muss Sie sprechen. Wir treffen uns um 14 Uhr auf dem Golfplatz. Ziehen Sie was Vernünftiges an, seien Sie pünktlich und reservieren Sie ein Golf-Cart.«

Ich, Helge Hansen, Marketing-Chef bei *Bleibachsteiner*, kratzte mich verärgert am Kopf. Na klasse! Das sah diesem aufgeblasenen Fatzke mal wieder ähnlich. Seinen Namen nicht zu nennen, weil man ihn ja schon an der Stimme erkennen musste, gar nicht mal in Betracht zu ziehen, dass ich vielleicht um 14 Uhr einen anderen, dringenden Termin hätte haben können, und dann natürlich wieder überhaupt nicht zu sagen, um was es geht.

Ich seufzte.

Der blasierte Spinner würde mich wieder einmal hinter sich her über den Hillesheimer Golfplatz ziehen, damit ich das neuste Handicap meines selbstgefälligen Firmeninhabers würde bewundern können. Schließlich wird er mir zwischen Loch neun und zehn irgendeine Belanglosigkeit zur Kenntnis geben.

Golf ist der größte Spaß, den man mit angezogenen Hosen haben kann … Is klar! Für mich war Golf ein Spaziergang mit Hindernissen. Und wenn ich spazieren gehen möchte, dann geh ich mit dem Hund raus. Echt nervend.

»Mist!«

Natürlich hatte ich was Wichtiges vor. Was junges Blondes aus der Buchhaltung. Die süße Simone aus Steffeln war der hochgewachsene, schlanke, Fleisch gewordene Nachweis, dass der liebe Gott sich auch in der Vulkaneifel richtig Mühe gab. Der bezaubernde Sonnenschein war aus optischen Gründen für die staubtrockene Buchhaltung aber so was von überqualifiziert.

Außerdem hatten die im Radio für den späten Nachmittag ein mittelschweres Unwetter angekündigt. Golf im Regen, das machte nicht nur wenig, sondern überhaupt keinen Sinn.

»Mann!«

Aber ich konnte mir zurzeit keinen Widerspruch erlauben. In einer Woche würde sich mein Arbeitsvertrag bei einem der größten Mineralwasserproduzenten der Eifel automatisch um zwei weitere, gut bezahlte Jahre verlängern. Diese Woche musste ich also noch rum bekommen, ohne bei 18-Loch-Bleibach in Ungnade zu fallen. Seine Unterschrift unter meine Entlassungspapiere würde bedeuten, dass ich wieder für irgendwelche Versicherungen Klinken putzen könnte.

Niemals!

Also: Blondie absagen und Cart reservieren!

Drei Stunden später blickte ich zum wiederholten Male leicht angesägt auf meine Armbanduhr. Der große Meister des gepflegten Ballspiels ließ auf sich warten. Endlich bog Berthold Bleibach mit einer halben Stunde Verspätung in seinem Porsche Cayenne Turbo auf den Parkplatz.

Einige der anwesenden Altvorderen des Clubs rümpften pikiert die Nase, als Bleibach in eleganten, lässigen Bermudas von Bogner dem Fahrzeug entstieg und sportiv das noble Salsa Golf-Bag mit den protzigen Graphit-Premium-Eisen aus dem Kofferraum hievte. Die halblangen Shorts waren neongrün-pink kariert und sahen aus wie ein Schachbrett auf Ecstasy.

Der sonnenbankbraune Bleibach bestätigte eindrucksvoll alle Klischees, die der Golfsport zu bieten hatte.

Ich blickte – scheinbar beiläufig – auf mein Zeiteisen.

»Hansen«, summte Bleibach munter. »Pünktlichkeit ist die Zier des kleinen Mannes. Es kann losgehen!«

Ich startete den Elektromotor des Golf-Carts, wir schnurrten los und erreichten wenige Meter weiter die Bahn Eins.

»Ich hab heute ein gutes Gefühl, Hansen«, dröhnte Bleibach und rammte den spitzen Holzstift in den Boden. »Jetzt mal ehrlich: Gibt es was Geileres als Golf?«

Ja, dachte ich. Die Simone zum Beispiel. Ich hielt mich aber zurück.

Bleibach holte Schwung und rief. »Flieg, du kleine, weiße Sau!«

Fliegen tat der weiße Bridgestone dann auch. Nur nicht ganz so wie vorgesehen. Als der Ball nach links abdriftete und am Ende der Bahn – tückisch, tückisch – im Wasserhindernis landete, hatte ich zum ersten Mal die vage Hoffnung, dass das doch noch ein angenehmer Nachmittag werden könnte.

»Es ist nicht alles Golf, was glänzt«, kalauerte ich fröhlich.

»Hindernisse sind dazu da, um überwunden zu werden«, hatte Bleibach natürlich einen passenden Spruch zur Hand.

Von mir aus.

Auf den Bahnen Fünf und Sieben gingen zwei weitere Golfbälle im dichten Gestrüpp der Anlage für immer verloren. Der Sandbunker der Bahn Elf verhinderte ein akzeptables Gesamtergebnis. Bleibach brauchte fünf Versuche, die weiße Kugel mit dem Sandwedge aus der Kuhle zu chippen.

Schließlich stand ich zwei Bahnen weiter mit Bertold Bleibach am Loch dreizehn und blinzelte in den dunkelgrauen Himmel. Wir befanden uns am vom Clubhaus entferntesten Loch der Achtzehner-Golfanlage, und dieser Blick versprach nichts Gutes. In Kürze würde das in den Nachrichten angekündigte Unwetter mit Blitz und Donner und einer ganzen Menge Regen über uns hereinbrechen, und Bleibach hatte sich noch nicht mal zum Thema geräuspert.

Er legte einen Golfball auf die hölzerne Abschlaghilfe und knurrte entschlossen. »Los! Jetzt aber!«

Weit ausgeholt – und mit Schmackes zischte die Kugel durch die gewitterschwüle Luft. Sie geriet aber wieder zu weit nach links und landete in einem ungemähten Seitenstreifen.

Ich unterdrückte ein Grinsen.

Bleibach fluchte grob, rupfte energisch die elegante Sonnenbrille von Oakley vom Nasenrücken und schob sie ins dichte, schwarz getönte Haar. »Kommen wir zur Sache, Hansen. Ich habe mich entschlossen, die Firma zum nächsten Ersten zu verkaufen. Mir wurde ein gutes Angebot unterbreitet. Ich habe angenommen und werde mich in Zukunft darauf konzentrieren, hier auf dem Golfplatz mein Handicap zu verbessern.«

Mir fiel die Kinnlade runter. Was sollte das denn jetzt?

»Zum nächsten Ersten?«, fragte ich entsetzt. Mir schwante Übles.

»Jawohl.«

Er schob lässig seinen Schläger in den teuren Golfsack und zupfte einen Fussel vom Polohemd. »Beim neuen Arbeitgeber wird kein Platz für Sie sein. Sie sind also hiermit entlassen. Ich habe meiner Sekretärin aufgetragen, Ihre Papiere fertig zu machen. Die werde ich heute Abend unterschreiben, und die können Sie sich morgen Vormittag im Büro abholen, wenn Sie Ihre Sachen zusammenpacken!«

Gar nicht weit weg krachte ein erster Donner.

Das durfte doch nicht wahr sein! Ich versuchte, das Zittern in meiner Stimme zu unterdrücken. »In der kommenden Woche hätte sich mein Arbeitsvertrag um zwei Jahre verlängert. Jetzt stehe ich komplett ohne Job da.«

Bleibach lächelte selbstgefällig, sein teures, goldenes Halskettchen glänzte. »Ich weiß. Deshalb bekommen Sie auch keine Abfindung. Mit meinen letzten Schlägen war ich auch nicht zufrieden, aber so ist nun mal die Situation. Mir gerät der Abschlag zu weit nach links, der Ball landet im Sand, und Sie sind plötzlich arbeitslos.«

Wie benommen stieg ich in das Cart. Mit einer Kündigung hatte ich jetzt überhaupt nicht gerechnet.

Bertold Bleibach schulterte seinen teuren, protzigen Golfersack.

Ein Blitz zuckte. Den kommenden Regenguss konnte man praktisch schon riechen. Es wurde Zeit, von diesem baumfreien Abschlaghügel und vom Golfplatz runterzukommen.

Ich konnte es noch immer nicht fassen. »Wenn die Entscheidung schon gefallen ist, wozu bestellen Sie mich dann noch hierhin auf den Golfplatz? Da hätte doch auch ein Telefonanruf genügt?«

Er grinste mich in seiner ganzen selbstgefälligen Herrlichkeit breit an, seine strahlend weiß gebleachten Zähne funkelten. »Ich brauchte jemanden, der das Golf-Cart fährt.«

Das … Das war demütigender als eine Ohrfeige. Giftig startete ich den Elektrokarren und trat kräftig das Pedal durch.

»Heh!«, rief Bleibach. »Was soll der Quatsch? Sind Sie …?«

Den Rest verschluckte ein mächtiger Donner, dem der erwartete Platzregen folgte. Petrus hatte alle seine himmlischen Schleusen weit geöffnet.

»Dieses arrogante Arschloch«, murmelte ich und erkannte im Rückspiegel des kleinen Wagens, dass Bleibach im Regen wütend auf und ab hüpfte, wie ein wild gewordener Bergtroll. Ich fand, dabei kam sein fröhlich-buntes Outfit bestens zur Geltung.

»Blödmann!«

Sollte er doch durch den Regen zum Clubhaus zurücklatschen, in seinen feinen, handgefertigten Lederschuhen aus Italien. Ein bisschen Bewegung konnte nicht schaden, schließlich wollte er ja sein Handicap verbessern …

Es blitzte, und dem grellen Zickzack folgte sofort der Donner. Das Gewitter hing jetzt rabenschwarz und schwer direkt über uns.

Bleibach stand noch immer am Loch dreizehn und schimpfte. Die Schläger in seinem Golfsack glitzerten vor dem dunklen Wolkenhintergrund.

Plötzlich zuckte der nächste Blitz grell vom Himmel. Funken sprühten. Und ich konnte Bleibach nicht mehr sehen.

Mir glitt entsetzt der Fuß vom Pedal. Der Wagen ruckelte. Langsam schob sich ein Grinsen in meine Mundwinkel. Denn ich bezweifelte ernsthaft, dass Bleibach heute Abend noch meine Entlassungspapiere würde unterschreiben können.

Ich trat das Pedal durch.

Und sein Handicap würde er auch nicht mehr verbessern.

Alles im Eimer

ELLA DANZ

Als Niklas endlich auf dem Clubgelände am Großen Wannsee anlangte, herrschte Hochbetrieb. Autotüren klappten, Leute rannten mit Sporttaschen zwischen Steganlage, parkenden Autos und Clubhaus hin und her, allenthalben spürte man Anspannung. Timo, den er nur mit sanfter Gewalt aus dem Bett bekommen hatte, hing auf dem Beifahrersitz, Stöpsel in den Ohren, und tippte auf seinem Smartphone herum. Nichts interessierte Niklas' pubertierenden Sohn weniger als diese beknackte Regatta. Nur durch Bestechung, mit dem Versprechen, im Falle des ersten Platzes einen Zuschuss für das Equipment seiner Musikanlage springen zu lassen, hatte er Timo hierherlocken können. Niklas benötigte einen dritten Mann an Bord. Der Junge hatte zwar null Ehrgeiz, war aber beweglich und schnell, was man von Udo, dem anderen Teil der Mannschaft, nicht behaupten konnte.

»Moin, Jungs!«

Gut gelaunt sprang Udo an Bord, und Niklas wunderte sich wie stets, dass das GFK-Deck seinem nicht unbeträchtlichen Gewicht standhielt. Der Freund verschwand im Niedergang, um seinen Rucksack zu verstauen. Niklas erkannte an dem dumpfen metallenen Geräusch, dass Udo wieder den üblichen Vorrat an Bierdosen gebunkert hatte. Gleich darauf hörte er ein Zischen. Udo hatte sein erstes Bier geöffnet.

»Auf geht's, Jungs! Segel anschlagen. In zwanzig Minuten ist Steuermannsbesprechung, und gleich danach laufen wir aus.«

»Komme gleich. Muss erst mal 'n Schluck trinken. Hatte keine Zeit zum Frühstücken.«

Wie schon so oft schwor Niklas in diesem Moment, sich endlich eine echte Mannschaft zu suchen, Leute mit dem richtigen Biss, mit denen er auch einmal trainieren konnte, die gewinnen und nicht einfach nur ein bisschen auf dem See rumschippern wollten. Verdammt, wenn er nur mehr Zeit hätte. Nicht nur der Zufall lenkte seinen Blick zu der flachen Rennschüssel am gegenüberliegenden Steg. Zwei kurz geschorene tief gebräunte Männer in eng anliegenden schwarzen T-Shirts über ihren weißen Bermudas bewegten sich behände über das Deck. Der Schriftzug Bella Bionda zog sich quer über ihre mächtigen Brustkörbe, und verspiegelte schwarze Sonnenbrillen an neonfarbenen Brillenbändern ließen sie gefährlich aussehen. Der eine schlug den Spinnaker an, schmiss mit energischen Bewegungen Liek auf Liek in den Niedergang, der andere bereitete das Groß vor, kontrollierte Fallen und Niederholer, legte die Schoten bereit. Mit ihren muskelbepackten Armen ließen sie die Coffeegrinder schnarren, als wollten sie mit dem Geräusch schon vor dem

Start ihre Gegner verschrecken. Wenn der Eigner erschien, brauchte er nur an Bord zu springen, die beiden hatten sämtliche Vorarbeiten erledigt. Harros ›Fockaffen‹ nannte Niklas die Männer abfällig. Doch eigentlich war er nur neidisch.

Über dem gesamten Hafen lag eine betriebsame Hektik. Die bereitliegenden Segel raschelten und knisterten im Wind, Schapps klappten zu, Motoren wurden probeweise gestartet, und dazu schlugen die Fallen rhythmisch gegen die Masten.

Es war die erste Clubregatta dieser Saison, und Niklas hatte einen Ruf zu verteidigen. Schon fünfmal hatte er in den vergangenen Jahren am Saisonende den Pott nach Hause geholt, einen Pokal, der noch vom Kaiser gestiftet worden war und der hinter fünf Jahreszahlen seinen eingravierten Namen trug. Umso erstaunlicher, als er stets mit mehr als unzulänglichen Mannschaften unterwegs war. Doch mit seiner seglerischen Begabung und dem auf Binnengewässern recht schnellen Schiff hatte er das immer ausgleichen können. Allerdings war seine Siegesserie in der vorletzten Saison abgerissen. Da war Harro in den Club gekommen.

»Gleich elf, Leute. Auf zur Besprechung! Sperrt die Ohren auf und merkt euch den Kurs, damit nicht wieder alles an mir hängen bleibt.«

»Aye, aye Käpt'n«, brummte Udo lahm. Timo verzog nur genervt das Gesicht.

»Jetzt nimm endlich die Dinger aus den Ohren«, blaffte Niklas seinen Sohn gereizt an und zog am Kabel, was Timo mit einem aggressiven »Hey!« quittierte, aber Smartphone und Ohrstöpsel sogleich in die Kajüte legte.

Auf der Kaimauer hatten sich schon fast alle Regatta-teilnehmer versammelt, man grüßte sich, klopfte Schultern, Sprüche flogen hin und her, das übliche Geplänkel, von spöttisch bis provokant vor dem großen Kräftemessen. Der Letzte, der lässig herangeschlendert kam, als der Wettfahrtleiter seine Rede schon begonnen hatte, war Harro. Weiße Jeans und ein weißer Pulli mit blauem Rand spannten um seine ausladende Figur, die Füße steckten in edlen marineblauen Docksides, und auf dem nur noch spärlichen Haar saß eine teure Sonnenbrille. Er grüßte mit einem gönnerhaften Lächeln in die Runde.

»Sorry, musste mit Charlene frühstücken, sonst hätte ich Ärger bekommen. Heute ist doch Sonntag! Frauen, ihr wisst schon ...«

Auf sein verschwörerisches Zwinkern antworteten die meisten mit einem zustimmenden Grinsen. Harro war nicht beliebt im Club, aber man bewunderte ihn maßlos: Erfolgreicher Unternehmer, Geld ohne Ende, diverse Domizile an den schönsten Orten der Welt, und die Bella Bionda war die geilste Yacht im Club. Sein richtiges Schiff, wie Harro es bezeichnete, eine Maxi-Yacht, lag in Porto Cervo, wo sie regelmäßig beim Rolex-Cup die Nase vorn hatte. Und natürlich hatte Harro auch die heißeste Frau.

Niklas hatte keine Frau mehr. Er war geschieden, und der Unterhalt, den er für Annegret und Timo, der nur jedes zweite Wochenende bei ihm verbrachte, abdrücken musste, lastete schwer auf seinem Budget.

Womit Harro seine Millionen verdiente, wusste niemand so genau. Man munkelte von Öl- und Gasge-

schäften mit Russland, auch dass er ein echtes Schlitz-
ohr sei und manche seiner Deals wohl nicht so ganz
legal. Niklas verfluchte sich für seine eigene Redlich-
keit. Obwohl er in Selbstausbeutung rund um die Uhr
in seiner kleinen Werbeagentur schuftete – mehr als
eine Bürokraft und wechselnde Praktikanten trug der
Umsatz nicht – kam er auf keinen grünen Zweig.

Und während Harro pünktlich zum Saisonauftakt
schon wieder mit einer neuen Rennziege auf dem Teich
aufkreuzte, hatte Niklas' Schiff schon reichlich Jahre
auf dem Buckel. Da er sich nicht jedes Jahr einen neuen
Satz leisten konnte, waren auch die Segel ziemlich aus-
gelutscht.

Angesichts seiner nachteiligen Ausgangslage war
klar, dass sich Niklas' Sympathien für Harro in engen
Grenzen hielten. Segeln konnte der Mann seiner Meinung nach ohnehin nicht. Harro holte sich seine
Cracks an Bord, gegen üppige Bezahlung, hieß es, und
die sagten ihm, wie er zu fahren hatte. Um vorne zu
sein, war Harro nicht nur jedes finanzielle Mittel recht.
Für ihn galt keine Regel, er nahm sich rücksichtslos
jeden Vorteil. Nicht zuletzt auch wegen dieses Man-
gels an Fairness verabscheute Niklas seinen Konkurrenten zutiefst.

Nachdem er zwei Jahre lang auf rechtschaffene Weise
hinter Harro hergesegelt war, wenn auch nur knapp,
hatte Niklas sich entschlossen, zu anderen Maßnahmen
zu greifen, weshalb er dem Ausgang der heutigen
Wettfahrt mit verhaltenem Optimismus entgegensah.

»Uhrenvergleich«, forderte der Wettfahrtleiter die
Regattateilnehmer auf.

»Es ist jetzt genau elf Uhr und … fünfzehn Minuten. Start ist um 11.30 Uhr, Schallsignal fünf Minuten, vier, eine Minute, Start. Wünsche allen eine erfolgreiche und faire Wettfahrt!«

Im Nu floss die Menge auseinander, und alle eilten zu ihren Booten. Bald schob sich ein Schiff nach dem anderen aus dem kleinen Hafen, die Dickschiffe unter dem leisen Tuckern ihrer Einbaumaschinen, auf den sportlichen Yachten hangelten sich die Mannschaften mit Körperkraft entlang der Festmacherpfähle aus dem Hafen und setzten, nachdem sie dem Pulk entronnen waren, die Segel. Wie eine ziellose Herde trieben sich die Regattateilnehmer in der Nähe der Startlinie herum. Rufe nach »Raum« hallten über das Wasser, hastige Wenden wurden gefahren und erste nicht ganz sportliche Wortwechsel geführt.

Niklas wurde ganz ruhig. Sie würden bei Halbwind von Süd nach Nord starten. Er prüfte noch einmal die Windverhältnisse und wusste sofort, dass die bevorteilte Seite der Startlinie am Fass lag. Er sah auf die Uhr.

»Noch fünf Minuten bis zum ersten Signal. Los, wir ziehen mal probeweise den Spi! Timo, Achterholer einpicken, Spibaum setzen!«

Niklas steuerte in Richtung Süden und gab die Anweisungen.

»Udo, du setzt das Fall durch! Timo, du schmeißt das Ding raus! Ich halt die Schoten, und dann übernimmst du. Und los!«

Udo zog mit aller Kraft, das gelb-weiß-rote Segel blähte sich und formte eine perfekte Eieruhr.

»Scheiße! Timo, nach welcher Seite hat er sich vertörnt?«

Der Junge warf einen Blick nach oben, schmiss sich nach Backbord, griff nach dem Liek und zog daran. Mit einem satten Plopp öffnete sich das Segel.

»Spibaum weiter nach achtern fieren!«

Sogleich nahm das Schiff Fahrt auf.

»Na also, geht doch«, meinte Niklas zufrieden, »wieder runter damit!«

Das Ankündigungssignal ertönte. Während sie den Spi bargen, beobachtete Niklas aus den Augenwinkeln die Bella Bionda. Dort kreiste an Bord die Sherryflasche, wie vor jeder Regatta. Jetzt kippte Harro den Schluck Sherry für Rasmus, den Herrn der Winde, ins Wasser und nahm dann selbst einen. Lautes Lachen schallte herüber. Man war offensichtlich völlig entspannt und siegessicher.

Na warte, du wirst dich noch wundern, dachte Niklas im Stillen. Er musste niesen. Ja, war ziemlich kalt gewesen, das Wasser. Ein teuflisches Grinsen breitete sich auf seinem Gesicht aus. Noch zwei Minuten bis zum Start. Nicht zu früh und nicht zu spät über die Linie zu gehen, das war die große Kunst.

Das Einminutensignal ertönte. Niklas steuerte auf Backbordbug in Richtung Starttonne. Sein Timing war perfekt. Er würde genau beim Startsignal passieren. Inzwischen tummelten sich fast alle kurz vor der Linie, ein aufgeregter Haufen mit flatternden Segeln, nervös die Konkurrenten beobachtend. Jetzt pflügte auch noch ein Wannseedampfer direkt neben dem Regattafeld vorbei, und ein paar Ängstliche suchten schnell das Weite, da die Dampferkapitäne nicht gerade für ihre Rücksichtnahme bekannt waren. Wenn ihnen Niklas auf seinem Vorfahrtkurs nahekam, wichen die Clubkameraden früher oder später aus. Ein Ramming wollte niemand riskieren. Niemand, bis auf Harro. Der hielt gnadenlos drauf, so gnadenlos, dass Niklas in einem Manöver des letzten Augenblicks wegwendete. Zwar war er im Recht, was auch die Versicherung so gesehen hätte, doch womöglich hätte er mit einem Loch in der Bordwand nach Hause fahren müssen, und das wollte er gerade heute ganz und gar nicht. So ging er nun doch hinter der Bella Bionda über die Startlinie. Trotz dieser unfairen Behinderung aber immer noch vor allen anderen Teilnehmern. Schnell setzte er sich mit seinem Schiff vom Hauptfeld ab, kontrollierte die Windfäden, trimmte die Segel permanent nach und fuhr einen idealen Kurs nach Norden zur ersten Tonne. Dabei beobachtete er mit Befriedigung, dass sie der Bella Bionda langsam, aber stetig näher rückten.

Auch wenn es mit Harros seglerischem Können nicht weit her war, so war ihm zumindest klar, dass er bei seinem Yardstickwert nach gesegelter Zeit einen ordentlichen Vorsprung zu Niklas' Boot benötigte, um nach berechneter Zeit vor ihm zu liegen. Doch außer dass seine Mannschaft ständig am Trimm arbeitete und hin und wieder ratlose Blicke ins Kielwasser warf, schien man an Bord der Bella Bionda noch siegesgewiss zu sein.

Der zu segelnde Kurs umfasste zwei Dreiecke. Als sie die erste Runde hinter sich hatten, lagen nur noch ein paar Bootslängen zwischen den beiden Führenden. Jetzt begann Harro doch nervöse Blicke nach hinten zu werfen, und seine Fockaffen turnten aufgeregt zwischen Vorschiff und Niedergang herum, rupften an den Segeln, holten dichter, ließen wieder locker, die Coffeegrinder knarrten, aber die Yacht gewann keinen Meter – im Gegenteil.

»Alles klar zum Spi setzen?«

»Klar!«, riefen Timo und Udo gleichzeitig, denen der Spaß an der Geschwindigkeit anzumerken war, genau wie Niklas. Sie schossen auf die Bahnmarke zu und rauschten elegant um die Tonne.

»Hoch damit!«

Der Ballon öffnete sich mit einem Knall und stand wie eine Eins. Nach wenigen Metern hob sich der Bug aus dem Wasser, und sie glitten, ohne die Mannen auf der Bella Bionda eines Blickes zu würdigen, an der edlen Regattayacht vorbei. Dort herrschte Panik. Harro schrie seine Muskelmänner an, die schrien zurück, er solle sich nicht einmischen, sondern lieber einen sauberen Strich fahren.

Zwanzig Minuten später bestätigte ein Glocken-schlag vom Schiff der Wettfahrtleitung ihren ord-nungsgemäßen Zieldurchgang als erstes Boot, und Niklas und seine Mitsegler fielen sich glücklich in die Arme. Ganz entspannt fuhren sie zurück zum Hafen, bargen die Segel, schossen sämtliche Enden auf und legten die Persenning bereit. Kurz nach ihnen war die Bella Bionda eingelaufen. Kein Mucks war von dort zu hören. Verbissen klarten die Fockaffen das Schiff auf, während Harro sogleich an Land sprang, wahrschein-lich, um im Clubhaus in einem frisch Gezapften seine Niederlage zu ertränken.

Niklas blieb mit Timo und Udo an Bord. Sie dösten in der Sonne und warteten auf das Ende der Regatta. Nach über einer Stunde war endlich auch der letzte Teilnehmer durchs Ziel gegangen, die Wettfahrtleitung hatte das Ergebnis ausgerechnet, und man traf sich für die Siegerehrung am Flaggenmast. Niklas wurde mit seinem Schiff als heldenhafter Gewinner gefeiert. Mit größter innerer Befriedigung nahm er von allen Seiten Glückwünsche entgegen. Auf die Zeremonie folgte das übliche gemütliche Beisammensein mit Bier und Gegrilltem. Udo hatte keine Zeit und Timo keine Lust dazu, sodass er sich Udo anschloss, der ihn mit dem Auto in die Stadt mitnahm. Vorher allerdings forderte er noch die versprochene Siegesprämie von seinem Vater, der ihm großzügig zwanzig Euro in die Hand drückte.

Auch bei Niklas reichte es nur für ein schnelles Bier vom Fass, das mal wieder Harro in Erwartung seines Sieges spendiert hatte, um – wie gewöhnlich – mit den Clubkameraden zu feiern, bis es geleert war. Niklas hatte noch eine wichtige Verabredung. Als er sich gerade verabschiedete, sah er einen der Fockaffen hektisch an Land stürmen und mit erregten Gesten auf Harro einreden, wobei er immer wieder zur Bella Bionda deutete.

Ob die Jungs was entdeckt hatten? Niklas sprang in sein Auto. Egal, was für ein Tag! Dabei hatte er das Beste noch vor sich. Er musste an Harros Gesicht denken, als der ihm zum ersten Platz gratuliert hatte. Der hatte ganz den fairen Sportsmann gegeben, aber sich in Wirklichkeit die Platze geärgert. Das hatte Niklas deutlich gespürt.

Kurz vor Schwanenwerder suchte er einen etwas abgelegenen Parkplatz und ging den kurzen Weg zur

Villa zu Fuß weiter. Es hatte sich gelohnt, dass er sich gestern Abend überwunden und in den aprilkalten Wannsee gewagt hatte. Fünfmal musste er tauchen, dann hatte er den Zinkeimer so am Kiel befestigt, dass er von Bord nicht zu sehen war, aber mit seinen zwanzig Litern Fassungsvermögen einen ordentlichen Widerstand bildete. Niklas beglückwünschte sich zu seiner genialen Idee. Und sollten sie den Eimer doch finden – niemand konnte auch nur ahnen, dass er dahintersteckte.

Dass er seinen Sieg nicht feiern konnte, jedenfalls nicht mit Bier und Clubkameraden, bedauerte Niklas nicht im Geringsten. Er war zu einer ganz anderen Art von Feier geladen.

Schön und blond stand sie in der Tür, erwartete ihn ungeduldig und zog ihn sofort nach oben ins Schlafzimmer. Gegenseitig rissen sie sich die Kleider vom Leib und fielen übereinander her wie zwei Verdurstende. Niklas tauchte wieder – zwischen ihre Brüste, zwischen ihre Beine, erlebte nach dem Geschwindigkeitsrausch einen Rausch der Lust, hörte Charlenes leises Stöhnen und fühlte sich zum zweiten Mal an diesem Tag unbesiegbar. Plötzlich stülpte sich eine undurchdringliche Finsternis über ihn, und kurz darauf wurde er ohnmächtig.

Eine Woche nach der Regatta spülten die Wasser am Ufer des Strandbads eine bis auf die Socken unbekleidete Männerleiche an, oder besser gesagt das, was davon übrig war. Der Körper war in eine Schiffsschraube geraten. Nur der Kopf war völlig intakt, was man aber erst feststellte, als man mit großer Anstrengung den schweren Zinkeimer davon entfernt hatte, an dessen Griff die Reste einer dicken gedrehten Festmacherleine geknotet waren, die sich mehrfach um den Hals des Mannes geschlungen hatte.

Bald war klar, dass es sich bei dem Toten um ein Mitglied aus dem Segelclub am gegenüberliegenden Ufer handelte. In seinem Boot fand man die übrigen Kleidungsstücke, an Deck lagen ein Schrubber, ein Schwamm und ein Enterhaken. Der bedauernswerte Eigner war offensichtlich beim Bootschrubben von Bord gefallen, hatte sich in der Leine des Eimers unglücklich verheddert und war dann ertrunken. Dass er so gut wie nackt geputzt hatte, schrieb man dem ungewöhnlich heißen Wetter der letzten Woche zu.

Immer wieder kam im Segelclub am Wannsee die Sprache auf diesen tragischen Unglücksfall, besonders wenn man nach den Wettfahrten gemütlich beisammensaß. Die folgenden Clubregatten gewann übrigens alle Harro mit seiner Bella Bionda, und am Ende der Saison konnte er zum dritten Mal den Pokal mit nach Hause nehmen.

Einfach mörderisch

JÜRGEN EHLERS

Das ist eine Dummheit, Dieter!«, sagte Theo besorgt. Ja, es war eine Dummheit. Hundert Kilometer in weniger als einundzwanzig Stunden. Zu Fuß. Ein sogenannter Ultra-Marathon. Eine wahnsinnige Herausforderung. Aber Dieter Thomsen, Richter aus Hamburg, hatte sich im Leben jeder Herausforderung gestellt, und er würde auch diesmal nicht kneifen. Sein Freund und Kollege würde ihn nicht in letzter Minute davon abbringen.

»Noch kannst du zurück!«

Dieter schüttelte unwillig den Kopf. Noch zehn Minuten bis zum Start. Die Läufer hatten sich versammelt. Anders als früher war der Start zu einer Art Volksfest ausgeartet. Eine Serie von Plastikbögen überspannte die Straße und vermittelte den Eindruck einer überdimensionierten Hüpfburg. *Die Post – Le Poste – La Posta* war in Knallgelb vertreten, *Coop* dagegen in Schwarz. Richtig los ging es aber erst bei dem blauen Bogen. Die Firma kannte Dieter nicht, aber jedenfalls hatte sie ihr aufgepustetes Starttor mit den Worten *run happy* verziert.

»Das ist falsch«, brummte Dieter.

»Wir machen uns vom Acker, gehen zum Bahnhof, und in einer Stunde sind wir unterwegs in Richtung Hamburg.«

»Happily«, sagte Dieter unbeirrt. »Das muss happily heißen. – Und jetzt fährt sowieso kein Zug mehr.«

»22:49 Uhr.« Theo wusste es besser.

»Den kriegen wir nicht.«

»Dann 23:46 Uhr. Das schaffen wir auf jeden Fall. Da müssen wir zwar in Olten umsteigen …«

Dieter hörte nicht mehr zu. Er würde nicht davonlaufen. Dieser Konflikt musste hier und jetzt entschieden werden. Irgendwann würden sie ja sowieso aufeinandertreffen, und da war Biel genauso gut wie jeder andere Ort. Nein, Biel war besser. Dieter kannte Biel. Er hatte zweimal mitgemacht beim 100-Kilometer-Lauf, und er würde es jetzt das dritte Mal tun.

»Vergiss nicht, du bist über 60!«

Ja, das stimmte. »Jetzt kommt der Start«, sagte Dieter.

»Das ist ein großer Blödsinn, was du hier machst. Am Ende rennst du hundert Kilometer im Kreis, und der Hieronymus tritt überhaupt gar nicht an.«

»Der tritt an!« Zwar hatte Dieter seinen Gegner noch nicht gesehen, aber bei dem Gedränge war das kein Wunder. Die Veranstalter rechneten mit viertausend Teilnehmern. Selbst wenn vielleicht nur ein Viertel davon tatsächlich über die volle Distanz gehen wollte und jetzt hier am Start stand, so waren das doch immer noch zu viele Menschen, um den Überblick zu behalten.

»Dieter, bitte!«

»22 Uhr. Jetzt geht es los.«

Theo seufzte. »Mach's gut! Und denk dran: Hundert Kilometer sind eine verdammt lange Strecke. Lass dir Zeit! Du musst nicht als Erster ins Ziel kommen. Du musst überhaupt gar nicht ins Ziel kommen. Du musst dieses Ding lediglich überleben.«

Da hatte Theo recht. Dieter war sich sicher: Einer von ihnen beiden würde diesen Lauf nicht überleben – und er war davon überzeugt, dass das Hieronymus sein würde. Er sagte: »Denk an Jens!«

»Jens? Wer ist Jens?« Theo war irritiert. Inzwischen setzte sich die Masse der Läufer in Bewegung, und Menschen drängten an ihnen vorbei.

»Das Dorf heißt Jens«, sagte Dieter. »Du fährst am besten über die Autobahn. Dritte Ausfahrt.« Theo hatte ursprünglich vorgehabt, mit dem Rad nebenherzufahren, aber er war zu spät gekommen. Alle Velos waren ausgebucht. Da hatte er sich für einen Leihwagen entschieden.

»Ja, klar.«

»Bis dahin sind es zehn Kilometer. Du hast also ungefähr anderthalb Stunden Zeit.«

»Ich werde rechtzeitig dort sein.«

Nun ging es los. Erst einmal eine große Runde durch den Ort. War das damals auch so gewesen, als er mitgelaufen war? Er konnte sich nicht erinnern. Das letzte Mal war er 1972 mit dabei gewesen.

Theo hatte recht, es war gefährlich. Hieronymus hatte ihn herausgefordert, und er hatte sich herausfordern lassen. Angefangen hatte alles ganz harmlos. Einige von denen, die Dieter in seiner Eigenschaft als Richter verknackt hatte, hatten sich zusammengetan und ihn zu einer kleinen Feier eingeladen. Zu den meisten von ihnen hatte er ein gutes Verhältnis, und keiner konnte behaupten, dass er vor Gericht nicht fair behandelt worden sei. Es war nicht das erste Mal, dass sie sich getroffen hatten, und Dieter hatte sich auch gar nichts dabei gedacht, dass sie ihm diesmal als kleines Geschenk die Teilnahme am 100-Kilometer-Lauf spendiert hatten. Sie alle wussten schließlich, dass er in seiner Jugend einige dieser extremen Sportereignisse mitgemacht hatte, und da er noch heute davon schwärmte, war es eigentlich naheliegend, ihm diese Teilnahme zu schenken.

Dass es ein ziemlich großes Geschenk war, hatte er erst hinterher bemerkt. Damals, als er teilgenommen hatte, war die Gebühr minimal gewesen. Jetzt hatten seine Freunde für die späte Anmeldung 160 Schweizer Franken bezahlen müssen. Hinzu kam noch die Bahnfahrkarte. Stutzig war er erst geworden, als er feststellte, dass sie ihm nur die Hinfahrt spendiert hatten, nicht aber die Rückfahrt. Als er dann nachfragte, erfuhr er, dass es allein Hieronymus gewesen war, der dieses ungewöhnliche Geschenk organisiert hatte. Ausgerechnet Hieronymus.

Hieronymus von Klausen war zwar nicht der dreizehnte Gast gewesen, aber ähnlich wie die böse Fee bei Dornröschen war er uneingeladen erschienen und hatte die Stimmung ein kleines bisschen getrübt. Selbst in Verbrecherkreisen war er nicht beliebt. Dieter hatte ihn damals verurteilt, als er bei einem brutalen Raubüberfall gefasst worden war. Fest stand, dass Hieronymus ein gefährlicher Mensch war, und Dieter hielt ihn für rachsüchtig. Wahrscheinlich hatte er damals seine Exfreundin und deren Mann umgebracht, aber das konnte man ihm nicht beweisen.

Selbst den Raubüberfall hatte er abgestritten, obwohl er auf frischer Tat erwischt worden war. Die Auseinandersetzung im Gerichtssaal damals war knapp zu Dieters Gunsten ausgegangen. Es war – selbst unter den einschränkenden Formalitäten der Prozessordnung – ein Kampf Mann gegen Mann gewesen, und ganz offensichtlich forderte Hieronymus von Klausen jetzt, wo er wieder auf freiem Fuß war, seine Revanche.

Inzwischen hatten sie schon gut fünf Kilometer zurückgelegt. Die Läufer, die sich Chancen auf einen der vorderen Plätze ausrechneten, waren längst davongeeilt. Dieter lief nicht. Das Reglement sah vor, dass man innerhalb von einundzwanzig Stunden das Ziel erreichen musste, und das erschien ihm durchaus möglich. Damals hatte er einen Schnitt von sechs Kilometern pro Stunde gehalten. Aber damals war er natürlich jünger gewesen, viel jünger. Immerhin – bis jetzt ging alles glatt, und sein Knie machte sich nicht bemerkbar. Aber nun kam der erste Härtetest. Gleich hinter Port ging es steil bergan. Relativ steil. Sie waren hier im Schweizer Mittelland, und echte Berge gab es nicht. Aber Dieter bemerkte, dass er selbst einen Anstieg von fünfzig Höhenmetern nicht mehr so leicht wegstecken konnte wie früher. Eine ganze Gruppe von Läufern zog an ihm vorbei.

»Hopp, hopp!«, rief jemand.

Dieter lachte und winkte, um zu zeigen, dass ihm das alles nichts ausmachte, aber jedenfalls war er froh, als es schließlich wieder nach unten ging. Von hier ab würde es lange, lange auf ebenem Gelände weitergehen. Inzwischen war es richtig dunkel geworden, aber natürlich gab es Straßenlaternen und Wanderer mit Taschenlampen, sodass es nirgendwo vollkommen finster war. Dieter wusste allerdings, dass es nicht so bleiben würde. Die Gruppe der Wanderer würde sich im Laufe der Nacht weiter auseinanderziehen, und er erinnerte sich, dass weit nach Mitternacht ein äußerst dunkles Stück kam, wo man aufpassen musste, nicht vom Weg abzukommen. Wenn Hieronymus in der Nacht zuschlagen wollte, dann würde er es dort tun.

Wo war überhaupt Hieronymus? Bis jetzt hatte er ihn nicht gesehen. Sollte am Ende Theo doch recht behalten?

Theo wartete in Jens. Die örtliche Kneipe hatte noch geöffnet, und man sah fröhliche und leicht angetrunkene Menschen auf der Straße, einige gingen leicht schwankend ein Stück weit neben den Läufern her. Dieter wusste, dass er keine Pause machen durfte. Er hatte Theo vorher entsprechend instruiert, und so gingen sie ein Stück weit nebeneinander her.

»Ich habe ihn gesehen«, sagte Theo. »Vorhin am Start. Er ist nach dir gestartet, als einer der Letzten. Er war beim Start knapp zehn Minuten hinter dir, und ich glaube nicht, dass er das bis hier schon aufgeholt haben kann. Er ist ja auch schon über 60, oder?«

»58«, sagte Dieter.

»Jedenfalls ist er dabei. Du musst vorsichtig sein, dass er dir nicht von hinten ein Messer in den Rücken rammt.«

»Ja.« Hieronymus würde ihm kein Messer in den Rücken rammen. So lief diese Auseinandersetzung nicht. Und er würde auch nicht auf ihn schießen, wie Theo geglaubt hatte. »Die schusssichere Weste brauche ich nicht«, sagte Dieter. »Die kannst du hierbehalten.«

»Aber die Sicherheit …«

»Unfug!« Das Ding drückte und war viel zu schwer. Dieter gab Theo die kugelsichere Weste, lehnte das Mineralwasser ab, das Theo ihm anbot, und dann ging er weiter.

»Brauchst du die Herztabletten? Ich hab sie im Auto!« Dieter schüttelte den Kopf. Er hatte zu niedrigen Blutdruck. Bei einer Belastung wie dieser konnte das nur von Vorteil sein.

»Nächste Station Jegenstorf«, rief Theo ihm hinterher.

Ja, so war es abgemacht. In Jegenstorf würde es schon langsam wieder hell werden. In Jegenstorf hätte er dann schon fast fünfzig Kilometer hinter sich. Aber die ersten fünfzig Kilometer waren leicht. Das Problem waren die letzten fünfzig. Dieter marschierte weiter. Nach kurzer Zeit musste er feststellen, dass sich unter dem linken Fuß eine Blase gebildet hatte. In Aarberg gab es eine Rotkreuzstation. Dieter entschied sich, die Blase zu ignorieren und weiterzumarschieren. Wo blieb Hieronymus? Was hatte er vor? Dieter wollte es endlich hinter sich bringen.

Auf der Brücke über die Autobahn war er dann plötzlich da. Dieter fuhr zusammen, als er ihm auf die Schulter tippte. »Hier könnte man leicht hinunterstürzen«, sagte Hieronymus.

»Ich glaube nicht«, behauptete Dieter. Seine Stimme klang fest; Hieronymus sollte nicht bemerken, wie sehr er ihn erschreckt hatte.

Hieronymus lachte. »Keine Angst, ich werde dich nicht über das Geländer werfen. Das ist mir zu dramatisch. Du wirst auf andere Weise umkommen.«

Dieter schüttelte den Kopf.

»Doch, das wirst du. Sieh dich doch an: Du bist alt und verbraucht, Dieter. Ein solcher Gewaltmarsch ist zu viel für dich. Du versuchst, mit mir mitzuhalten, aber das schaffst du nicht. Doping nützt nichts. Du kannst so viele Pillen schlucken, wie du willst. Ich werde vor dir ins Ziel kommen. – Nein, was rede ich, nur ich werde ins Ziel kommen, und du wirst vorher tot umfallen.«

»Das werde ich nicht tun.«

»Wir werden sehen!«

Hieronymus zog das Tempo an. Dieter marschierte ein paar Hundert Meter weit verbissen hinter ihm her, bis er einsehen musste, dass er diese Geschwindigkeit auf die Dauer nicht halten konnte. Und es war töricht, das überhaupt zu versuchen. Er durfte sich nicht provozieren lassen. Er musste sein Tempo weitergehen, und am Ende würde er vorn liegen. Wer so schnell marschierte wie Hieronymus jetzt, der brauchte Pausen. Vor allem, wenn er so unerfahren war wie er. Dieter malte sich aus, wie sein Konkurrent auf dem Gefängnishof verbissen Runde um Runde marschiert war, um sich auf diesen Lauf vorzubereiten. Er lachte leise vor sich hin.

»Nach dreißig Kilometern bricht bei manchen allmählich der Irrsinn aus«, sagte plötzlich eine Stimme neben ihm. Es war nicht Hieronymus. Es war eine junge Läuferin, die ihn leichtfüßig überholte.

Dieter erwiderte nichts. Es war nur ein Scherz gewesen, aber er ärgerte sich trotzdem. Jetzt war es stockdunkel. Lediglich links vor ihm war der Horizont etwas heller; das mussten die Lichter von Solothurn sein.

Dieter marschierte weiter. Weiter und weiter und immer weiter. Vielleicht hätte er sich doch nicht auf diesen Unsinn einlassen sollen. Dieter dachte an sein Knie. Er hatte damals die Langstreckenläufe aufgeben müssen. Eigentlich hatte er noch die 160 Kilometer von Nijmegen nach Rotterdam mitmachen wollen, aber das hatte er sich nicht getraut. Und jetzt? Auch die hundert Kilometer waren eindeutig zu viel. Inzwischen hoffte er darauf, dass hinter irgendeiner Biegung des Weges Hieronymus auf ihn warten würde. Ein kurzes Handgemenge, ein gut gezielter Karateschlag, und Hieronymus von Klausen wäre erledigt. Im Nahkampf Mann gegen Mann hatte der Kerl keine Chance. Aber Hieronymus kam nicht.

In Jegenstorf wartete Theo auf ihn. Hieronymus? Der hatte sich noch nicht blicken lassen. Offenbar hatte er irgendwo anhalten und Dieter vorbeiziehen lassen müssen. Diesmal legte Dieter gegen besseres Wissen doch eine kurze Pause ein. Welch ein wunderbares Gefühl, sich einen Augenblick lang ins Gras zu legen! Welch ein gefährliches Gefühl. Wie angenehm wäre es doch, jetzt die Augen zu schließen, nur für einen winzigen Moment … Dieter zwang sich, nach weniger als einer Minute wieder aufzustehen. Diesmal lehnte er das Mineralwasser nicht ab. Theo hatte auch Traubenzucker dabei, aber den wollte Dieter noch nicht. Den wollte er sich für das letzte Stück aufsparen, für die letzten dreißig Kilometer.

Als Dieter sich wieder auf den Weg machte, humpelte er. Das kam davon, wenn man Pausen einlegte! Er biss die Zähne zusammen, marschierte weiter, und nach einiger Zeit hörte das Humpeln auf. Die Blase unter der Fußsohle war längst geplatzt, und an den Schmerz hatte er sich gewöhnt.

In Kirchberg auf der Brücke über die Emme hatte Hieronymus ihn wieder eingeholt. Inzwischen war es hell geworden. Eine Gaststätte hatte geöffnet, und Dieter ließ sich von Hieronymus zu einem Kaffee überreden. Sein Gegner wirkte jetzt völlig gelassen, und für einen kurzen Moment glaubte Dieter, dass sie sich am Ende friedlich einigen könnten und gemeinsam durchs Ziel marschierten.

Als Dieter vom Klo zurückkam, hatte Hieronymus schon die Rechnung bezahlt und sich auf den Weg gemacht. Dieter ließ seinen Kaffee stehen und hastete weiter. Der Rucksack erschien Dieter plötzlich schwerer als vorher. Schiere Einbildung, dachte er, aber schließlich sah er doch nach. Hieronymus hatte ihm einen Stein ins Gepäck gelegt. Wütend schmiss Dieter den Felsbrocken in die Emme. Gut, dass er den Kaffee nicht getrunken hatte! Womöglich hatte der Kerl ihm ein Schlafmittel hineingeschüttet!

Der Weg auf dem Emmendamm war der unbeliebteste Teil der ganzen Strecke. Auf dem schmalen Pfad konnte man nur hintereinander gehen. Ein Überholen war nicht möglich. Dieser Weg hieß bei den Läufern noch immer Ho-Chi-Minh-Pfad, obwohl die jüngeren der Teilnehmer wahrscheinlich keine Ahnung hatten, was damit gemeint war.

Dieters Handy meldete sich.

»Ja, was gibt's?« Dieter ärgerte sich, dass er das Ding nicht abgeschaltet hatte.

Der Anrufer war Theo. »Schlechte Nachrichten«, sagte er. »Es gibt schlechte Nachrichten. Ich bin lahmgelegt. Jemand hat alle vier Reifen von meinem Wagen zerstochen. Außerdem ist unser Gepäck durchwühlt worden. Ich weiß noch nicht, ob etwas fehlt.«

»Was ist mit dem Geld?«

»Geld und Papiere habe ich bei mir.«

Kein Zweifel, das war Hieronymus gewesen. Deswegen war er plötzlich so weit zurückgefallen. Er hatte keine Pause eingelegt, er hatte Theos Wagen außer Gefecht gesetzt. Das war ärgerlich, aber Dieter glaubte, dass er auch ohne Theos Hilfe ans Ziel kommen würde.

Bei dem Kontrollposten in Gerlafingen hätte Theo warten sollen, das fiel nun aus. Dieter weigerte sich, eine Pause einzulegen. Nein, er wollte auch keinen Traubenzucker und kein Mineralwasser. Er wollte Hieronymus einholen und sonst gar nichts. Er wollte gewinnen.

Das war leichter gesagt als getan. Bei der Siebzig-Kilometer-Marke wurde Dieter klar, dass er seine Möglichkeiten überschätzt hatte. Die beiden Trainingsmärsche über zwanzig Kilometer hatten einfach nicht ausgereicht, um ihn für diese Herausforderung fit zu machen. Er hatte auf seine Erfahrung gesetzt, aber die konnte den Trainingsrückstand nicht gutmachen. Zum ersten Mal spürte er jetzt so etwas wie Angst. Er glaubte zwar nicht, dass er tot umfallen würde, aber auszuschließen war das nicht. Fest stand, dass er immer langsamer wurde.

Ihm fiel auf, dass er in letzter Zeit niemanden mehr überholt hatte. Im Gegenteil, die anderen überholten ihn. Wieder zog eine größere Gruppe von jüngeren Männern an ihm vorbei. Dieter wischte sich den Schweiß von der Stirn. »Ist es das wert?«, murmelte er. »Ist es das wirklich wert?«

Das Handy riss ihn aus seinen trüben Gedanken. »Ich bin's noch einmal«, sagte Theo. »Nein, ich habe noch keinen Ersatzwagen bekommen. Aber ich habe eine Frage: Du machst doch keine Dummheiten, Dieter?«

»Was denn für Dummheiten?«

»Hast du etwa dein Herzmittel mitgenommen?«

»Blödsinn!« Sein Kreislauf lief sowieso auf Höchsttouren. Es wäre wahnsinnig gewesen, dem noch weiter nachzuhelfen.

»Dann muss Hieronymus es eingesteckt haben. Ich kann es jedenfalls nicht finden.«

Wenn das so war, dann hatte sein Konkurrent ganz offensichtlich geglaubt, dass das ein Dopingmittel sei. Er hatte Theos Auto außer Gefecht gesetzt und zur Sicherheit das Medikament mitgenommen. Das würde ihm nichts nützen. Ich schaffe es, dachte Dieter. Ich schaffe es! Und da vorn war schon die 75-Kilometer-Marke. Ja, er würde es schaffen, auch wenn weitere Läufer an ihm vorbeizogen. Und es stimmte auch gar nicht, dass die anderen alle schneller waren. Da vorn ging einer, der war ganz offensichtlich noch viel schlechter dran als er.

Dieter erkannte Hieronymus erst, als er ihn eingeholt hatte. Er war krebsrot im Gesicht und taumelte von einer Seite des Weges auf die andere. Es dauerte eine Weile, bis Dieter begriff, was passiert war. Sein Konkurrent hatte die Herztabletten für ein Dopingmittel gehalten und sie kurzerhand selbst geschluckt. Eine pro Tag war vorgesehen; Hieronymus hatte sie womöglich alle genommen. Bevor Dieter irgendetwas tun konnte, brach Hieronymus zusammen. Der Notarzt, den er sofort alarmierte, konnte Hieronymus nicht mehr retten.

Dieter kam als einer der Letzten ungefähr eine Stunde vor Zielschluss in Biel an. Er hatte in einem der Dörfer entlang der Strecke pausiert, erst ein Bier getrunken und dann noch eins.

»Glückwunsch, Sie haben es geschafft!«, sagte eine junge Frau.

»Ja, ich habe es geschafft.«

Die Frau hielt ein Mikrofon in der Hand. »Ich bin vom Bieler Tagblatt. Wie fühlen Sie sich? Können Sie unseren Lesern kurz erklären, wie es war?«

»Mörderisch«, murmelte Dieter. »Einfach mörderisch.«

Vertical Limit

Das machen jetzt sogar Feministinnen«, brüllte Tobias ihr hinterher. Vergebens. Die Tür knallte ins Schloss. Na großartig. Wenn er das den Jungs erzählte. Das Leben als Mann war wirklich nicht einfach. Früher genügte es, eine Frau zu *haben*. Kochen musste sie können, und dass sie gut im Bett war, konnte man ja problemlos erfinden. Fertig war das Prestige-Objekt. Wenn sie dabei gut aussah, umso besser.

Jetzt muss sie noch dünn sein, Silikontitten besitzen, einem achtbaren Beruf nachgehen – irgendwie muss man die Implantate neben den Raten für den Wagen ja noch zahlen – wissen, wie man Emanzipation buchstabiert, man will ja nicht als Trottel dastehen mit ihr auf Cocktailpartys. Und natürlich sollte sie Analsex als lustvoll empfinden, etwas von tantrischem Fisten verstehen und über die Qualität von Swingerclubs diskutieren können. Aussehen musste sie selbstredend wie Hölle, Operationen inklusive. Sonst brauchte man sich bei den Abenden mit den Jungs gar nicht erst blicken zu lassen.

Welcher Idiot hatte nur damit angefangen? Pole Dance, das war der neue, heiße Trend. Eine moderne Frau, die auf sich hielt, und der Mann, der sie sich hielt, betrieben jetzt Stangentanzen. Das war nicht mehr nur etwas für den Zirkus oder die Erotikbar, nein, die Stange war jetzt das Mittel zum Zweck der deutschen Bürgersgattin, sich ganz und gar als Frau zu fühlen. Endlich mal ein Aspekt der Frauenbewegung – Frauenbewegung, der war gut, er mochte ja Frauenbewegungen, nur rhythmisch mussten sie sein, hah – endlich mal also etwas, womit auch der Mann etwas anfangen konnte. Ein Trend, der die Gesellschaft nicht spaltete, wie Frauenparkplätze oder nonhormonelle Verhütung, sondern der sie vereinte. Tausende hart an der Stange arbeitender Damen gab es bereits, die von ihren Ehegemahlen bedingungslos und stolz in ihrem Tun unterstützt wurden. Nur er und Mia waren noch nicht dabei. Wie es aussah, waren sie die Letzten.

Tobias war es vorsichtig angegangen, hatte das Thema erst einmal gegoogelt. In der Tat, es gab jede Menge Studios mittlerweile, und keines davon sah schmuddelig aus oder zweideutig. In einem konnten sie sogar eine Europameisterin im Stangentanzen vorzeigen, die gerade mal neun Jahre alt war. Er klickte das Video an und sah dem kleinen Zappelfloh zu, wie er sich an der Stange verbog. Es erinnerte schrecklich an die osteuropäischen Kunstturnerinnen seiner Kindheit, die mit ihren gummiartigen Bulimiekörpern die Stadien gefüllt hatten. Weg damit. Das hier sah schon besser aus, ein Studio ganz in ihrer Nähe, nannte sich »Vertical«, die Posen der Tänzerinnen deuteten an, woher die Wortwahl stammte. Die bekamen die Beine ganz schön breit. Und die Räume waren angenehm mit lila Neon ausgeleuchtet. Kein Rotlicht, aber doch nicht so weit weg vom Eigentlichen wie der Turnfloh eben. Seine Vorfreude kehrte zurück. Schnell las er sich durch die diversen Philosophien und Selbstverständnisse; beides war heute unerlässlich für das Betreiben von körperlicher Ertüchtigung. Es gab reichlich davon und war voll von schönen Worten wie Fitness, Spaß, Lebensfreude, Selbstbewusstsein, Liebe zum eigenen Körper etc. etc. Alles schön und gut. Hatte er ja nix gegen. Hauptsache, sie wand sich um die Stange.

Er setzte ein paar Lesezeichen und arbeitete eine Strategie aus. Und jetzt? Nix war's. Er grübelte lange, wo er den Fehler gemacht hatte. Am Ende kam er darauf: Einer Frau Sport vorzuschlagen implizierte, dass man mit ihrer Figur nicht zufrieden war. Das war das Grundproblem. So oder so. Das kam einfach nicht gut. Er hätte sich absichern sollen, von eigenem Übergewicht sprechen, den Wunsch nach Betätigung äußern und Mia dann in einem strategischen Step zwei bitten sollen, ihn in seinen sportlichen Bemühungen zu unterstützen, indem sie mit ins Studio ging. Dort könnte sie dann etwas für sich tun, während er sich abrackerte. Zum Beispiel Pole Dancing. Das wäre es gewesen, verdammt. Er hätte sich ohrfeigen können.

Im Studio angekommen, feuerte Mia ihre Sporttasche in die Ecke. »Ich könnte mich ohrfeigen!«

»Was ist denn, Honey?« Ihre Trainerin ließ die Stange los, an der sie eben zwei Meter über dem Boden einen lasziven Spagat ausgeübt hatte, und kam mit wiegenden Hüften auf sie zu. Sie trug, wie alle Frauen im Raum, ein ausgesprochen erotisches Outfit aus schwarzen Bändern, die sich um ihren weitgehend nackten, nur von einem knappen Bikini bekleideten Körper wanden wie Fesseln. »Stell dir vor«, sagte Mia und schälte sich aus ihren Kleidern, um dasselbe Kostüm anzulegen. Ihre langen blonden Haare band sie am Hinterkopf zu einem strengen Zopf. »Stell dir vor, worum mein Mann mich heute gebeten hat: Ich soll Pole Dancing für ihn lernen.«

Sidney, die Trainerin, warf den Kopf zurück und lachte. »Hört ihr das, Mädels?«

Die jungen Frauen, die sich gerade in allerlei trägen, aufreizenden Posen über den Boden fortbewegten, um sich der Stange zu nähern wie einem Heiligtum, hielten inne, um in das Gelächter einzustimmen. »Er hat ja keine Ahnung«, rief eine große Schwarze mit muskulösen Armen, »worauf er sich einlässt, oder?« Sie zeigte ihre starken, weißen Zähne.

Mia trat vor den Spiegel und ließ ihren eigenen Bizeps spielen. Seit sie Pole Dancing betrieb, war sie fit geworden, biegsam wie eine Degenklinge und kräftig. Es gefiel ihr, was sie sah: eine Amazone, schön und gefährlich.

»Er hat gesagt, ich soll es für mich tun.«

»Recht hat er, Honey.« Sidney lachte noch immer, hob Mias Pferdeschwanz beiseite und gab ihr einen herzhaften Kuss auf die Schulter.

»Aber die Stange wollte Tobias dann schon im Schlafzimmer anbringen. Hätte er das Wohnzimmer vorgeschlagen ...« Mia vollendete den Satz nicht.

Die anderen hatten ihre Bewegungen wieder aufgenommen, träge, wie eine Gruppe unter Drogen stehender Priesterinnen, umtanzten sie die Stange. Einzelne sprangen sie an, um dort eine halsbrecherische Figur vorzuführen und dann in siruptträgen Bewegungen wieder hinunterzugleiten. Nichts verriet die Anstrengung, die dahinterstand. Es sah aus, als genössen sie sich selbst.

»Wo ist das Problem?«, fragte Sidney jetzt. »Du lässt ihn das Equipment kaufen und überraschst ihn dann. Sag, du hättest für seinen Geburtstag trainiert. Oder für Weihnachten, wenn das näher liegt.«

Mia schüttelte den Kopf. »Nein«, sagte sie.

»Denk dran, Baby, du hast die Macht.« Sidney hatte ihr Gesicht neben Mias gebracht. »Sie mögen glotzen, sie mögen sabbern. Aber wir sind es, die die Stange fest in der Hand halten. In unseren wundervollen, starken, magischen Händen.« Wie zum Beweis legte sie ihre eigene Hand auf Mias Hüften und zog sie ein wenig an sich.

Endlich zeigte sich auch auf Mias Gesicht ein Lächeln.

Tobias war frustriert. Eben hatte Kevin angerufen und sich erkundigt, wie die Dinge standen. Mit Mia und der Stange. Er hatte vorgeschlagen, abends noch ein Bier trinken zu gehen. Tobias hatte abgelehnt. So konnte er den anderen nicht unter die Augen kommen. Es war jämmerlich. Er tat sich leid. Alle hatten eine Frau, die nichts lieber tat, als sich zum Vorspiel für ihren Mann wie ein Profi zu verrenken. Las Vegas zu Hause, yeah.

Nur er leider nicht. Dabei hatte er sich solche Mühe gegeben. Hatte herausgestrichen, was sie selbst davon hatte. Als ob es nicht genug wäre, einen hochmotivierten Mann im Bett zu haben. Im Moment sah es dagegen aus, als würde gar nichts laufen. Sie hatte nicht mal gesagt, wo sie hinwollte. So wie er das sah, würde er da nicht unter einem Gutschein für eine Wellnessbehandlung wieder rauskommen. Oder sollte er ihr die teuren Laufschuhe kaufen? Nein, besser nichts, was auf Sport hinwies. Vielleicht ein paar Ohrringe. Aber verdammt, er hatte keine Lust, ihr Schmuck hinterherzuwerfen. Er hatte Lust, was zu trinken.

Tobias warf sich die Lederjacke über und ging in den Club, wie immer, wenn er Alkohol brauchte, aber nicht die Gesellschaft von Kevin und den Jungs.

Der Club, wie er es nannte, war eher ein Etablissement. Wenig Licht, viele Spots, tiefe Sitzecken und jede Menge Sessel entlang des Catwalks, wo die Mädels auf und ab flanierten, denen Mann den Kopf zwischen die Beine stecken durfte. Wenn man wollte. Hier war anfassen erwünscht, man musste nur Scheine parat haben. Auf diversen kleinen Bühnensäulen im Raum verteilt, waren dann die Frauen zugange, die nur fürs Auge waren. Sie tanzten an Stangen, wie Mia es hätte tun sollen. Einen Moment lang gab es Tobias einen Stich. Er bestellte ein Bier und einen Wodka. Dann jeweils ein zweites Glas. Langsam wurde es besser. Mann, was konnte die Kleine sich bewegen. Und wenn sie an der Stange die Beine spreizte, in luftiger Höhe: alle Achtung, 180 Grad. Tobias starrte in ihren Schritt. Der eng sitzende Slip verdeckte zwar alles. Zugleich aber war die Geste von einer so brutalen Offenheit und Kraft, dass dieses Stück Stoff obszöner wirkte als die wippenden Titten der Tänzerinnen auf dem Steg. Tobias' Hand auf dem Tisch öffnete und schloss sich unwillkürlich. »Wie steht's?«, hatte Kevin gefragt. Langsam hätte er eine positive Antwort darauf. Innerlich grinsend bestellte Tobias den dritten Wodka.

Da schlug ihm jemand auf die Schulter. »He, ich dachte, du wolltest heute nicht ausgehen.«

Kevin. Und hinter ihm noch Alex, Jonas und die anderen. Sie hatten ihre Frauen dabei, die sich mit völliger Selbstverständlichkeit in der Nacktbar niederließen und kennerische, blasierte Blicke auf die Mädchen warfen. »Wollen doch mal sehen, was auf der Profiseite so geboten wird.« Kevin lümmelte sich in seinen Kunstledersessel. »Auf der Schmuddelseite, meinst du wohl«, korrigierte ihn Sabine, Kevins Frau. »Die Profis findest du dann beim Zirkus.« Sie lachte und verschwand, vermutlich in Richtung Toiletten.

»War doch immer schon dasselbe«, nuschelte Alex und hob die Hand. »Eine Flasche Bourbon und zehn Gläser«, bestellte er. »Vorerst.«

Mia war mit dem Schminken fertig und prüfte noch einmal ihr Outfit. Sie hatte den Bänderlook aus dem Studio als ihr Markenzeichen behalten. Fetisch war ja ›in‹ seit Fifty Shades of Grey. Sidney wusste nichts davon. Weder von der Kopie ihres Looks noch von dem Engagement. Mia war sich nicht sicher, was ihre Lehrerin davon halten würde, dass sie im »Paradies« arbeitete. Es gehörte zwar zu Sidneys Ausbildungsplan, mit jeder Neuen, sobald sie technisch sicher genug war, einen Auftritt hier im Nachtprogramm zu absolvieren. Aber sie verfolgte damit ihre eigenen pädagogischen Ziele. ›Die Befreiung‹, so nannte sie den Gang auf die Bühne, vor all die anonymen Männergesichter. Die Befreiung war gedacht als intensive Erfahrung der eigenen Macht und Ausstrahlung. Und sie war strikt einmalig.

Was Sidney wohl sagen würde, wenn sie erführe, dass Mia damals nach ihrem befreienden Auftritt mit dem Manager des Clubs ins Gespräch gekommen war? Randvoll mit Adrenalin war sie damals gewesen, mit Pupillen, groß wie Saugnäpfe, und euphorisch wie eine Olympiasiegerin. Als sie dann noch erfahren hatte, was man mit einem regelmäßigen Abendengagement verdienen konnte, ganz ohne Steuern und ohne es Tobias erklären zu müssen, war ihre Begeisterung sogar noch gewachsen. Ab da war Mia sich sicher gewesen: Pole Dancing war ihre Befreiung, nicht als erotische Frau, sondern aus der Lohnknechtschaft der Ehe. Was hatte sie sich seither nicht schon alles Nettes finanziert. Ganz nebenbei. Ohne dass Tobias ihr einen Vortrag hielt. Und genau deshalb würde es auch ihr kleines Geheimnis bleiben, was sie an der Stange konnte. Das hier ging Tobias schlicht nichts an.

Sie griff zum Klebstoff und fixierte noch einmal das knappe Oberteil. Fertig. Ihr Auftritt war in fünf Minuten.

Tobias riss die Augen auf, als die Musik endlich einsetzte. Ein Spot erstrahlte in der Dunkelheit, suchte und fand die Stange, an deren Fuß ihr Tisch stand. In den Lichtkreis trat eine Frau, von der er zunächst nichts wahrnahm als den langen, blonden Pferdeschwanz, der streng zurückgebunden war, wie bei einer Domina. Wieso kam er auf den Gedanken? Es musste an dem schwarzen Outfit liegen, an den Fesseln und Riemen und all dem Kram, der sich um ihre Glieder schlang. Die weiß waren wie Milch, lang und schlank. Und die sich bewegten wie träge Riesenschlangen. Einen Moment lang erkannte er im Blitzen der Discokugel die Gesichter seiner Freunde, rot, schweißfeucht, mit offenen Mündern und verhangenem Blick, satt vor Geilheit. Anders konnte man es nicht ausdrücken. Ihre Köpfe folgten den Bewegungen der Frau wie Schlangen der Flöte. Tobias wandte sich wieder der Bühne zu. Jetzt hatte sie sich in die Luft gestemmt. Woher sie nur die Kraft nahm? War er der Einzige, der sich das fragte? Das und tausend andere Dinge. Sie alle schwatzten und rauschten und kreischten in seinem Gehirn, nur damit die einzige Tatsache, die zählte, nicht in sein Bewusstsein drang: Er kannte die Frau, die dort oben tanzte. Sie war ihm vertraut. Bis hin zu der Orangenhaut auf ihren ansonsten kräftigen Schenkeln. Und das änderte alles. Um ihn herum, in der Lounge des »Vegas Club Resort«, brauste Applaus auf. »Ist das geil, oder was?«, rief Kevin, der am lautesten klatschte. Tobias wurde es schlecht.

Mia tanzte wie in Trance. Ihr Gesicht zeigte jene Verachtung ihrer Umgebung, die Männer so gerne für Sinnlichkeit hielten. In einer Gesellschaft, die Coolness zum Ideal erhoben hatte, konnte man schon einmal Arroganz mit Ekstase verwechseln. Nach wenigen Minuten bemerkte sie einen Tumult zu ihren Füßen. Das blendende Licht des Scheinwerfers über ihr tauchte selbst die nächste Umgebung in grelle Dunkelheit. Sie konnte nicht das Geringste erkennen. Offenbar rangen ein paar Männer miteinander. Sie hörte einen Stuhl umfallen, eine Frau kreischen. Mia war Profi genug, das zu ignorieren. Sie ging zur nächsten Figur über, hakte sich nur mit dem linken Knie ein, ließ die Welt auf dem Kopf stehen und überließ deren Probleme sich selber.

»Du Sau, du elende Sau!« Tobias, zwischen die Brustkästen zweier überdimensionierter Rausschmeißer geklemmt, wandte sich noch einmal zu Kevin um. »Die eigene Frau hier auftreten lassen! Hast du gar kein Schamgefühl?« Seine Freunde ignorierten ihn. Die umgeworfenen Stühle waren wieder aufgerichtet, das Blut vom Tisch gewischt und eine neue Flasche Bourbon bereitgestellt. Inzwischen tanzte nicht mehr nur Kevins Frau Sabine an der Stange und schwang ihren goldenen Pferdeschwanz wie eine Peitsche. Auch die Ehefrauen seiner anderen Freunde hatten sich ausgezogen und sich in ihren teuren, allerdings nicht ganz so professionell wirkenden Dessous zu ihrer Freundin gesellt. Fröhlich tanzten sie dort oben, nur in Strapsen, BHs und Perlenketten, winkten in die Menge und schwenkten ihre Gläser. Ihre Markenkleider hingen hier und dort über den Stühlen. Die Bude applaudierte.

Tobias spuckte aus. Es war Blut dabei.

»Abkühlen, Freundchen.« Ohne ein weiteres Wort wurde er auf die Straße geschubst. Er hielt sich an einem Laternenmast fest und blickte zurück. Aber es verlangte ihn weder nach dem ekelerregenden Anblick der Hausfrauen, die sich dort drinnen wie die Nutten verrenkten – sagte er sich –, noch nach der erneuten Gesellschaft der beiden Bullen, die mit verschränkten Armen auf seinen Abzug warteten. Tobias tat sich und ihnen den Gefallen. Er zog ab.

Mia war früher als sonst wieder zu Hause. Der Zwischenfall vor ihrer Stange – ein paar betrunkene japanische Touristen, die den Rausschmeißern wenig Mühe gemacht hatten – war zwar schnell bereinigt gewesen. Aber er hatte sich aufs Trinkgeld ausgewirkt. Spontan hatte sie beschlossen, die Schicht von zwölf bis zwei ausfallen zu lassen. Ihr war die Laune verdorben. Sie hatte keine Lust, nachher auch noch Tobias erzählen zu müssen, dass sie nach der Fußpflege mit Sabine noch auf ein paar Prosecco weggewesen wäre. Um das Geld tat es ihr leid. Aber wer weiß: Vielleicht konnte sie ihrem Mann ja so ein schlechtes Gewissen machen wegen seines unzüchtigen Vorschlags, dass er ihr die Laufschuhe auch so bezahlte. Dreihundert sollten schon drin sein. Und wenn sie es geschickt genug anstellte, könnte sie ihm sogar mit der Zeit nachgeben, so tun, als lernte sie das Pole Dancing langsam, und ihm bei abendlichen Veranstaltungen in ihrem Schlafzimmer noch mehr Geld aus der Tasche ziehen. Denn ein Hunni im BH gehörte bei dieser Sportart nun einmal dazu. Wenn man es richtig machen wollte.

Als sie die Tür klappen hörte, stand sie im Bad, im sportlichen puderrosa Hausanzug, die Haare locker aufgesteckt, wie Tobias es liebte. Er mochte den College-Girl-Look an ihr. »Na?«, fragte sie schon und verrieb die Nachtcreme zwischen den Händen. Sie bereute ihren Ton, kaum dass sie ihn sah. »Du bist ja betrunken.« Schwer atmend ließ Tobias sich auf den Badewannenrand fallen. »Und was hast du mit deinem Gesicht gemacht?«

»Baby«, sagte er, als er zu Atem kam. »Ich sag dir eins: Niemals, hörst du, niemals wirst du mit diesem Pole-Dancing-Scheiß anfangen.«

»Ach«, konnte Mia gerade noch hervorbringen. Da fuhr Tobias schon fort. »Kevin, diese Sau, lässt seine Sabine in einer Bar anschaffen. Sie steht da an der Stange, wie eine Nutte. Wie eine Nutte.«

»Ich dachte, das ist es, was du wolltest. Was ihr alle wollt.« Mit energischen Bewegungen massierte Mia sich die Creme ein.

Tobias kämpfte gegen einen erneuten Brechreiz. »Es ist widerlich«, bekannte er. »Wenn man es live sieht und nicht nur auf Video, ist es widerlich. Die Frauen sind widerlich, und die Männer sind ekelerregend. Und es stinkt nach Schweiß und Alkohol.«

»Ach«, wiederholte Mia.

»Das ist doch alles nichts.« Er griff nach ihren Hüften. »Nicht für uns, Baby.« Er vergrub seinen Kopf an ihrem Bauch. Wie sauber sie roch, wie unschuldig und frisch. »Lass uns ein Kind haben«, sagte er mit einem Mal. Seine Stimme klang dumpf durch den weichen Stoff. Einen Moment lang war er selbst erstaunt über das, was er da sagte. Aber zum Teufel mit der Emanzipation, zum Teufel auch mit den Operationen, den Swingerclubs und dem ganzen Sport. Er hob den Kopf. »Ja, lass uns ein Kind haben.«

Auch Mia war überrascht von ihrer Reaktion. Spontan und voller Abscheu hatte sie Tobias zurückgestoßen. Dabei hatte sie die neu erworbene Kraft ihrer vom Pole Dancing gestrafften Arme unterschätzt. Mit einem harten Knacken schlug Tobias' Kopf auf den Wannen-Armaturen auf. Im Grunde wusste sie es gleich. Ein Blick in seine gebrochenen Augen, wie er da kopfunter in der Wanne lag, die Beine auseinanderfallend bis fast in die Vertikale, verriet es ohne jeden Zweifel. Zum Glück roch er so penetrant nach Alkohol, dass wohl niemand Fragen stellen würde. Ausgerutscht. Pech gehabt. Jeder hatte sein Limit, dass er nicht überschreiten sollte.

Eine Weile schaute Mia ihren toten Mann an, als wollte sie ihm etwas sagen. Dann zuckte sie mit den Schultern. Jetzt war es auch schon egal.

Teamgeist

ROLAND SPRANGER

Die Mutter dreht sich zu ihren beiden Söhnen auf der Rückbank um. »Nach dem Training hole ich euch wieder ab.«

Mürrisch öffnet Paul den Sicherheitsgurt.

»Was ist denn los mit dir? Dein Bruder will dir doch nur zuschauen. Und frag Herrn Schubert, ob Finn nach den Ferien mittrainieren kann.«

Der weiße Kombi fährt weg.

Die beiden Kinder stehen nebeneinander am Straßenrand. Hinter ihnen das Vereinsheim mit dem Wappen der Spielvereinigung. Finn greift die Hand seines großen Bruders, aber Paul schüttelt sie ab.

»Lass das mal!«

Paul stapft missmutig den Weg zu den Trainingsplätzen hinunter. Finn folgt ihm. Vor der verschlossenen Eingangstür zu den Umkleiden warten bereits Mädchen und Jungen in Mannschaftsstärke. Die meisten spielen auf ihren Smartphones herum. Wer selbst keins hat, schaut sehnsüchtig auf das Display eines anderen.

Paul versucht, etwas Cooles zu machen. Er lehnt sich an die Wand des Vereinsheims. Finn macht es ihm nach.

»Wer is'n der Zwerg?«, fragt Marie. Dabei schiebt sie ihr Kinn in Finns Richtung.

»Mein kleiner Bruder«, antwortet Paul.

»Hat der auch einen Namen?«

»Der Nachname ist *Loser*, das ist doch logisch«, mischt sich Leon ein. »Nur *Ober* kann er nicht heißen. Den Vornamen hat ja schon sein Bruder.«

Leon lacht übertrieben laut. Ein paar Jungen stimmen ins Gelächter ein, weil sie Angst haben, sonst von Leon eins auf die Nase zu kriegen. Die Mädchen verdrehen entweder die Augen oder heben den Blick gar nicht erst von ihrem Handy.

Normalerweise sind Jungens, die vorne in der Mitte spielen, die größten Vollpfosten. Jannik beispielsweise. Bei jedem Freistoß ahmt er Cristiano Ronaldo nach und stellt sich breitbeinig hin wie ein Revolvermann.

Herr Schubert, der Trainer, regt sich jedes Mal wahnsinnig darüber auf.

»Steh nicht so blöd da«, brüllt er dann, aber Jannik macht es jedes Mal wieder. Die Cristiano-Ronaldo-Poster in seinem Zimmer haben mehr Einfluss auf ihn als Herr Schubert.

Seit es Torhüter gibt, die bei der Wahl zum Weltfußballer des Jahres in die engere Auswahl kommen, gibt es sogar unter den Jungens, die im Tor stehen, jede Menge arroganter Vollpfosten. Leon gehört zu dieser Sorte. Das ist der eine Grund, warum ihn Paul nicht leiden kann. Der andere: Er spielt auf der gleichen Position. Im Tor. Und Leon ist der Stammtorhüter. Nicht, dass er wirklich besser wäre, aber seine Show ist ausgereifter. Er macht noch aus dem leichtesten Ball eine Riesennummer. Rollt sich damit ab. Begräbt ihn unter sich. Sieht eigentlich jeder, wie übertrieben das ist, aber der Trainer fällt trotzdem darauf rein.

Paul hat mal seinem Vater vom Torhüterproblem bei der Spielvereinigung erzählt, als er bei ihm zu Besuch war. Genauer gesagt: von seinem Problem. Beziehungsweise von Leon. Kommt aufs Gleiche raus. Der Vater hat nur genickt, seinen Kaffee umgerührt, in die Tasse geguckt und dann gesagt: »Ja, die Welt ist ungerecht.«

Ein resignierter Vater ist für einen Zehnjährigen natürlich keine Hilfe, aber durchaus nichts Ungewöhnliches: Eltern sind meistens in einer schwierigen Phase. Als Kind gibt man sich Mühe, nicht zu sehr zu nerven, bis endlich »Herr der Ringe« geschaut wird und man nicht mehr kommunizieren muss.

Ein Schlag gegen die Schulter reißt Paul aus seinen Gedanken. Er tut so, als würde er es überhaupt nicht bemerken. Denkt an etwas anders. Schmerzunempfindlichkeit ist meine stärkste passive Superkraft. Die anderen habe ich noch nicht vollständig erforscht. Leon boxt noch einmal kräftiger und kommt einen Schritt näher. Gerade so nah, dass Paul die scheiß Stirn von Leon spüren kann, obwohl noch kein Kontakt stattfindet. Kontakt wäre ein klares Foul. Leon ist zu schlau für klare Fouls.

Jetzt kann er keinen Schritt mehr machen, denkt Paul. Außer er läuft durch mich durch.

»Hörst du überhaupt zu, Spasti?«

Leons Augen blitzen. Das mag der Trainer an ihm. Die gegnerischen Spieler haben Angst vor ihm, wenn sie in Eins-zu-Eins-Situationen auf ihn zulaufen.

Finn steht neben seinem großen Bruder und schaut ihn erwartungsvoll an.

Paul sagt nichts. Er versucht, Leons Blick standzuhalten. Das klappt ganz gut. Dabei stellt er sich vor, wie er Leon mit einer Kopfnuss auf die Betonplatten schickt. Vielleicht kommt der Hinterkopf auch noch auf. Dann bleibt der Arsch ruhig liegen. Oder er versucht sich aufzurichten und Blut kleckert aus seiner Nase und saut sein Manuel-Neuer-Trikot ein.

Als könnte Leon Gedanken lesen, macht er einen Schritt zurück.

»Glotz nicht so blöd. Wir wollen wissen, wie dein Bruder heißt. Oder ist deinen Eltern kein Name für den Zwerg eingefallen?«

Paul versucht es mit einem Grinsen, aber sein Gesicht ist ganz verspannt. Blöd, wenn man merkt, dass die eigenen Gesichtszüge verunglücken.

Leon schüttelt verächtlich den Kopf.

»Oh Mann, was is'n dein Problem?«

DU bist mein Problem, denkt Paul.

Leon stößt Paul mit beiden Händen kräftig gegen die Wand. In seinem Rücken kann Paul das ganze verdammte Vereinsheim spüren.

Während es noch wehtut, ein kurzer Blick auf Finn. Hoffentlich fängt er nicht an zu heulen. Aber der denkt gar nicht daran. Entschlossen macht Pauls kleiner Bruder einen Schritt nach vorn.

»Ich heiße Finn.«

Leon schaut sich mit einem spöttischen Lächeln um.

»Na, endlich. Dann wäre das ja geklärt: Der kleine Loser hat einen Namen.«

Leon wendet sich ab, aber Paul ist klar, dass noch etwas kommen muss. Tatsächlich dreht Leon sich noch einmal um.

»Hoffentlich spielt er besser als du. Einer aus deiner Familie, der nicht Fußball spielen kann, ist mehr als genug.«

Die Jungens lachen alle. Die Mädchen sind weiter gelangweilt.

Endlich kommt der Trainer ums Eck.

Herr Schubert sperrt die Tür auf.

»Mein Bruder will heute zuschauen«, sagt Paul.

»Warum?«, fragt der Trainer.

»Er will vielleicht in der G-Jugend anfangen.«

»Okay. Wenn es dir nichts ausmacht, dass er zuschaut.«

»Es macht mir nichts aus. Er ist ja mein Bruder.«

Der Trainer nickt.

Bei den Aufwärmübungen darf Finn mitmachen. Und bei den Trainingseinheiten, bei denen er nicht allzu sehr stört. Während des Trainingsspiels sitzt Finn im Schneidersitz im Gras. Erste Mannschaft gegen Reserve. Wie immer hält Leon die meiste Zeit super. Er bekommt nur ein Gegentor. Dafür staucht er seine kompletten Vorderleute zusammen, obwohl es ein klarer Torwartfehler war. In der gleichen Zeit holt Paul den Ball sechsmal aus dem Tor.

Eines der Tore war ein Eigentor. Scharfer Rückpass vom Innenverteidiger und dann von Pauls Fuß hochgesprungen und direkt unter die Latte. Dabei schaut der Torhüter natürlich besonders blöd aus. Paul ist davon überzeugt, dass Felix die Rückgabe absichtlich zu scharf zurückgespielt hat. Er ist Leons Freund.

Nach dem Training geht Paul nicht mit zum Duschen, obwohl Herr Schubert darauf Wert legt, sondern er stellt sich neben seinen Bruder an den Straßenrand und wartet auf die Mutter.

Als der weiße Kombi hält, veranstalten E-Gitarren noch ein Kettensägenmassaker, aber schnell bringt die Mutter AC/DC zum Schweigen. Sie mag laute Musik, aber ihre Kinder sollen keinen Hörschaden davontragen. Ihre Söhne steigen müde in den Kombi und gurten sich an.

Mit einem Blick in den Rückspiegel fragt die Mutter: »Wie war's?«

Paul nickt, aber es dauert eine Weile, bis er »Okay« über die Lippen kriegt.

Die Mutter macht die Musik wieder an. In kinderfreundlicher Lautstärke.

Während Finn aus dem Fenster auf einen Baumarkt schaut, sagt er: »Ich möchte doch lieber ins Judo-Training.«

Die Mutter wirft einen kurzen Blick nach hinten, als sie die Fahrspur wechselt.

»Aber Fußball ist ein Mannschaftssport«, sagt die Mutter. »Da lernst du neue Kinder kennen.«

»Ich will keine neuen Kinder kennenlernen«, antwortet Finn.

Paul beugt sich zu seinem Bruder.

»Feigling«, zischt er ihm ins Ohr.

Zum nächsten Heimspiel fährt Paul mit dem Fahrrad. Er genießt es, den Feldweg bis zum Fußballplatz wild entlangzubrettern. Riskant. Fast and furious. Über Bodenwellen springen. Schlaglöchern ausweichen. Den Berg hoch mit Anlauf.

Vor dem Vereinsheim ist Paul außer Atem, aber gut außer Atem.

Er stellt sein verdrecktes Mountainbike neben Leons blitzblankes High-Tech-Fahrrad.

Paul schließt sein Fahrrad ab. Dann geht er in die Hocke und lockert die Schnellspanner an Leons Vorderrad. Das geht ganz schnell.

Paul freut sich auf die Art, wie es Profi-Killer und Geheimagenten in Filmen tun: nach Innen. So, dass es keiner bemerkt.

Er geht nach unten zur Umkleidekabine. Obwohl er fast nie eingesetzt wird, ist es doch jedes Mal schön, das Trikot überzuziehen. Es ist frisch gewaschen und tut so, als würde man zu etwas gehören. Mit den Schienbeinschonern und den Stulpen lässt sich Paul besonders viel Zeit. Die Fußballschuhe klacken auf den Fließen. Paul mag das Klacken.

Am Spielfeld angekommen, staucht ihn der Trainer erst mal zusammen, weil er zu spät kommt. Während das Spiel angepfiffen wird, muss er sich noch an der Seitenlinie warm machen. Dann nimmt er auf der Auswechselbank Platz.

Die eigene Mannschaft hat mehr Ballkontakte und dominiert das Spiel, aber der Gegner fährt bissige Konter. Das Spiel geht 2 : 2 aus. Beim ersten Gegentreffer war Leon machtlos, das muss Paul neidlos anerkennen.

Genau oben ins Eck. Da hätte kein Blatt Papier mehr zwischen den Pfosten und den Ball gepasst. Beim zweiten Gegentreffer war Pech dabei. Von der Latte ins Tor. Leon macht sicherheitshalber seine Vorderleute rund. Kann er gut. Vorderleute rundmachen.

Nach dem Spiel herrscht betretenes Schweigen in der Umkleidekabine. Ein Unentschieden, das sich nach einer Niederlage anfühlt. Der Trainer sagt was Aufbauendes, aber es hört sich nicht ehrlich an, weil er selber total angefressen ist.

In der Dusche ist es nicht so schlimm, wie man es sich vorstellt. Keiner sagt was. Jeder ist nur mit sich selber beschäftigt. Alle drehen sich zur Wand. Entweder weil sie da schon Haare haben oder noch keine. Beides ist komisch in diesem Alter.

Vor dem Kabineneingang erinnert Herr Schubert seine Spieler ans nächste Training, dann gehen alle auseinander. Leon und Paul sperren nebeneinander ihre Fahrräder auf.

»Lust auf ein Rennen?«, fragt Paul.

Einen Moment ist Leon überrascht. Dann mustert er mitleidig Pauls Fahrrad. Er klopft auf seinen Lenker.

»Das ist Formel 1. Deines schaut eher nach Seifenkistenrennen aus.«

Paul klopft ebenfalls auf seinen Lenker.

»Das ist voll okay. Hast du etwa Schiss?«

Leons Gesichtszüge sind von einem Moment auf den nächsten schockgefrostet.

»Ich hab vor überhaupt nichts Angst. Und vor dir schon gar nicht.«

»Okay. Die Autobahnbrücke ist das Ziel.«

Die beiden Jungens stellen die Räder nebeneinander. Es geht los. Quietschende Reifen. Wenn die Reifen kein Geräusch von sich geben, muss man sich das Quietschen vorstellen, sonst hat man keine Chance. Beim Übergang vom Asphalt zum Schotter den Lenker gut festhalten. Ein kleiner Sprung. Steine springen ans Schutzblech. Der Feldweg schüttelt die Fahrer durch. Dann einer Pfütze ausweichen. Leon fährt links vorbei. Paul rechts. Noch sind sie auf gleicher Höhe. In der Kurve kommen sie sich gefährlich nahe. Leon schlägt mit dem Ellbogen nach seinem Kontrahenten. Trifft ihn an der Schulter. Paul verlässt die Ideallinie. Leon tritt in die Pedalen. In diesem Moment knickt sein Vorderrad weg. Das Fahrrad bäumt sich auf. Einen Moment scheint Leon zu schweben, bevor er endgültig über den Lenker fliegt.

Paul sieht Leons Flug in Zeitlupe. Vielleicht, weil man sich so daran gewöhnt hat, dass wichtige Spielszenen immer und immer wieder in Zeitlupe gezeigt werden. Aus wechselnden Perspektiven.

Leons Körper schlägt auf den Boden auf. Das dumpfe Geräusch vibriert einen kurzen Moment in der Luft, bevor es von einem Schrei durchbrochen wird.

»Ich helf dir!«, ruft Paul und tritt in die Pedalen. Er visiert Leons rechten Arm an, der von dessen seltsam verdrehten Körper weggestreckt auf dem Boden liegt. Als die Reifen des Mountainbikes über den Unterarm rollen, knackst es laut.

Leon brüllt wie am Spieß.

Paul muss grinsen, aber seine Mimik hat er gleich wieder unter Kontrolle. Als er sich über Leon beugt, schaut er ernsthaft besorgt aus.

Leon starrt ihn mit weit aufgerissenen Augen an. Er hyperventiliert. Sein Blick fällt auf den offenen Ellen- und Speichenbruch. Knochen, die aus der Haut spie- ßen. Leon wird weiß im Gesicht. Übergibt sich. Alles auf sein grünes Manuel-Neuer-Trikot.

Jetzt wird es richtig ekelhaft, denkt Paul.

Man kann erkennen, dass Leon zum Mittagessen Spaghetti mit Tomatensoße hatte. Schlecht gekaut. Sagt seine Mutter dem Idioten denn nicht, dass man gut kauen muss?, wundert sich Paul. Wegen der Verdau- ung. Also, meine Mama macht das ständig.

Leon beginnt zu wimmern.

»Ich hol Hilfe«, sagt Paul. Er holt sein Handy aus der Hosentasche. Das Wimmern wird lauter. Paul dreht sich weg und tippt auf seiner Handytastatur die Num- mer des Notrufs.

Paul gefällt der Rettungseinsatz. Polizei. Rettungswa- gen. Notarzt. Sogar die Feuerwehr ist dabei, obwohl Paul nicht genau weiß, was sie hier soll. Die Feuerwehr weiß es auch nicht genau und fährt zuerst wieder ab.

Während Leon auf die Trage geschnallt und in den Krankenwagen geschoben wird, jammert er ununter- brochen.

Den beiden Polizeibeamten muss Paul ein paar Fra- gen beantworten. Das findet Paul besonders cool. Er stellt sich vor, die beiden Polizisten wären Fernsehre- porter, die nach dem Spiel ein Interview wollen.

Nach dem Interview fahren ihn die Sportreporter sogar noch nach Hause. Besser, er fährt nicht mit dem Fahrrad. Der Schock und so.

Ein gelungener Tag für einen Ersatztorwart.

Vor dem nächsten Punktspiel nimmt ihn Trainer Schubert zur Seite.

»Ich muss dir was sagen ...«

»Leon ist verletzt. Ich weiß. War ja dabei, als es passiert ist. Ich bin bereit.«

Der Trainer nickt nachdenklich. Man merkt, dass er einen Anlauf nehmen muss. Wenn Trainer anfangen zu menscheln, wird es meistens besonders scheiße – und tatsächlich ist es auch diesmal so.

»Laura wird heute im Tor stehen.«

»Was? Aber Laura ist doch Feldspielerin!«

»Sie hat schon früher mal auf dieser Position gespielt.«

»Das war in der F-Jugend.«

»Nimm's nicht persönlich.«

Der Trainer klopft Paul auf die Schulter und brüllt ein paar Kommandos zu Mannschaftskameraden, die miteinander quatschen, anstatt sich warm zu machen.

Paul schaut sich das Spiel an wie eine Fernsehserie, die man nebenbei laufen lässt, damit Geräusche im Zimmer sind.

Laura hält wirklich gut.

An ihrem Fahrrad wird er nicht herumspielen. Er hat ein Herz für blonde Mädchen. Keine Ahnung, wie das später mal werden soll. Bis jetzt würdigt ihn Laura keines Blickes. Er ist ja auch nur der Ersatztorhüter.

Am Abend fährt Paul noch eine Runde mit dem Fahrrad. Zufällig führt ihn sein Weg in die Straße, in der

Herr Schubert wohnt. Er bleibt vor dem Haus des Trainers stehen. Der weiße Audi parkt tatsächlich in der Einfahrt und nicht in der Garage. Zufällig hat Paul Werkzeug dabei. Die Radmuttern lösen sich erstaunlich leicht. Vielleicht hat man mehr Kraft, wenn man wütend ist. Auch als Kind. Pfeifend fährt er nach Hause. Ihm geht es gut.

Einen Monat nach Herrn Schuberts Unfall gibt Paul das Fußballspielen auf, obwohl der neue Trainer Herr Bergmann wirklich sehr nett ist. Einfühlsam. Er ist für Teamgeist und sportliches Verhalten. Dass man sich mit Achtung begegnet und so.

Paul hat mit Bogenschießen begonnen. Es liegt ihm mehr als Fußball. Man muss ganz bei sich sein. Es ist mucksmäuschenstill, wenn man sich konzentriert. Die Sehne spannt. Keiner quatscht rein. Außerdem kann man Bogenschießen im Leben eher gebrauchen als Ballsport.

Fun-Fact: In der nächsten Saison muss Leon damit leben, dass ihn ein Mädchen von seinem Stammplatz verdrängt hat.

Viccos Rute

Petra Steps

Die Welt ist so schön und wert, dass man um sie kämpft.
Ernest Hemingway

Sind Sie Frau Holbier?«, schnarrte ihr eine brummige Stimme entgegen, als Heidi die Tür öffnete. »Steht doch am Klingelschild! Wer lesen kann ...«, antwortete sie trotzig. Was bildete sich der Zwerg vor ihr ein, den sie wegen der zwei Stufen Unterschied deutlich überragte? Erst klingelt er Sturm, dass beinahe die Klingel abfällt, dann stellt er dämliche Fragen! Der Ärger fror in ihren Gesichtszügen fest, gleich neben der Angst, die sich in die Falten eingrub. »Frau Heidi Holbier?«, setzte der ungebetene Gast nach. Sie fühlte sich verhöhnt, was ihre Angriffslust weiter anstachelte. »Meinen Sie, Ihnen öffnet Helene Fischer oder Brad Pitt, wenn Heidi Holbier und Vicco Rybarczik am Klingelschild steht?« Es reicht ja schon, wenn eine Mutter zu viel Loriot geschaut hat und ihren Sohn Vicco taufen ließ, fügte sie in Gedanken hinzu.

Wie, was hatte der jetzt gesagt? Vor lauter Zorn hatte sie nicht zugehört. Ob Vicco hier wohnt? Während sie sich die nächste patzige Antwort überlegte, erschrak sie. Viccos Rute lehnte an der Wand neben der Haustür. Blitzartig entflohen ihre Gedanken zum Geliebten, der seine Rute nie aus den Augen und schon gar nicht bei einem Fremden ließ. Sie war sein Ein und Alles, rangierte Lichtjahre vor ihr, zusammen mit allem, was ein Fliegenfischer sonst noch brauchte. Zwei Meter dreißig lang, der Griff Wurzelholz mit Kork, amerikanisches Fabrikat, sündhaft teuer, dafür lebenslange Garantie. Dazu das ganze Zubehör, knapp dreißig Meter Fly Line, mit geflochtenem Vorfach, unterschiedlich stark, natürlich selbst gefertigt, in unendlichen Stunden mühevoller Kleinarbeit, der Bissanzeiger nicht zu groß, denn er war ja kein Wurmbader, Schusskopf, Sinkmittel ... Die Fliegen nicht zu vergessen, die Fliegen! Mindestens hundert verschiedene! Außerdem die Kleidung, Weste, Wathose, Watschuhe, Regenklamotten und und und ...

Für einen Moment vergaß Heidi die skurrile Situation an der Haustür und sah ihren Fliegenfischer vor sich, so wie sie ihn kennengelernt hatte. Fest wie ein Fels hatte er in der Brandung, quatsch, in dem Erzgebirgsflüsschen gestanden, dessen Rauschen sie nachts durch das geöffnete Fenster vernahm, seit sie hierher gezogen, nein, geflohen war. Als die Schonzeit für Forellen und Äschen vorbei war, schlug er regelmäßig dort auf. Von Schonzeit wusste sie damals noch nichts. Das hatte er ihr erst später erzählt, als sie schon vertraut miteinander waren – sie und er und die omnipräsenten Fische.

Zuerst hatte sie ihn nur vom Fenster aus beobachtet. Er hatte sie nicht wahrgenommen. Zu sehr war er auf sich und den optimalen Wurf konzentriert. Immer wieder holte er aus, peitschte die Schnur kraftvoll über das Wasser, mit konzentriertem Blick, gespannten Muskeln. Die tiefgrauen Augen, in denen sich ein Gewitter über dem Wasser widerzuspiegeln schien, blitzten kurz auf, wenn der Wurf gelungen war oder sich die Leine spannte. Doch das konnte sie erst sehen, als sie sich schon ziemlich weit aus dem Haus gewagt und ans Ufer gesetzt hatte, täglich etwas näher an ihn heran, wie von etwas Mächtigem angezogen. Etwa nach drei Tagen hatten sie dann das erste Wort gewechselt.

Heidis Gedanken kehrten schlagartig in die Gegenwart zurück, als das Wort ›verhaftet‹ an ihr vorbei ins Geräuschnirvana der nahen Siedlung entschwand. »Vicco verhaftet? Sie spinnen ja total. Doch nicht Vicco. Der kann keiner Fliege etwas zuleide tun. Der nimmt sogar zum Fischen künstliche und bezahlt dafür lieber ein Vermögen.« Was erzählte sie denn diesem Männlein in dezenter Alltagskleidung! Der guckte schon ganz komisch. »Kommen Sie bitte herein«, hörte sich Heidi sagen und verstand nicht, warum sie den Beamten, der sich ihr als Kriminalhauptkommissar Vogel vorgestellt hatte, ins Haus bat.

Als er Viccos Rute anfassen wollte, schrie sie auf. »Doch nicht so«, schleuderte sie ihm entgegen und nahm das Luxusteil an sich. Fast zärtlich packte sie den

Griff und steckte die Teile auf handgepäckfähige Länge zusammen. Das hatte sie immerhin schon gelernt – Ruten zusammenstecken! Basic-Kurs dritte oder vierte Lektion. Trotz mehrerer Aufbaukurse fühlte sie sich in vielen Dingen immer noch als blutige Anfängerin. Aber hier konnte sie einem Mann etwas vormachen. Und wie! Dass er nur Beamter und kein Fliegenfischer war, minderte ihren Triumpf nur ganz wenig.

Sie legte die Fliegenrute behutsam im Flur ab und wies dem Kommissar den Weg in die Küche, nicht ohne sich vorher noch einmal seinen Ausweis zeigen zu lassen. Sicher ist sicher, dachte sie. Vielleicht hat er Viccos Ausrüstung gestohlen. Oder gefunden. »Schwachsinn«, schalt sie sich, denn auf der Rute standen nicht ihre Namen und auch keine Adresse. Aber immerhin war die Idee ein Strohhalm, an den sie sich klammern konnte.

Heidi ließ ihren Gast an der Stirnseite des Küchentischs Platz nehmen, dort, wo Vicco sonst saß, der ja vermutlich nicht kommen würde. Sie goss dem Kommissar ein Wasser ein, ohne zu fragen, nahm ihren Becher mit dem inzwischen kalt gewordenen Kaffee und setzte sich links vom Kommissar auf ihren Stammplatz. Ihr war die Zeit seit dem ersten Klingelton an der Haustür bis zum Eintreffen in der Küche wie eine Ewigkeit vorgekommen, dabei hatten sich die Minutenzeiger der Uhr gerade mal zwei Striche vorwärtsbewegt. Immer noch hatte sie keine Ahnung, was ihrem Vicco passiert sein könnte. »Was ...«, setzte sie an, während der Kommissar gleichzeitig das Wort ergriff.

»Wir wurden heute Morgen von der Leitstelle an den Fluss gerufen. Eine Anruferin hatte angegeben, dass dort ein Toter liegt.«

Heidi konnte sich nicht bremsen. »Und was hat das mit Vicco zu tun? Er ist nicht tot?! Sagen Sie mir sofort, dass er nicht tot ist!«

»Nein, natürlich nicht. Wie kommen Sie darauf? Ich hatte Ihnen doch erzählt, dass er festgenommen wurde. Zurzeit wird er wohl gerade dem Haftrichter vorgeführt.«

»Dann ist er ja sicher bald hier, und wir können zu dritt über den Vorfall sprechen. Soll ich schon mal Kaffee aufsetzen?« Ihre Augen flackerten streitlustig.

»Ich glaube, Sie verkennen die Situation. Ihr Vicco wurde in einer ziemlich eindeutigen Pose angetroffen. Und der Tote ist kein Unbekannter. Aber mehr darf ich Ihnen nicht erzählen. Sie wissen schon.« Jaja, Dienstgeheimnis, schwebendes Verfahren, blablabla. Sie wusste. Lange genug hatte sie sich mit solchen Begriffen herumschlagen müssen. Das war vor ihrem neuen Leben hier im Erzgebirge gewesen. An diese Zeit wollte sie jetzt gerade nicht zurückdenken. Wollte sie überhaupt nie mehr denken. Trotzdem war sie schon wieder mittendrin, musste mittendrin sein, wenn sie Vicco helfen wollte. Musste Informationen sammeln, Zusammenhänge finden, die richtigen Schlüsse ziehen. Genau wie damals ...

Der Kampf in ihrem Inneren begann bereits zu toben, während sich KHK Vogel verabschiedete. Immerhin war er noch so gnädig gewesen, ihr zu verraten, wohin sie Vicco ein paar Dinge bringen konnte, die er benötigte, Waschzeug, Klamotten und solche Sachen, ein Buch, ein Foto, auf dem sie beide in die Kamera lachten, mit Fliegenrute natürlich. Dass sie nicht mit Vicco sprechen durfte, weder dienstlich noch privat, war ihr nicht fremd. Mit Torsten hatte sie auch nicht sprechen dürfen.

Wieso musste sie wieder in eine derartige Scheißsituation geraten? Wieso sie, wieso immer nur sie! Torsten war damals ziemlich schnell zu Hause zurück gewesen. Wie er es hinbekommen hatte, dass er das Gefängnis als unschuldiger Mann verlassen durfte, konnte sie bis heute nicht verstehen. Für sie trug er die Schuld am Tod ihres gemeinsamen Kindes. Aber das war eine andere Geschichte. Das war, bevor er aus ihrem Leben verschwand, lange bevor sie ihn über den Jordan geschubst hatte, auf Nimmerwiedersehen. Und das sollte so bleiben. Heidi wollte nicht noch einmal alles verlieren. Nicht Vicco, nicht die Landschaft, in die sie sich verliebt hatte, nicht ihr gutes Leben hier. Jetzt benötigte sie einen Anwalt, einen guten Anwalt.

Sie wählte die Nummer von Viccos Freund. Unter den Fliegenfischern waren mehrere Advokaten, die sie kannte, wenn auch nur flüchtig. Einer würde ihren Geliebten schon herausboxen und den Beamten ihren Irrtum nachweisen. Justizirrtum – man erfuhr doch immer wieder von solchen Fällen. Denn das alles konnte nur ein Irrtum sein, davon war sie überzeugt. »Du, Vicco wurde verhaftet. Er braucht dringend Hilfe«, flüsterte sie in die Muschel. Vom anderen Ende der Leitung brüllte es: »Das ist jetzt nicht wahr!«

»Doch, ist es! Peter, kennst du einen guten Anwalt?«
... »Nein, nicht für mich, für Vicco.« ... »Ja, ich bin so

weit ok.« ... »Nein, ich weiß selbst nicht, was passiert ist. Die Polizei war vorhin hier.« ... »Natürlich habe ich Zettel und Stift.« Alte Berufskrankheit, wollte sie anfügen, aber die anderen wussten wenig von ihren »Krankheiten«. Peter hätte es nicht deuten können.

»Hallo, ja, hier ist Heidi, von Vicco, du weißt schon. Dein Freund braucht einen Anwalt.«

»Hat er einem der Jogger, die dauernd dämlich rumlabern, die Fresse poliert? Vielleicht dem Dicken in dem Pink-Lila-Kampfanzug aus Fallschirmseide? Angedroht hat er es ja schon öfter, aber ich dachte nicht, dass er sich derart gehen lässt«, dröhnte es aus dem Handy, das sie auf laut gestellt hatte. »Oder hat ihn eines der hysterischen Weiber vom Rentnerclub angezeigt, weil sie beim Umziehen die falsche Rute erblickte?« Heidi war nach allem, nur nicht nach dämlichen Männerwitzen zumute. Robert musste das doch merken! Als er zur nächsten Zote ansetzte, unterbrach sie ihn schroff. »Vicco soll jemanden umgebracht haben. Irgendjemanden, der nicht unbekannt ist. Heute früh am Fluss.« Ein paar tiefe Atemzüge am anderen Ende der Leitung. Dann: »Das ist ja starker Tobak. Ich bin schon unterwegs. Bleib am besten zu Hause, dann können wir in Ruhe reden.«

»Ich muss ihm aber ein paar Sachen ...«

»Warte, ich bin gleich da. Nur noch zwei, drei Anrufe. Ich nehme alles mit. Mach dir keine Sorgen.«

Keine Sorgen. Der hatte gut reden. Trotzdem sank Heidi erleichtert in den Sessel. Sie musste nicht in den

Knast, sich nicht von den Beamten demütigen lassen, die mit hämischen Blicken auf sie herabschauten und ihr insgeheim Spottnamen verpassten. Mörder-Maid. Fliegenfänger-Flamme. Rutenknutscher-Braut. Robert würde den Gang für sie erledigen. Und auf dem Rückweg hoffentlich mit ein paar Neuigkeiten bei ihr Halt machen.

Während Heidi auf den Anwalt wartete, ließ sie die letzten Monate noch einmal Revue passieren. Kurz nach der Scheidung und der glücklicherweise unbemerkt gebliebenen Endlösung für ihren Ex hatte sie Haus und Garten in der Lausitz verkauft. Das Geld, dass sie dabei erhielt, vermehrt um all das, was sie bei der Scheidung herausgeschlagen hatte, reichte für das kleine Bauernhäuschen im Erzgebirge und für den Abschied von der täglichen Maloche. Ihr Gewerbeschein ermöglichte ihr, mal hier, mal dort zu arbeiten, aber nicht mehr sieben Tage die Woche rund um die Uhr, wie sie es früher getan hatte. Unter »Dienstleistungen aller Art« konnte man verstehen, was man wollte. Für sie waren es vorwiegend Internetrecherchen und Zuarbeiten für größere Projekte, nichts mit viel Verantwortung. Ihr Sinn des Lebens war leben, genau wie es Casper in seinem Grizzly-Lied sang.

Sie hatte nach dem Tod ihres einzigen Kindes und der Trennung von Torsten alles gewollt, nur keine neue Beziehung. Deshalb gab es kein fest gefügtes Beuteschema. Ansonsten wäre Vicco sicher durchgefallen, denn eigentlich waren sie wie Feuer und Wasser. Er das Wasser, sie das Feuer, wenn auch vorübergehend erloschen und gerade wieder neu entfacht. Nachdem Vicco bei ihr eingezogen war, vertauschte sie Arbeits- gegen Freizeit und hatte dabei nicht einmal ein schlechtes Gewissen. Sie kamen gut miteinander aus, verbrachten die Zeit gemeinsam, wenn ihnen danach war, und beschäftigten sich dazwischen mit sich selbst. Im Beisein seiner Fliegenfischerkumpels war ihr anfangs oft langweilig gewesen. Angler-Latein galt als einzige aktiv gesprochene Fremdsprache. Sie wusste, dass die gefangenen Fische parallel zum Alkoholpegel wuchsen und dass der Kampf von Hemingways altem Mann auf dem Meer ein Pappenstil war gegen die körperlichen Anstrengungen beim Beißen einer dreijährigen Regenbogenforelle. Die Witze kannte sie mittlerweile alle auswendig.

Obwohl Vicco anfangs nicht begeistert von ihrer Idee war, führte er sie nach und nach in die hohe Schule des Fliegenfischens ein – wenn er nicht gerade etwas anderes einführte.

Sie musste sich in dem Anfänger-Kurs, den ausgerechnet ihr Vicco hielt, furchtbar zusammennehmen, um nicht permanent laut loszulachen. Zu komisch war das begriffliche Neuland, das sie zu beschreiten begann. Das heißt, die Begriffe waren nicht neu, nur erhielten sie plötzlich eine völlig andere Bedeutung. Als Erstes hatten sie gemeinsam den Film »Aus der Mitte entspringt ein Fluss« angeschaut. »Und was für einer«, war ihr herausgerutscht. Der ganze Kurs hatte gegrölt, Vicco einen vernichtenden Blick in ihre Richtung geschickt. Es hatte lange gedauert, bis ihr beim Wort

Rute weder das beste Stück des Herrn noch die Waffe des Weihnachtsmannes eingefallen war. Süffisantes Grinsen inklusive, nur nachlässig verborgen. Mit dem Begriff Werfen hatte sie bis zur Bekanntschaft mit dem passionierten Fliegenfischer etwas anderes verbunden. »Wem der große Wurf gelungen ...«, ja, nur hatte derjenige nach ihrer laienhaften Auffassung garantiert keinen Fisch am Haken. Und geködert hatte sie ihre Prinzen bisher mit ganz anderen Dingen, nicht mit Fliegen. Nicht mit Streamern, nicht mit Nass- oder Trockenfliegen, nicht mit Nymphen. Wobei – Nymphen, damit konnte sie wieder etwas anfangen, das klang wunderbar nach Nymphomanin. Oder die Zweifach-Verjüngung! Ihr hätte schon die einfache Variante genügt! Man wurde schließlich nicht jünger! Tight lines akzeptierte sie noch, aber bei Petri Heil musste sie immer an lustige Pornofilmtitel denken – Petri geil oder so. Und Peitschen erst! Wieso hatte Vicco sie nur so strafend angeschaut, als sie kicherte! Sollte er doch mal die Internetsuchmaschinen mit Peitschen füttern! Von Angelschnur und Fischen stand da garantiert nichts! Nachdem diese Trilogie erschienen war, bei der alle immer noch warteten, dass etwas passiert, hatten sie den Sex-Shop umgeräumt und den Peitschen einen Sonderplatz zugewiesen. Das stand sogar in der Zeitung! Nein, nicht in den einschlägigen Magazinen. In der ganz normalen Tageszeitung.

Die Fischerkollegen schätzten Viccos Wissen und dessen Ratschläge. Er hatte seine Kenntnisse von einem englischen Flyfishing-Guru und aus jahrzehntelanger Erfahrung. Bei dem Engländer war schon die Queen

113

Mum in die Lehre gegangen, die mit über achtzig Jahren noch im Fluss stand. Mit Respekt hatten die Männer berichtet, dass sie einigermaßen mit der Fliegenrute umgehen konnte. Das war bei den Herren der Schöpfung in etwa das Gleiche wie ein Bundesverdienstkreuz am Bande. Heidi schöpfte Hoffnung, dass sie irgendwann einmal Fortschritte machen würde, denn ihre Voraussetzungen waren nicht so schlecht. Sie hatte ihrem Fliegenfischer zuerst ungezählte Stunden zugeschaut und sich dann den Ablauf und die Gerätschaften erklären lassen. Um nicht ganz dämlich auszusehen, las sie vorher ein Lehrbuch – mit mäßigem Erfolg, denn auch hier stand allerlei Zweideutiges. Ein ganzes Kapitel nur über Ruten! Einhandrute – Kopfkino pur. Die von der Rute freigegebene Bewegung aufnehmen, na aber gern! Die beliebteste Länge einer Rute – als käme es auf die Länge an! Das wussten heutzutage schon die Pre-Teenies! Werfen zwischen elf und eins ... Oder Nagelknoten – nageln ja, aber bitte ohne Knoten! Der Bissanzeiger – genau, Frauen mit Stil hinterließen Bissspuren, keine Knutschflecken! Und dann noch ein Fliegenfischer, der Manfred Wurm hieß! Der hätte eher zu den Wurmbadern gehört, die Vicco und seine Kumpels so verachteten. Plumpsangler nannten sie diese Gattung, die am liebsten mit dem Auto oder dem Mofa inklusive Hänger ins Fischgewässer fahren würden, die ihre Telerute auspackten, den Haken mit teurem Markenfutter bestückten und ihr Sargblei laut ins Wasser patschten, um Babyfische herauszuholen, die Kiste Bier neben dem Campingstuhl am Ufer. Nur ja keine feuchten Strümpfe! Offenbar hatten es die Angler aber leichter als sie, die sich unendlich viel Mühe bei mäßigem Erfolg gab. Schon die erste praktische Übung war schiefgegangen. Als Frau mit deutlicher Links-Rechts-Schwäche wusste sie natürlich nicht, was flussaufwärts und was flussabwärts ist. Prompt hatte sie sich in die verkehrte Richtung gestellt, und das Gelächter der einen Gruppe und die missbilligenden Blicke der anderen geerntet. Vicco hatte sich gleich weggedreht, um das Elend nicht mit ansehen zu müssen. »Manche lernen das ganz schnell, manche nie. Es hat schon seinen Sinn, dass fünf Prozent der Angler 95 Prozent der Fische fangen«, hatte sie ihn einmal sagen hören. Ihre Hoffnung war, in die Kategorie zwischen ›schnell‹ und ›nie‹ zu rutschen. Mittelmaß hätte hier ausnahmsweise gereicht. Doch dafür lag noch ein Stück Metamorphose vor ihr, auch wenn sie das männermordende Imago-Stadium schon einmal erreicht hatte. Imago – das geschlechtsreife Insekt, der Erwachsene sozusagen. Bei vielen Arten stirbt es nach der Begattung, so wie der abgemagerte Lachs, der es mit Müh und Not zur Fortpflanzung schafft. Imago mortis – das Bild des Todes.

Wieso dachte sie jetzt daran?

Der Klingelton ließ Heidi zusammenzucken. Sie öffnete die Tür. Robert trat ohne zu zögern ein. »Es sieht schlecht aus«, war das Erste, was er sagte. Und: »Manuel Schöffer, der von der Wasserkraft-Lobby. Du weißt schon.« Heidi wurde bleich. Sie kannte den Namen und wusste, dass da etwas lief zwischen den Fliegenfischern, die sich auch als Naturschützer verstanden, und den Wasserkraftbefürwortern, die mit ihrer Gier nach Geld die kleinen Flüsse ruinierten. So sahen es zumindest die Wasserkraftgegner. Aber mit diesen Dingen hatte sie sich nie wirklich beschäftigt. Vicco hatte sie außen vor gelassen, wenn es um das Thema ging. »Er wurde erstochen. Und Vicco hatte noch sein Fischmesser in der Hand, voller Blut.«

»Das Blut kann doch auch von einem Fisch stammen. Er bringt niemanden um, glaube mir. Vicco nicht!«

»Wer kann schon immer hinter die Fassade eines Menschen schauen?«, entgegnete Robert resigniert. Tief in ihrem Innern stimmte ihm Heidi zu, doch äußerlich lehnte sie sich auf. »Ich kenne ihn. Wart's ab, er war es nicht.« Kannte sie ihn tatsächlich? Für Zweifel war jetzt kein Platz. Sie musste ihm helfen. »Und nun?«

»Im Moment können wir nichts tun. Ich halte dich auf dem Laufenden«, versprach Robert, erhob sich und durchquerte den Flur. Die Tür fiel ins Schloss.

Heidi sprang auf und flog beinahe über den Flokati in Richtung Arbeitszimmer. »Los, fahr schon hoch«, brüllte sie den Computer an, der ihr wie immer zu langsam war. Hastig klapperte sie auf der Tastatur herum. Zwei Stunden später wusste sie genug.

Sie schlüpfte in ihre Stiefel und warf sich eine Jacke über. Dann verließ sie das Haus. Ihr Weg führte sie zu dem Wehr unterhalb ihres Grundstücks. Schon von Weitem sah sie den alten Mann sitzen, dem die Anlage gehörte und der mehr als eine halbe Million für den Bau hingelegt hatte. Er nahm sie nicht wahr. Als sie näher kam, hörte sie ein mantraartiges Murmeln. »Dieser Verbrecher, dieser Verbrecher ...« Heidi ging auf den Wehrbesitzer zu und versuchte, ihn in ein Gespräch zu verwickeln. »Warum haben Sie das getan?«, fragte sie ihn unverblümt. Die Antwort kam relativ unaufgeregt. Sie fiel kurz und bündig aus. »Er hat mich ruiniert.«

Was dann geschah, ging blitzschnell. Den Ablauf erfasste Heidi erst viel später. Der alte Mann drehte sich weg von ihr und hechtete in den Mühlgraben. Dass er das Gitter vor der Turbine entfernt hatte, sah sie in dem Moment, als ein tierischer Schrei ertönte. Zuvor war ein dicker A4-Umschlag mit Dutzenden Kopien und einem Geständnis in ihren Händen gelandet. Die endlosen Zahlenreihen bestätigten, was Heidi längst wusste, weil sich andere Betreiber von Wasserkraftanlagen in diversen Internetforen nicht gerade freundlich über den Herrn Berater ausgelassen hatten. Der alte Mann war nur ein weiteres Opfer, in dessen Büchern zwischen versprochenem Gewinn und tatsächlichen Erlösen durch die Wasserkraft eine riesige Lücke klaffte. Man musste kein Buchhalter sein, um zu erkennen, dass die Einnahmen des Wehrbesitzers nicht einmal die Kreditkosten deckten. Zum zweiten Mal ging an diesem Tag ein Anruf in der Leitstelle ein, der von der gleichen Stelle am Erzgebirgsflüsschen aus abgesetzt wurde.

Kegelgott

ROMY FÖLCK

Warum ich so ruhig bleibe, während der Glatzkopf seine Knarre auf mich richtet? Weil ich nur so mein Ziel erreiche, am Leben zu bleiben.

Natürlich habe ich Angst. Wer hätte keine, wenn gerade ein anderer kaltblütig abgeknallt wurde und man selbst vielleicht der Nächste ist. Aber ich verberge meine Angst. Das hat mir mein Trainer als Allererstes beigebracht: Nervenstärke. Noch vor dem Kampfgeist und der Präzision.

Der Typ mag sich überlegen fühlen, aber dieses Gefühl hatten schon viele meiner Gegner. Das Wichtigste ist, dem anderen nie zu offenbaren, wie es in mir aussieht. Das könnte ihn zu etwas Unbedachtem verleiten, das ich nicht kontrollieren kann. Von Vorteil in meinem Sport ist es, keine Gefühlsregung zu zeigen, kühle Distanz zu wahren, einfach eine Kugel nach der anderen zu spielen, bei jeder einzelnen hundert Prozent zu geben. Nur so gewinnt man. Taktische Kriegsführung, wenn du so willst. Das hilft, ob im Sport oder in Situationen wie dieser, wo es um Leben und Tod geht.

Der Typ versteht von all dem nichts. Sein einziger Vorteil ist seine Knarre. Mit ihr ist er kurz vor Ladenschluss in die Tankstelle gestürmt. Er hat ohne zu zögern den Kassenwart umgenietet, weil der nach seinem Baseballschläger greifen wollte. Ich weiß nicht, in welchem amerikanischen Schinken er das gesehen hatte, sich so ein Gerät hinter die Kasse zu stellen. Ein paar Schuljungen, die hier Pornoheftchen klauen, kann er damit vielleicht beeindrucken. Aber es ist ein kapitaler Fehler, einem Angreifer mit einer unterlegenen Waffe zu drohen. Vielleicht hatte er gedacht, die Schusswaffe sei ein Fake. Oder der Tankstellenräuber hätte gar nicht den Mumm abzudrücken. Aber er hat es getan.

Gegenwehr provoziert den Angreifer.

So ist es auch im Turnier. Wenn du gut bist, zieht der Gegner nach. Schaffst du eine Neun, wirft dein Gegner wahrscheinlich auch eine. Oder gleich zwei. Erfolg spornt an. Nur wer diese Nerven hat, gewinnt. Kegeln ist ein Nervensport! Da geht es nicht darum, ein paar Kugeln zu schieben. Nur wer bis zum Ende cool bleibt, spielt die Gasse bei jedem Wurf präzise an und geht als Sieger nach Hause.

Vorbereitung ist alles. Hätte der Glatzkopf mal machen sollen. Dann würde sein Raubüberfall jetzt nicht völlig aus dem Ruder laufen.

Ich bereite mich vor jedem Turnier vor. Und ich spreche nicht vom Training, sondern von der mentalen Seite. Wenn das Licht angeht und die glänzende Bahn flutet, das ist dieser eine Moment vor dem Spiel. Noch ist es still. Wir sind allein. Nur die Kugel und ich.

Diese Minuten auf der einsamen Kegelbahn brauche ich, um mich zu sammeln. Um diese besondere Energie in mir aufzunehmen. Ich stelle mich an die Bahn und fokussiere die knapp zwanzig Meter bis zu den neun. Dort stehen sie, weiß, schlank, stolz: neun Gladiatoren in einer Raute. Und ich bin der eine, der sie bezwingen soll. Mit jedem einzelnen Wurf.

Das ist Adrenalin. Das ist Kampf.

Das ist Kegelsport.

Wir sind Sportler! Wir haben nichts gemein mit diesen angetrunkenen Saufbrüdern, die dir auf dem Flughafen von Palma in ihren unisono bunten Kegelclub-Shirts begegnen. Die sind genauso wenig Kegler wie der Ballermann Mallorca ist.

Und verwechsle uns bitte nicht mit den Bowlern, die sich erst mit fettigem Fast Food vollstopfen, dann ihre dicken Finger in die Bohrungen stecken und zehn Pins werfen, während hinten die Kumpels »Strike!« schreien. Nein, davon sind wir weit entfernt. Der einzig coole Bowler ist »der Dude«. »The Big Lebowski«, du weißt schon. Ich bin der Meinung, wenn sie gekegelt hätten, statt zu bowlen, wäre Donny am Ende nicht gestorben.

Nein, Bowling ist nur eine nette Kopie. Vergleichbar mit dem Nachbau europäischer Kulturstätten in den Staaten. Die Amis haben das Bowling Ende des 19. Jahrhunderts erfunden. Aber den Kegelsport gab es schon im antiken Ägypten. 3500 vor unserer Zeitrechnung! Respekt einflößend, oder? Natürlich werfen wir heute nicht mehr mit Steinen auf Knochen. Aber jagst du noch dein Abendessen selbst?

Kegelbahnen sind heute computerbetrieben und schick, die Kegel werden schon lange nicht mehr per Hand aufgestellt. Der Sport ist längst salonfähig, aber dennoch laufen alle ins Fußballstadion.

Ich verstehe den Hype um diesen Sport nicht, die Millionen, die jährlich hineinfließen. Auch bei uns geht es um Ausdauer, um Nervenkitzel, um Präzision. Kegeln ist Hochleistungssport! Wir reden von zweihundert Kugeln während eines Turniers. Hast du schon mal zweihundert Bizeps-Curls mit einer Hantel hintereinander gehoben? Schaffst du nicht? Dann stell dir vor, wie es ist, zweihundert Kugeln zu schieben. Zweihundert Mal die Gasse anvisieren, anlaufen und die Kugel mit ihren fast drei Kilo sanft auf die Aufsatzbohle legen. Dafür musst du trainieren. Denn Präzision ist auch bei der letzten Kugel gefragt. Gerade bei dieser entscheidet sich oft ein Spiel. Oder ein ganzes Turnier.

Wenn am Ende nur ein Holz fehlt, geht die Rechnung nicht auf.

Konzentration. Kraft. Kontinuität. Das ist Kegeln.

Nie ist ein Sport so unterschätzt worden.

Nie bin ich so unterschätzt worden.

Mein Mantra versteht der Typ mit der Knarre einfach nicht. Er hat nur den Aufdruck auf meinem T-Shirt gelesen, und schon war die Schublade weit offen, in die er mich gesteckt hat. Ein Kegelbruder, der ist nur nüchtern, wenn er zur Blutspende geht. Ich habe es an seinen Augen abgelesen.

Einwegdenker wie er schüchtern mich nicht ein. Höchstens seine Heckler & Koch P 8. 15 Schuss, 9 x 19 mm, Stangenmagazin, Einzelfeuer. Ordonnanzpistole der Bundeswehr. Wo hat er die aufgetrieben? Auf dem Schwarzmarkt in alten Militärbeständen?

Die ist echt, so viel ist klar. Der Tankwart liegt hinterm Tresen, macht keinen Mucks mehr. Hätte er einfach die Kasse aufgemacht und dem Räuber die paar Hunderter Umsatz gegeben, wäre der Spuk schnell vorbeigewesen. Aber so hocken wir hier, ich, die Hochschwangere und der bewaffnete Glatzkopf, der sich mit uns in der Tankstelle verbarrikadiert hat und offensichtlich nicht weiß, wie es jetzt weitergehen soll.

Der ist ohne Plan B hier reinmarschiert. Mega-Fehler! Einen Plan B sollte man immer haben. Wenn es in den Vollen nicht läuft, musst du in den Räumern punkten. Das hat mir mein Trainer immer eingebleut.

Unser Geiselnehmer hat das nicht geblickt. Seine Vollen waren mies, aber auch die Räumer sind katastrophal. Game over. Es ist nur eine Frage der Zeit. Und ob wir das überleben.

Die Schwangere schluchzt leise neben mir, ich halte meinen Blick gesenkt. Die Handys hat er uns abgenommen. Aber mein Zweier-Satz Kugeln steckt noch im Rucksack, an den ich mich presse. Die Kugeln bekommt er nicht. Ausgeschlossen! Spezialanfertigungen mit Lasergravur. Damit habe ich den letzten Bundesausscheid gewonnen. Sie sind mein Sieggarant, meine Glücksbringer, wenn du so willst. Ohne sie gehe ich hier heute nicht raus.

»Los, du Spacko! Wie viel Geld hast du dabei?« Er winkt auffordernd mit der Waffe.

Der will uns wirklich unsere Kohle abnehmen? Draußen stehen bereits die Streifenwagen im Spalier. Sieht aus wie Autokino mit Blaulicht. Wir sind die Leinwand, der Gangsterfilm, nur in echt. Was hat der vor? Mit unserer Kohle ab durch die Hintertür? Hofft er, die Polizei denkt so eindimensional und sichert nur den Vordereingang ab?

Die schwangere Frau schluchzt leise auf und fummelt ihr Portemonnaie aus der Handtasche. Ihre Hände zittern. »… nicht … viel,« weint sie und reicht ihm fünfzig Euro.

Das ist zu wenig. Die Unzufriedenheit in seinem Gesicht wächst. Eine tiefe Falte entsteht auf seiner Stirn.

Ich habe nur zehn Euro dabei. Das reicht für eine Bockwurst und ein Bier nach dem Turnier. Wenn mein Trainer mich heute nicht eingeladen hätte, wäre ich völlig blank. Ihm wird das wohl kaum reichen als Fluchtgeld. Wenn ich den Zehn-Euro-Schein jetzt raushole, wird er scheißwütend werden. Wenn er mir mein Portemonnaie abnimmt und es aufklappt, erst recht.

»Die Frau braucht etwas zu trinken«, lenke ich ihn ab. »Oder willst du, dass sie gleich hier entbindet?«

Der Glatzkopf sieht mich überrascht an. Ja, ich kann sprechen. Er hebt drohend die Heckler & Koch, um meine Gegenwehr niederzuzwingen. Aber an seinen Augen erkenne ich, dass meine Botschaft angekommen ist: Jetzt nicht noch eine Geburt zwischen Motorölflaschen und Kartoffelchips! Er sieht sich um, huscht in der Deckung der Regale in Richtung Tresen, wo ein Wasserspender steht.

»Halten Sie durch«, raune ich der Frau leise zu. »Wir dürfen ihn nicht reizen. Bleiben Sie ruhig, ok?«

Sie nickt und wischt sich die Tränen aus den Augen.

Ihre andere Hand liegt auf ihrem Bauch. Das ist mal eine ansehnliche Kugel!

»Er tritt die ganze Zeit. Wahrscheinlich spürt er, was los ist, und will mich beschützen.« Eine Träne rollt über ihre Wange.

»Ein kleiner Kämpfer.« Ich zwinkere ihr aufmunternd zu. Wird bestimmt mal ein Kegler, denke ich.

Der Glatzkopf kommt mit dem Becher Wasser zurück. Grotesk, dieses Bild. In der einen Hand die Knarre, in der anderen der kleine Pappbecher, den er balanciert, um nichts zu verschütten. Er drückt ihn der Schwangeren in die Hand. Sie trinkt durstig.

Ein Stöhnen hinter dem Tresen. Der Tankwart weilt doch noch unter den Lebenden. Glatzkopf fährt herum, ist sichtlich nervös. Nun sind es drei Geiseln in seiner Gewalt. Ich weiß, was er denkt: Eine schwer verletzt, eine hochschwanger und ein Nerd im Keglertrikot. Bingo!

»Ich bin Ersthelfer. Soll ich nach ihm schauen?«, frage ich.

»Schnauze halten!« Er funkelt mich wütend an. »Was bist du sonst noch, Hebamme?« Er schwitzt. Dicke Schweißperlen glänzen auf seiner Glatze.

Der Angeschossene stöhnt erneut auf. Lauter.

»Scheiße!« Glatzkopf droht uns mit der Waffe. »Eine Regung, und ihr seid die Nächsten!« Er läuft geduckt nach vorn zum Tresen, um nach dem Verletzten zu sehen. Der Glatzkopf ist hinter dem Verkaufstresen verschwunden. Das Stöhnen des Tankwarts zeigt, dass da irgendwas läuft.

Ich richte mich langsam mit erhobenen Händen auf. Die Scheinwerfer der Streifenwagen blenden mich durch die Scheibe. Ich warte einen Moment, lasse die Arme sinken und zeige mit der Rechten eine Drei an, danach das Zeichen für »Geisel«. Ich weiß, dass die mich sehen. Ich zeige in Richtung Tresen und mache das Zeichen für »Feind«, zeige eine Eins an. Schließlich das Zeichen für »Pistole«.

Die Frau neben mir sieht mich ungläubig an, schüttelt vehement den Kopf. Ich lege meinen Finger auf den Mund. Ich muss nach vorn zum Tresen. Hier hinten hat sie eine gute Chance, wenn die Polizei stürmt. »Bleiben Sie ruhig sitzen«, flüstere ich.

Geduckt bewege ich mich nach vorn. Die Kegelkugeln drücken im Rucksack auf meinem Rücken. Ein gutes Gefühl. Wie alte Kumpel, die mich begleiten.

In diesem Moment taucht der Glatzkopf hinter dem Tresen auf. Er sieht mich und hebt die Knarre. »Bleib stehen, Arschloch!«

Ich hebe meine Hände. Er sieht, dass ich unbewaffnet bin. Ein Grinsen in seinem Gesicht. Auf meinem T-Shirt steht *Kegelgott*. In seinen Augen bin ich so harmlos wie die Schwangere da hinten. Einen Fußballer oder Eishockeyspieler würde er jetzt anders ansehen. Sein Fehler! Beurteile nie einen Gegner nach seinem Äußeren. Schon die halbwilden Germanen wurden von den Römern unterschätzt. Wie die Varusschlacht endete, wissen wir. Drei römische Legionen wurden von den Germanen regelrecht zu Staub verarbeitet.

Mein Trainer sagt immer: Du darfst dem Gegner nie anzeigen, was du vorhast. Der Überraschungseffekt ist die halbe Miete. Ich muss ihn in Sicherheit wiegen. Nur so kann ich ihn entwaffnen. Ohne die Knarre ist er ein Hanswurst, der von selbst die Tür aufschließt und das SEK freundlich hereinbittet.

»Ich schaue mal nach ihm«, sage ich mit erhobenen Händen. »Wenn er hier verblutet, fährst du lebenslänglich ein.«

Der Glatzkopf kneift seine Augen zusammen. Offensichtlich denkt er über den Sinngehalt meiner Worte nach. Dann winkt er mit der Knarre in Richtung des Verletzten. »Na los, aber keine Tricks, Kegelgott! Ich habe dich im Blick.«

Ich gehe langsam um den Verkaufstresen herum, knie mich neben den Tankwart. Ein Durchschuss am Oberarm. Die Blutlache unter ihm ist kritisch. Aber wenn ich die Blutung sofort stoppen kann, hat er gute Chancen durchzukommen. Er sieht mich mit weit aufgerissenen Augen an. Das ist Todesangst. »Ganz ruhig«, sage ich. »Ich bin Ersthelfer. Wir brauchen Verbandszeug. Wo ist das?«, frage ich ihn.

Er stöhnt leise, zeigt mit zittriger Hand auf den Verbandskasten, der unter dem Tresen hängt.

Glatzkopf nickt. »Na los! Mach schon! Oder willst du, dass er draufgeht?« Erste Unsicherheit in seiner Stimme. Oder ist es Reue?

Ich hole den Kasten und lege dem Verletzten einen Druckverband an. Er stöhnt vor Schmerzen, Schweißperlen auf seinem Gesicht. Er hat schon eine Menge Blut verloren, muss schnellstens in ein Krankenhaus. Ich lege ihm meine Sportjacke unter den Kopf. »Geben Sie ihm was zu trinken!«

Glatzkopf reicht mir ohne zu widersprechen einen gefüllten Wasserbecher. Seine Hand zittert. Er zeigt Nerven!

Ich helfe dem Tankwart beim Trinken.

»Was hast'n da in deinem Rucksack?«, fragt der Geiselnehmer plötzlich.

Darauf habe ich gewartet. Dachte schon, er fragt nicht mehr. »Sportsachen.«

»Zeig mal!« Er unterstreicht seine Aufforderung mit einem Schwenker der Heckler & Koch. Ich muss ihn entwaffnen. Am besten bevor das SEK den Laden stürmt. Spätestens in zehn bis fünfzehn Minuten müssten die hier sein. Langsam öffne ich meinen Rucksack, wühle darin herum. Er kommt näher, greift hinein und zieht mein Portemonnaie heraus.Verdammt! Wenn er es öffnet, bin ich geliefert. Aber einhändig kann er das nicht. Dazu müsste er schon die Knarre weglegen.

»Wie viel ist da drin?«

»Wird reichen«, sage ich und wühle weiter in meinem Rucksack.

Er kommt näher. »Keine Tricks!«, droht er. »Los, auspacken!«

Ich hole meine Turnschuhe heraus, Socken, Wechselshirt und Handtuch. Meine Glücksbanane. Ohne sie gehe ich nie los. Ich lege sie auf den Boden. Jetzt liegt nur noch der Satz Kugeln am Boden des Rucksacks, ich spüre ihr Gewicht. Ich greife hinein, gleite mit der Hand unter die erste, spüre ihre Eleganz. Sie ist kühl und glatt. Ein Gefühl von Macht durchströmt mich. Ich zögere, sehe ihn an.

Er wird misstrauisch, schiebt seinen Kopf über den Rucksack. »Was ist da?«

Meine Hand schnellt mit der Kugel heraus. Sie knallt gegen seine Nase. Ein knackendes Geräusch, ein Schmerzensschrei. Glatzkopf kippt nach hinten in die Regale, rutscht ab und liegt wie eine Schildkröte auf dem Panzer vor mir. Die Knarre hat er beim Fallen losgelassen. Ich werfe meinen Rucksack mit der zweiten Kugel mit Anlauf durch die Scheibe. Glas splittert, während ich die Heckler & Koch mit dem Fuß unter ein Regal kicke. Wahrscheinlich habe ich Glatzkopf die Nase gebrochen. Lautes Schmerzensgeheul, während ich ihn auf den Bauch drehe und mich auf ihn knie.

Zwei Schutzpolizisten sind durch die zerborstene Scheibe geklettert und legen dem Geiselnehmer die Handfessel an. Er jammert laut. Sein Gesicht sieht aus wie Blutwurst, als er abgeführt wird. Ich hebe mein Portemonnaie auf, öffne es und gebe es einem der Beamten. Er nickt, gibt es mir zurück. »Danke, Kollege.«

Ganz vorn steckt eine blaue Plastikkarte mit meinem Bild.

POLIZEI. DIENSTAUSWEIS. Sven Bartels.

Das bin ich. Polizist und Kegler.

Der Kegelgott vom Polizeisportverein.

Seniorensport für Könner

TATJANA KRUSE

Alters-WG ... das hatte ich mir eigentlich lustiger vorgestellt.

»Großer Gott, hast du dich auf deinem Fernsehsessel seit unserer Abreise überhaupt bewegt?«, spottet Sandra durch die geöffnete Wohnzimmertür und lehnt die Skier an den Garderobenschrank im Flur. »Denkst du auch mal über das zulässige Gesamtgewicht deines Sessels nach? Wenn du mit ihm durch den Boden krachst, erschlägst du womöglich unten die Kinder der Familie Bauer.« Sandra kichert.

Rainer kommt mit den Koffern in die Wohnung. »Wie jetzt? Du hast in unserer Abwesenheit zugenommen? Dann kann man dich jetzt also auf Google Earth vom Weltraum aus sehen!«

Die beiden lachen.

»Scherz!«, ruft Sandra, was sie nach verbalen Dolchstößen immer tut, als ob das die klaffende Wunde in meiner Seele wie durch Zauberhand wieder verschließen würde.

Sandra, Rainer und ich haben uns mal echt gut verstanden. Damals, vor ihrer Sucht nach Sport als dem Quell ewiger Jugend, in der Buchhaltung der Bausparkasse Schwäbisch Hall. Wir wurden *Die drei Musketiere* genannt. Darum haben wir ja dann nach unserer Pensionierung auch zusammen eine Alters-WG gegründet: Rainer war frisch verwitwet, Sandra zum zweiten Mal geschieden, und ich war nie vor den Altar getreten und wünschte mir Gesellschaft, war aber gegen Katzen allergisch – die Idee einer Wohngemeinschaft hatte sich wie von selbst angeboten.

Aber mittlerweile bereue ich das aus tiefstem Herzen. Ich finde das Altern nämlich klasse: endlich auf niemand mehr Rücksicht nehmen müssen, die Seele baumeln lassen, verrückte Dinge tun wie stundenlang an der Supermarktkasse nach Kleingeld suchen, bis sich den gestressten Hipstern hinter einem in der Schlange die Barthaare kräuseln. Aber Rainer und Sandra wollen auf Teufel komm raus jung bleiben. Sandra trägt immer noch Miniröcke, und Rainer baggert Frauen an, die seine Enkelinnen sein könnten. Und wenn sie nicht gerade online Miniröcke shoppen oder Frauen angraben, treiben sie Sport, um auch ja nicht so alt auszusehen, wie sie sind.

Sandra macht Pilates, Yoga, Bogenschießen, Zumba und Marathon. Rainer spielt in einer Altherrenmannschaft Fußball und macht Krafttraining, Capoeira und Marathon. Ich mache Hochleistungs-Power-Zapping quer durch unsere fünfhundert Fernsehkanäle. Mein Daumen ist der durchtrainierteste Teil meines Körpers, auch wenn ich mich manchmal beim Strecken nach der Fernbedienung überdehne.

Egal, im Grunde hätte es trotzdem gut gehen können. Wenn Sandra und Rainer nur mit ihren Witzen über Fettleibigkeit und Fitnessmangel nicht immer bösartiger würden. Mit zunehmender Fitness geht die Toleranz flöten. Fakt! Es ist schon so weit gekommen, dass ich tatsächlich ernsthaft überlege, ins Altersheim zu ziehen.

Dabei bin ich einfach nur an den richtigen Stellen gepolstert. Ich wiege keine vierhundert Kilo. Man muss nicht die Außenmauer aufbrechen und mich mit einem Kran heraushieven, sollte ich jemals in meinem Fernsehsessel infarkten. Ich bin eine ganz normale Größe 48. Nur komme ich eben beim Treppensteigen in unsere Dachgeschosswohnung arg ins Schnaufen. So what? Das pustet das Hirn durch.

Sandra kommt, frisch umgezogen, mit einem dampfenden Becher grünem Tee aus der Küche. Natürlich grüner Tee, weil der das Fett wegbrennt. Sie stellt sich ans Fenster und checkt das Wetter. Indoor- oder Outdoorsport, das ist die Frage. Zugegeben, von hinten wirkt ihr Körper in dem zarten Leinenetuikleid und der blümchenbedruckten Strumpfhose wie der einer sehr viel jüngeren Frau. Aber umso größer ist die Enttäuschung, wenn sie sich dann umdreht und man ihr Alt-Frauen-Gesicht sieht.

»Wir müssen dich endlich aus dem Sessel kriegen«, befindet sie jetzt. »Lass es uns ganz langsam angehen. Oben im Einkorn-Wald haben sie den alten Trimm-dich-Pfad wiederbelebt. Das wäre doch was für den Anfang.«

Rainer tritt ein. Mit einem Energydrink in der Hand. Und ohne Shirt. Er läuft gern oben ohne durch die

Wohnung, damit man sein Sixpack sehen kann. Wenn es etwas gibt, auf das er in seinem Leben stolz ist, dann nicht auf seine Kinder oder seine Karriere, sondern darauf, dass er mit 69 noch einen Sixpack hat. »Ja genau, bring unsere alte Mia wieder in Form. Morgens in den Jogginganzug zu schlüpfen, ist einfach nicht genug Bewegung für den Tag.« Er grinst breit.

»Wie war die Ski-Tour?«, lenke ich ab.

Die beiden setzen sich für das Gespräch nicht hin. Natürlich nicht. Im Stehen verbrennt man ja mehr Kalorien als im Sitzen.

»Grandios!«, schwärmt Rainer. »Ich habe drei Mal die schwarze Piste am Westhang genommen.«

Schade, dass er dabei keine Lawine ausgelöst hat, die ihn verschluckte.

»Unsere nächste Herausforderung wird der New-York-Marathon«, erzählt Sandra. »Auf der Heimfahrt haben wir uns die Hand darauf gegeben. Wir fangen gleich nachher mit dem Training an. Das wird geil.«

Ich werde also auch weiterhin allein im Café am Markt sitzen, während sich meine Mitbewohner sportlichen Exzessen hingeben. Im Grunde ist es mir ja egal, sollen sie doch. Aber seit unserem gemeinsamen Einzug treibt mich die Angst um, was aus mir werden soll, wenn Rainer beim Gewichtheben eine Kopfarterie platzt und er tot umfällt. Oder Sandra sich einen kurzsichtigen Kerl angelt. Die Miete für unsere traumhafte Innenstadtwohnung kann ich mir allein nicht leisten. Und, ganz ehrlich, ich will nicht ins Altersheim!

»Wisst ihr was? Ihr habt recht!« Ich setze mich in meinem Fernsehbequemsessel auf. »Ab sofort treibe ich

mit euch Sport!« Sandra und Rainer klappt der Unter-
kiefer herunter. »Wie wär's? Wir fahren jetzt alle zusammen zum Einkorn – ich schaue mal, wie weit ich
auf dem Trimmpfad komme, und ihr beginnt euer
Lauftraining für New York.«

»Wahnsinn, Mia! Ich hätte nie gedacht, dass du das
einmal sagen würdest!« Sandra kommt auf mich zuge-
laufen und umarmt mich. Etwas Grüntee schwappt auf
meinen geliebten Sessel. Ich sehe großzügig darüber
hinweg. Große Veränderungen fordern ihre Opfer.

Kurz darauf sind wir startbereit. Ich stecke ja ohnehin
schon in meinem Jogginganzug, Sandra und Rainer
sind in etwas Aerodynamisches geschlüpft.

Wir treten auf den Flur. Wir, das sind Rainer und ich.
Sandra läuft wie immer – das ist ein Zwangs-Tick von
ihr – noch einmal durch die Wohnung, um zu schauen,
ob sie auch ja den Herd ausgeschaltet hat (wahlweise
die Mikrowelle, das Bügeleisen oder den Kleinbildfern-
seher in ihrem Schlafzimmer). Dabei trägt sie schon
ihre Kopfhörer mit motivierender Marathonmusik.
Oder mit Anspornreden von angesagten Fitness-
Gurus. Keine Ahnung. Jedenfalls wummert irgendwas
in ihren Ohren.

Bestens!

Rainer macht am Treppenkopf Streckübungen.

Ich versetze Rainer einen kräftigen Schubs.

Wobei mir mein muskulöser Daumen gute Dienste
leistet!

Laut polternd kracht Rainer die Stufen hinunter und
bleibt stöhnend auf dem Treppenabsatz liegen. Das
kriegt Sandra unter ihren Kopfhörern nicht mit. Fami-

lie Bauer ist in Urlaub, und die Kerpings aus dem ersten Stock sind bei der Arbeit. Folglich höre nur ich das Poltern und das Stöhnen.

Ich eile zu Rainer – runterzu sind Treppen für mich kein Problem –, ziehe das Kissen unter meiner Joggingjacke hervor (von wegen »zugenommen«, ha!) und drücke es ihm aufs Gesicht. Er wehrt sich natürlich, ist aber vom Sturz noch so benommen, dass er nicht wirklich etwas gegen mich ausrichten kann. Sandra braucht für ihre Kontrollrunde exakt so lange, wie Rainer braucht, um wegen Sauerstoffmangel einen irreparablen Hirnschaden zu erleiden.

Ich stopfe das Kissen wieder unter meine Joggingjacke und fange an, wie am Spieß zu schreien und auf Panik zu machen.

Es ist, wie ich immer sage – den Körper zu trainieren ist optional, die kleinen grauen Zellen zu trainieren ist dagegen überlebensnotwendig. Während Sandra und Rainer endlos lange sportelten, habe ich recherchiert. Wie man jemanden zum Pflegefall macht.

Rainer hat keine Familie. Ich werde selbstlos anbieten, ihn hier in der Wohnung zu pflegen. Ich kann auch gern zwei Leute pflegen. Eigentlich ist das sogar mein Ziel. Ihre Renten und das Pflegegeld werden mir die Miete sichern. Was genau ich mit Sandra mache, überlege ich mir noch.

Von wegen Sport ist Mord. Sport ist Pflegefall!

Man muss in allem die Chance sehen ...

Wasserleiche ist auch keine Lösung. Eine Beichte

BETTINE REICHELT

Ich hasse Sport. Schon immer. Immer diese Wanderer in meinem Umfeld. Schrecklich. Und laufen, rennen, springen. Das tut meinem Körper nicht gut. Warum erwarten alle, dass man sich an diesen schädlichen Aktivitäten beteiligt? Das ist doch unglaublich! Sport ist Mord. Das sagten schon die alten Griechen. Bestimmt!

Obwohl ich es doch immer wieder deutlich sagte, dass man mich mit Sport bitte schön in Ruhe lassen solle. Trotzdem wollten immer alle, dass ich mich bewege. Und ich? Also, ich hätte mich dem entziehen sollen. Vielleicht wäre Umziehen eine Lösung gewesen. Am besten ans Meer. Da kann man stundenlang am Strand sitzen, und keiner wundert sich.

Aber hier? Wanderer, wohin das Auge blickt. Radfahrer. Tischtennisspieler an jeder Ecke. Und Wasser. Überall Wasser. Es wäre ja auch erträglich, wenn man mich nur nach Bad Elster eingeladen hätte. Ein nettes Hotel am Berg, dann mit dem Auto zum Kurhaus fahren, ein Wässerchen trinken, zum Kurbad fahren, ins warme Wasser legen. All das wäre denkbar gewesen. Ich mag Bad Elster durchaus. Eben in dieser Weise. Als Ort der Entspannung. Und ich hätte mich eben auch auf Wasser eingelassen.

Alles andere ist viel zu gefährlich: Absturz bei der Wanderung. Oder Tischtennis: Ball an den Kopf und aus. Wasser, wenn es nicht zu tief ist, kann sehr angenehm sein. Und im Kurbad liege ich dann im Ruhebereich auf den runden Liegen, ein grasgrünes Kissen unter dem Kopf, rieche das Wasser. Und alles wäre ausreichend gewesen. Kein Ball an den Kopf, kein Genickbruch, nur Plätschern in der Nähe.

Alles wäre gut gewesen. Wenn *sie* nicht gewollt hätten, unbedingt, dass ich das Wasser anderweitig nutze. Ich bitte Sie! Dazu hat doch nun keiner das Recht. Wenn ich nun einmal Sport nicht leiden kann. Kann man mich dann nicht in Ruhe lassen?

Nein, konnte man nicht. Man musste mich zum Wassernutzen zwingen. Täglich. Einen ganzen Urlaub lang. Ich durfte nicht einmal Auto fahren. Und dabei lag das kleine Hotel einige Meter am Berg – hinauf! Stellen Sie sich vor: Ich sollte schwimmen, den Berg hinauf und hinunter laufen. Und *sie* hatten dann auch schon die nächste Idee im Gepäck, diese Halunken. Diese, die sich meine Freunde nannten, planten eine ganze Woche an der Talsperre Pöhl, ein Bungalow direkt neben einer Tischtennisplatte. Einen Schläger hatten sie auch schon besorgt.

Verstehen Sie? Das kann man sich doch nicht gefallen lassen! Gerade da das Wasser in Bad Elster nun wirklich nicht zum Schwimmen gedacht ist. Zum Trinken und Liegen, meinetwegen. Aber doch nicht, um darin zu schwimmen. Das ist meinem Körper nicht zuträglich.

Nun gut, ich hatte es ihnen also gesagt, dass ich nicht schwimmen will, nicht wandern, nicht Tischtennisspielen. Dass ich aber ja kein Unmensch bin und sie gerne begleite. Wozu ist man denn ein Freund. Ich bin ein wahrer Freund und begleite meine Freunde.

Sie taten alle auch so, als seien sie damit zufrieden. Aber das war eine Lüge, eine unverschämte, bösartige Lüge! Denn sie hatten gar nicht vor, mich auf meinem ruhigen, runden, grünen Ruhebett auch in Ruhe zu lassen. Mitnichten. Diese Scheinheiligen wollten, dass ich ins Wasser gehe.

Gut. Ich bin ja kein Unmensch. Und ich kann ja auch schwimmen. Ich kann es wirklich sehr gut. Oder konnte es. Damals, als ich zum Training ging, war ich einer der Besten. Ist nur halt vierzig Jahre her. Aber das macht doch nichts. Ich habe für mein Leben genug Sport getrieben, damals. Ich habe Pillen geschluckt und Wettkämpfe gewonnen und hatte nichts davon, überhaupt nichts.

Als ich schlechter wurde, haben sie andere genommen, haben andere gewonnen. Für mich hat sich keiner mehr interessiert.

Und das, hören Sie, das wollen ausgerechnet meine Freunde, die Menschen, die behaupten, mich zu lieben, mir noch einmal antun?

Nun gut, also ich bin einmal ins Wasser gegangen. Und ich bin sogar nach draußen geschwommen, war mitten in den Bergen im Wasser. Ein leichter warmer Regen fiel. Und wenn ich nicht hätte schwimmen müssen, wenn da zum Beispiel eine Luftmatratze unter meinem Rücken gewesen wäre, dann wäre alles andere nicht passiert. Aber ich bin eben geschwommen. Und sie, die ich unter meinen Freunden immer für die Vertrauteste hielt, die, die mich zumindest noch ansatzweise versteht, sie also sagte mir dort im Wasser: Ist es nicht wunderschön? Wir schwimmen im warmen Wasser in diesem weichen, liebevollen Regen. Es ist wirklich ein wunderbarer Urlaub für uns alle. Du wirst es merken: Ab morgen gehst du immer mit uns ins Wasser.

In diesem Moment wusste ich, dass etwas Schreckliches passieren würde. Etwas ganz Schreckliches.

Aber sie konnte das nicht wissen. Sie schwamm neben mir und sah so harmlos, so unglaublich schön aus. In diesem Moment, als ich beschloss, dem Leiden ein Ende zu bereiten, liebte ich sie am allermeisten. Obwohl ich wusste, dass sie mich nicht liebte. Niemand liebte mich von meinen Freunden. Niemand. Dazu musste ich nur in den Spiegel schauen – oder auf die Wage: 135 Kilo sind kein Pappenstil. Auch wenn man 1,90 groß ist.

Ich musste also etwas tun. Ich musste mich schützen. Gerade vor ihr. Verstehen Sie?

Ich hatte ihr vertraut! All die Jahre hatte ich ihr vertraut. Sie kannte alle Geschichten: Von den Zeiten meines Trainings, von meinen Siegen, von meinem Scheitern. Und sie wusste, dass mir der Sport unerträglich geworden war.

Und ausgerechnet sie wollte, dass ich das hinter mir ließ, meinen Hass vergaß, ihn nicht mehr in mich hineinfraß. Sie wollte mein Leben. Und musste ich mich da nicht schützen?

Also gut, ich musste etwas tun. Ich musste meine Seele retten, retten vor ihr.

Zwei Tage vor dem Ende des Urlaubs lud ich sie darum ein, mit mir zwei Tage eher an die Talsperre Pöhl zu fahren. Und sie schien sich zu freuen. Menschen können ja so heimtückisch sein, vor allem, wenn sie einem die Seele rauben wollen.

Ich war früh da, kochte für sie in dieser winzigen Küche im Bungalow so gut es eben ging. Kochen kann ich nämlich noch immer. Wenn es auch sonst nicht mehr weit her ist mit mir.

Ich schleppte alles an eine verschwiegene Stelle. In der Bucht der Rodlera, dort, wo manchmal die Hunde baden, hat man die alten Büsche gerodet. Aber es gibt noch genug Unterholz, sodass man dort ganz für sich sein kann.

Dort also, in der kleinen Bucht, baute ich alles auf. Körperlich eine unglaubliche Leistung für mich. Ich schnaufte wie ein altes Walross. Dazu war es ja auch warm. Also, Sie wissen ja, wie es da war. Ist ja noch nicht lange her. Ein lauer Juniabend, an dem die Leuchtkäfer fliegen.

Als sie dann ankam, hatten wir nichts weiter zu tun, als den Wein aus dem Kühlschrank zu nehmen, uns an den Händen zu fassen, den Berg hinunter zu schlendern, uns an den Tisch zu setzen und den Abend zu genießen. Badesachen hatten wir natürlich dabei. Sie trug das nachtblaue Kleid, das ich an ihr so liebe. Wir saßen also am Ufer, lächelten, redeten. Und vielleicht wäre es auch nicht weiter schwierig geworden. Denn ihre Schönheit versöhnte mich beinahe mit ihrer bösen Frage. Aber nein, sie musste ja baden gehen. Und nicht allein, natürlich, mit mir, selbstverständlich.

Ich lächelte, mit dem Mund, nicht mit den Augen. Im Halbdunkel konnte sie meine Augen nicht mehr sehen. Und wir gingen ins Wasser. Dort musste ich endlich einen Schlussstrich unter das Leiden ziehen.

Sie war erstaunlich zerbrechlich. Ein Hälschen. Und sie wehrte sich kaum. Das haben Sie ja bereits festgestellt.

Und alles andere wissen Sie auch: Die Luftmatratze hatte ich neu gekauft. Die Blumen auch besorgt.

Mühevoll war es nur, sie aus der Bucht hinauszubringen. Das ist doch recht weit bis vor zum alten Schloss. Dann ließ ich sie treiben.

Und nun sind Sie also hier. Das ist schön. Meine Freunde wollen mit mir zum Friedhof laufen. Laufen! Ich bitte Sie.

Walten Sie also Ihres Amtes und nehmen Sie mich fest. Es gibt doch sicher eine Anstalt ohne den Zwang zur körperlichen Ertüchtigung. Da wäre ich Ihnen sehr verbunden, dort wohnen zu dürfen. Sie wissen ja: Ich hasse Sport.

Entscheidung in der Grünen Hölle

RUDI JAGUSCH

Was für ein perfider Plan.
Absolut ... todsicher.

Ritchie Günther lacht. Er steht auf Startposition drei, direkt hinter Graham Hill. Dessen BRM-Rennwagen pustet schwarze Wolken aus dem Auspuff, kleine Ölsprenkler verschmutzen Ritchies Visier.

Er wirft einen kurzen Blick zum Himmel und bekreuzigt sich.

Du kannst stolz auf mich sein, Papa.

Der hatte ihm stets geraten, die Gefühle im Zaum zu halten, die Situation erst zu analysieren und dann angemessen zu reagieren. Gebetsmühlenhaft hatte sein alter Herr das runtergebetet, wenn Ritchie mal wieder die Fäuste hatte fliegen lassen.

Diesmal habe ich auf dich gehört, Papa, obwohl ich nichts lieber getan hätte, als dem Drecksack den Kehlkopf zu zertrümmern.

Ritchie tritt stoßweise auf das Gaspedal, treibt die Drehzahl nach oben. Der Honda Zwölfzylinder brüllt im Heck wie ein wütender Löwe. Die Hitze im Cockpit ist erbarmungslos. Schon jetzt klebt Ritchie die Zunge im Gaumen, der Schweiß durchnässt die feuerfeste Unterwäsche.

Der beleibte Mann mit der Startflagge hebt wie in Zeitlupe den Arm. Er kostet die wenigen Sekunden im Rampenlicht sichtbar aus.

Bei nächster Gelegenheit hau ich dir ein paar in die Fresse.

Jede Zelle in Ritchies Körper sehnt sich nach Fahrtwind, und der Fettsack macht nicht voran.

Das Publikum an der Strecke springt auf. Die Sonne reflektiert sich in dem Blech der Cinzano-Werbung auf der Haupttribüne.

Ritchie blinzelt, achtet nur noch auf den Fettsack.

Die Fahne fällt.

Der ohrenbetäubende Lärm der Rennwagen lässt die Luft vibrieren. Ritchie schaltet durch das Getriebe, klebt an Hills Heck, zieht locker an dem Zweitplazierten vorbei, geht hinter Hill in die Kehre auf die Gegengerade. Beherzt drückt Ritchie das Gaspedal durch. Das Heck schlingert, doch es kümmert ihn nicht. Heute würde er Hill nicht davonziehen lassen.

Ich will zusehen, wie du stirbst, du Scheißkerl.

Am Streckenabschnitt Hocheichen setzt sich Ritchie schräg hinter Hill.

Ritchies Schläfe pulsiert, sein Jagdinstinkt ist geweckt. Er hetzt Hill über den Flugplatz. Immer wieder fixiert er dabei die hintere Radaufhängung an Hills Wagen. Wie lange würde es dauern, bis die Aufhängung bricht? Bis Ritchie in den Genuss seiner Rache kommen würde?

In der Fuchsröhre macht Hill einen winzigen Fahrfehler. Der Wagen verliert an Drehzahl. Hill ist mit der Streckenführung des Nürburgrings nicht so vertraut wie Ritchie. Er ist in Adenau aufgewachsen, kennt hier jeden Stein, jede Bodenwelle, jeden Streckenposten.

Ritchie hätte den Fehler des Konkurrenten ausnutzen und vorbeiziehen können, doch er bleibt hinter Hill.

Dein Henker bleibt dir im Nacken.

Wie irr lacht Ritchie auf, setzt sich kurzzeitig neben Hill und zielt mit aufgestelltem Daumen und ausgestrecktem Zeigefinger auf ihn.

Ich werde dir zeigen, wer hier in der Gegend das Sagen hat. Wer sich mit mir anlegt, stirbt.

* * *

Eigentlich hatte Ritchie gestern Abend mit den alten Schulkameraden einen draufmachen wollen. Erfahrungsgemäß wurde es dabei recht spät – oder früh, je nachdem, wie man es betrachtete. Selten kam er dabei vor dem Morgengrauen ins Bett.

Seine Frau Claudia sah das nicht so gerne. Tourte der Rennzirkus schon mal durch die Eifel, dann wollte sie ihren Mann für sich haben.

Ritchie verstand das. Die meisten Wochen im Jahr war er mit dem Rennstall unterwegs. Kein Wunder, dass seine Frau seine Gegenwart einforderte, wenn er dann in der Nähe war.

Doch obwohl er sie abgöttisch liebte, fühlte er sich zu Hause eingesperrt. Er war ein Mann von Welt, niemand, den man auch nur für Stunden an den heimischen Herd ketten konnte. So enttäuschte er Claudia jedes Mal aufs Neue. Normalerweise probte sie dann einen Aufstand, schrie herum, warf mit Porzellan um sich. Ritchie ließ sie gewähren. Claudia hatte ein Recht darauf, ihren Frust abzubauen, an dem er nicht unschuldig war. Zog der Renntross dann weiter, ließ er einige Hunderter zu Hause auf dem Tisch liegen, damit Claudia den Schaden ersetzen konnte.

Aber gestern war es anders gewesen. Stumm hatte sie seinen Abschiedskuss hingenommen.

Rückblickend hätte er stutzig werden müssen.

Stattdessen hatte er die Jacke gegriffen und war in die Nacht hinausgeeilt, froh darüber, diesmal ohne Streit das Haus verlassen zu können.

Leider aber zwang ihn eine Magenverstimmung, gegen Mitternacht die Sauftour abzubrechen. Auf dem Heimweg rätselte er über die Unpässlichkeit. Außer zu viel Bier hatte er doch nur Claudias Rouladen gegessen. Ein wenig anders als sonst hatte die Soße tatsächlich geschmeckt. Claudia hatte nur in dem Essen herumgestochert. Vermutlich hatte sie es auch bemerkt. War was mit dem Fleisch gewesen?

Er konnte sich nicht daran erinnern, wann ihm das letzte Mal übel geworden war. Normalerweise besaß er die Verdauungsorgane eines Allesfressers. Grassierte die »Kotzeritis«, dann konnte er sicher sein, verschont zu bleiben. Selbst die Salmonellenvergiftung, die die Fahrer vor zwei Jahren in Frankreich ereilt hatte, war an ihm vorübergegangen. Stattdessen hatte er dem

Besitzer der Crêperie einen Besuch abgestattet und ihm mit »einem Gruß aus dem Krankenlager« die uralten Eier in den Rachen gedrückt.

Ein grüner Austin parkte am Straßenrand vor seinem Haus. Ritchie achtete nicht darauf. Er wünschte sich nur noch ins Bett. Sein Magen grummelte wie ein aufziehendes Gewitter. Vor der Haustür suchte er in der Hosentasche nach dem Schlüssel.

Jemand stöhnte.

Wollüstern.

Ritchie runzelte die Stirn und sah nach oben zum offen stehenden Schlafzimmerfenster.

Wieder ein Stöhnen.

Bettfedern quietschten.

Dann fiel bei ihm der Groschen.

Er wirbelte herum.

Der grüne Austin.

Das war Hills Wagen

Ritchie ballte die Fäuste.

Das würde Tote geben.

* * *

Die Einfahrt ins Karussell holt Ritchie ins Rennen zurück. Hier muss er sich einhundertprozentig konzentrieren. Zu viel Gas würde ihn aus der Steilkurve tragen, trat er zu wenig ins Pedal, würde er wertvolle Zeit verlieren. Der Honda rumpelt über die Betonsegmente, das Chassis hängt sekundenlang links tiefer.

Perfekt.

Die Zuschauer winken begeistert. Sie bewundern

sein Können, sie bewundern ihn. Für sie ist er der Held, einer von ihnen, aus ihren Reihen erwachsen.

Heimvorteil.

Stolz klemmt er sich wieder direkt hinter Hill. Dessen Wagen zeigt noch keine Spur eines Defektes.

Egal, sie sind erst in der ersten Runde. Die Grüne Hölle würde schon noch die Krallen ausfahren.

Weiter geht es zur Hohen Acht.

* * *

Sosehr die Eifersucht auch in seiner Brust brannte, war er nicht ins Schlafzimmer gestürmt. Die Stimme seines Vaters im Hinterkopf hielt ihn zum ersten Mal im Leben zurück. Garantiert hätte er Hill sonst den Schädel zertrümmert. Und dann wäre es aus gewesen mit dem Leben in Freiheit. Weggeschlossen hinter dicken Mauern hätte Ritchie die nächsten Jahre leiden müssen wie ein Tiger im Käfig. Das wollte er auf gar keinen Fall.

Stattdessen war er im Mondlicht zur Ruine der Nürburg gewandert. Wütend trat er nach jedem Kiesel, der im Weg lag. Zwar rumorten seine Eingeweide noch, doch das war jetzt Nebensache. Notfalls würde er sich hinter einem Busch erleichtern. Er musste analysieren, die Situation beleuchten und einen Plan aushecken. Er würde sich von Hill nicht einfach so die Hörner aufsetzen lassen. Alles in ihm schrie nach Rache.

Zwei Stunden und drei Besuche hinter einem Strauch später fiel ihm die Lösung ein.

Entschlossen verließ er die Burgruine.

Gegen vier Uhr kam er in der Boxengasse an. Wie erwartet schraubte sein Kumpel Jürgen als Einziger in der Garage noch an Hills BRM-Rennwagen herum. Die anderen Mechaniker feierten lautstark in einem Festzelt im Fahrerlager.

»Noch fleißig?«, fragte Ritchie.

Jürgen putzte sich die Hände mit einem öligen Lappen ab. »Wurde aufgehalten.« Argwöhnisch sah er Ritchie an. »Was machst du denn hier? Ist etwas ... passiert?«

»Noch nicht.«

Ritchie zog Jürgen zu sich ran, erzählte ihm von den Ereignissen des Abends und flüsterte ihm dann seinen Plan ins Ohr.

Jürgen wurde kreidebleich. »Das ... das mach ich nicht. Das kannst du nicht von mir verlangen.«

Ritchie spitzte die Lippen und fuhr spielerisch mit den Fingern über das Chassis des BRM. »So, meinst du. Ich habe dir den Job hier besorgt, schon vergessen?«

»Und dafür bin ich dir dankbar. Das reicht doch, oder nicht? Schließlich bin ich dein Kumpel«, echauffierte sich Jürgen.

Ritchie wusste von Jürgens Alkoholsucht. Hill würde einen solchen Mann im Team niemals dulden.

Das war aber nicht Jürgens einziges Laster. Das Pokern und die Liebschaften in ganz Europa kosteten ihn Unsummen. Sollte er den gut bezahlten Job hier verlieren, würden ihm die Kredithaie den Bauch aufschlitzen. »Wo hast du den Schnaps versteckt?« Ritchie sah sich um, hob die Dose Öl an, die auf der Werkbank stand, und roch daran. »Hier?«

Jürgens Blick flackerte zu der Wasserflasche, die vor dem Vorderreifen auf dem Boden stand.

Süffisant lächelte Ritchie. »Das bleibt unser Geheimnis. Vorausgesetzt ... du verstehst schon.«

Zufrieden verließ Ritchie die Garage. Er wusste, sein Kumpel hatte keine andere Wahl, als den Plan in die Tat umzusetzen.

* * *

Eingangs Döttinger Höhe.

Ritchie zieht neben Hill. Rad an Rad jagen sie in Richtung Tiergarten. Die Tachonadel springt über die Zweihundertermarkierung, tanzt spielerisch in Richtung der Dreihundert.

Ritchie schielt nach rechts, zu Hill.

Seelenruhig sitzt sein Konkurrent im Sitz.

Nicht mehr lange, denkt Ritchie. Bei dem Tempo kann es nur noch Sekunden dauern. Er lässt sich zurückfallen. Er will nicht in die Schusslinie von Hills ausbrechendem Rennwagen geraten.

Ein kaum vernehmliches Knacken dringt an Ritchies Ohren.

Er runzelt die Stirn.

Der Wagen bockt, bricht aus.

Gezielt lenkt Ritchie gegen, doch es hilft nicht.

Der Honda stellt sich quer. Er schiebt sich von der Rennstrecke, knallt mit voller Wucht in die Leitplanke und hebt ab.

Das Letzte, was Ritchie sieht, bevor der Wagen in einem Feuerball explodiert, ist der strahlend blaue Himmel.

Kaiserwetter.

Genau so hatte die Sonne gelacht, als er Claudia zum ersten Mal …

* * *

Hill schmeißt seinen Helm auf den Asphalt und kämpft sich aus dem Cockpit. Er dreht sich um, schaut mit versteinerter Miene auf die schwarze Wolke, die deutlich gegen den klaren Himmel zu sehen ist. Sein Mechaniker Jürgen brüllt ihm ins Ohr. »Ritchie. Dead.« Hill nickt, senkt den Kopf und verlässt die Boxengasse. Eine Frau steht am Eingang zur Garage und weint hemmungslos.

Er weiß, dass es Ritchies Frau ist. Er nimmt sie kurz in den Arm, flüstert ein paar tröstende Worte. Sie reagiert nicht darauf, schüttelt nur unablässig den Kopf.

Hill lässt sie in Ruhe. Er spürt, dass er der Frau seines Fahrerkollegen keinen Trost spenden kann.

* * *

Jürgen achtet nicht auf die Rauchsäule.

Ritchie! Du Drecksack. Das hast du jetzt davon. Erpressen lasse ich mich nicht.

Er schiebt Hills Rennwagen rückwärts in die Garage.

Hill dagegen ist ein echter Kumpel. Niemals würde Jürgen es zulassen, dass diesem Gentleman etwas zustößt.

Nur gut, dass Ritchies Hondateam vorhin noch in den Federn lag. Die waren erst am frühen Morgen aus dem Festzelt getorkelt. So hatte er ungesehen Ritchies Wagen manipulieren können. Er wusste, wo man den Schraubenschlüssel ansetzen musste, damit es nicht auffiel. Ein wenig war ihm aber auch das Glück zur Seite gesprungen. Das Hondateam war so verkatert gewesen, die hätten vor Rennbeginn noch nicht mal vier platte Reifen erkannt.

Ein Hoch auf das Eifler Bier und den Selbstgebrannten aus der Region. Das haut jedes Schlitzauge aus den Latschen.

Verstohlen späht er zu Claudia.

* * *

Als er gestern die übrig gebliebene Roulade essen wollte, hatte sie ihn zurückgehalten. Hämisch grinsend hatte sie eine halb volle Flasche mit Rizinusöl aus dem Schrank unter der Spüle hervorgeholt. »Ritchie soll spüren, wie ich mich fühle. Ich hab die Schnauze voll. Ich lass mich scheiden.« Den Rest aus der Flasche hatte sie in den Abguss entleert. »Ich hasse ihn! Ich wünschte, er wäre tot. So eine Scheidung ist ja immer eine Schlammschlacht.«

* * *

Claudia schluchzt auf und rutscht an der Wand gelehnt zu Boden. Einige der Mechaniker kommen ihr zur Hilfe, stützen sie und führen sie aus der Boxengasse.

Anerkennend nickt Jürgen.

Was für eine Schauspielerin.

Erstklassig.

Spielt hier die trauernde Ehefrau.

Die lacht sich doch insgeheim ins Fäustchen. Schließlich entgeht sie jetzt der Schlammschlacht.

Jürgen genehmigt sich einen winzigen Schluck aus dem Flachmann. Dabei achtet er darauf, dass es niemand bemerkt. Er zwingt sich, die blecherne Flasche nicht zu leeren. Wenn er zu viel intus hatte, dann kratzte das an seiner Manneskraft. Und gerade die benötigte er heute noch.

Nachher würde er Claudia erneut einen Besuch abstatten und sie ... trösten.

Hill würde ihm den Austin erneut leihen, da ist er sich sicher. Ein echter Gentleman hilft, wo er kann.

Zufrieden pfeift Jürgen vor sich hin.

Nur gut, dass Ritchie gestern Abend nicht ins Haus gekommen war.

Jürgen hasste es einfach, *in flagranti* erwischt zu werden.

Personaltraining mit Tanja

KAI HENSEL

Drei Stunden, neunzehn Minuten. Ich liege auf dem Hotelbett. Ich habe kein Blut im Kopf, meine Beine sind schwer wie Blei. Mein erster Marathon. Ich bin ihn in drei Stunden, neunzehn Minuten gelaufen. Sie sagen, das ist unmöglich? Niemand läuft so schnell seinen ersten Marathon? Ich werde Ihnen erzählen, wie ich es geschafft habe. Ich habe einige Tipps, die wichtig sind – für jeden, der mehr aus seinem Leben machen will.

1.

Meine Freundin hatte mich verlassen. Ich sah in meinem Leben keinen Sinn. Abends saß ich in meiner Wohnung vor dem Fernseher, eine Flasche Bier in der Hand, und tat mir selbst leid. Ich hatte Übergewicht, sieben Kilo mindestens. Ich war ein einsamer, sechsunddreißigjähriger Single in Berlin. Ich arbeite im Blumenimport. Wir sind einer der größten Importeure von Schnittblumen, ich arbeite eine Stufe unter der Geschäftsleitung. Früher machte mir die Arbeit Spaß, jetzt ödete sie mich an. Ich hatte Schlafprobleme. Morgens um vier stand ich nackt vor dem Spiegel: Brust, Arme, Schultern, alles hing herunter. Ich habe beschlossen, ich muss etwas tun.

Erster Fitness-Tipp: Du willst dein Leben ändern? Warte nicht auf morgen. Fang jetzt an!

2.

Ich war zu dieser Zeit bereits Mitglied in einem Fitnessstudio. Ein-, zweimal die Woche ging ich hin, zog und drückte ein wenig an den Maschinen. Ich hatte dort keine Freunde; für die Jungen war ich zu alt, für die Alten zu jung. Zu einem wirklich sportlichen Körper, dachte ich, würde ich es sowieso nie bringen. Durch Zufall fiel mir ein Zettel am Schwarzen Brett auf: »Personaltraining mit Tanja – Zielanalyse, Trainingsplan, Ernährungsberatung ...« Ich dachte: Warum nicht? Tanja war eine der Trainerinnen im Studio, ihre Bauch- und Spinning-Kurse waren immer gut besucht. Kannst es ja mal probieren, dachte ich. An der Rezeption machte ich einen Termin für den nächsten Tag.

Tanja war ein kompaktes, trainiertes Mädchen mit blauen Augen, weißen Zähnen und einem fröhlichen Lächeln. Ihre blonden Haare hatte sie zu einem Zopf gebunden. Zu unserem »Starter-Gespräch«, wie sie es nannte, brachte sie eine Checkliste mit: Ernährung, Sport, tägliche Gewohnheiten. Alles wollte sie über mein Leben wissen: Fahrstuhl oder Treppen in die Wohnung, Auto oder Fahrrad, Fertiggerichte oder frisch gekocht … Schon während ich redete, wurde mir klar, wie viel in meinem Leben falsch lief, wie viel ich ändern musste. Tanja machte Kreuzchen und Notizen und sagte: »Das sind doch schon eine Menge Schrauben, an denen wir drehen können.«

Zweiter Fitness-Tipp: Belügen Sie niemals Ihren Trainer. Er ist Ihr Führer auf dem Weg zu einem besseren Körper.

3.

Für das erste Outdoor-Training fuhren wir zum früheren Flughafen Tempelhof. Ich wollte gleich losrennen, zeigen, wie gut ich in Form war. Sie bremste mich: extensives statt intensives Training, Atmung ruhig halten, nicht in die Übersäuerung gehen …

Wir liefen so langsam, dass wir ruhig atmen und reden konnten. Ich erzählte von meiner Arbeit, den Rosen, die wir seit Kurzem aus Ecuador importierten, der steigenden Nachfrage nach violetten Orchideen und den Innovationen auf der Internationalen Pflanzenmesse in Essen. Tanja redete von ihren Plänen für eine eigene Fitness-Kette, einem revolutionären Konzept, das die virtuelle Welt mit der realen verband. Sie wollte die Kette zusammen mit Valerie hochziehen, die im Sport-Studio hinter dem Tresen stand. Mit Valerie wohnte sie auch zusammen. Das war erst mal eine Überraschung, das hatte ich nicht vermutet. Die beiden also zusammen. Die Vorstellung gefiel mir. Weil sie gewissermaßen eine Grenze zog. Zwischen Mann und Frau hängt ja sonst immer etwas Unausgesprochenes in der Luft.

Abends lag ich mit Muskelkater und leichtem Hungergefühl im Bett. Ich hatte nur eine Miso-Suppe gegessen, Empfehlung von Tanja; vor dem Einschlafen wenig essen, damit der Körper in der Nacht Fett verbrennt. Ich versuchte sie mir vorzustellen. Im Bett, mit Valerie. Die auch blond war, aber zierlicher als Tanja, fast fragil. Tanja war bestimmt der männliche Part. Obwohl man sich da täuschen konnte. Vielleicht brauchten zwei Frauen keinen männlichen Part? Ich dachte an Astrid, meine Exfreundin. Die sich nach sechs Jahren von mir getrennt hatte, einfach so. Hatte ich etwas falsch gemacht? Wenn ja, was? Die Gefühle sind nicht mehr da, hatte sie gesagt. Kann man an Gefühlen nicht arbeiten?

Dritter Fitness-Tipp: In der ersten Zeit Ihres Trainings spüren Sie vielleicht eine Primärverschlechterung. Sie blicken auf Ihr früheres Leben, alles scheint Ihnen falsch gelebt und verschwendet. Grübeln Sie nicht! Schauen Sie nach vorn und machen Sie Sit-ups!

4.

In den nächsten Wochen wurden Fitness und gesunde Ernährung zum wichtigen, sogar zentralen Teil meines Lebens. Dreimal die Woche Personaltraining mit Tanja. Außerdem ihre Bauch- und Spinning-Kurse. Krafttraining an den Maschinen, Ausdauertraining auf dem Stair-Stepper. Ich reinigte meine Wohnung von allen Fertiggerichten und alkoholischen Getränken. Ich kaufte eine Körperfett-Waage und las Bücher über Detox und Low Carb. Ich stellte meinen Gürtel ein Loch enger, bald zwei. Sogar drei, wenn ich das Polohemd über der Hose trug. Ich bin ein eher unscheinbarer Typ, ich mache mir da nichts vor: Einen Meter vierundsiebzig groß, dünnes Haar, mein Gesicht kann sich keiner merken. Entsprechend hatten mich meine Kollegen nie groß beachtet. Aber eines Morgens blickt die Sekretärin auf und fragt: »Haben Sie ein paar Kilogramm abgenommen?« Der Vertriebsleiter fragt: »Kommen Sie aus dem Urlaub?«, obwohl wir uns seit Wochen jeden Tag sehen. Ich verspreche Ihnen, Sie werden ähnliche Komplimente hören. Sie spüren die Blicke, die Anerkennung. Sie wissen, Sie sind auf dem richtigen Weg.

Vierter Fitness-Tipp: Viele Menschen gehen den richtigen Weg, aber die meisten gehen ihn nicht weit genug. Wer sich in seinem Körper gut fühlen will, darf mit ihm nie zufrieden sein.

5.

Training strafft nicht nur die Muskeln, sondern stellt auch den Blick scharf. Mir war bislang nie aufgefallen, wie viele dicke Menschen es gibt. Nicht extrem fett, aber vier, fünf Kilogramm zu viel auf den Hüften. Dann die schlechte Haltung: krummer Rücken, eingefallene Brust ... Haben diese Leute keine Selbstachtung? Stopfen Chips und Eiscreme in sich hinein ohne Schuldgefühl? Ich war nicht perfekt. Meine Bizepse waren noch lange nicht, wie sie sein sollten. Worauf es ankam: Ich war auf dem richtigen Weg.

Novemberabend, Maaßenstraße in Schöneberg. Eine Straße mit vielen Bars und Restaurants. Viele Menschen saßen an der frischen Luft, zusammengedrängt neben Heizpilzen. Ich schob mein neues Crossbike über den Bordstein, in der Hand einen Becher Karottensaft. Tanja saß vor einem Café. Nicht in den Armen von Valerie, sondern im Arm eines Mannes. Sie trank aus einer Bierflasche. Er hatte eine Zigarette im Mund, ein Longdrinkglas in der Hand und lächelte entspannt. Er war mindestens elf Kilogramm zu dick.

»Hallo«, sagte ich.

»Ach, hallo«, sagte Tanja.

»Ich wollte nicht stören.«

»Kein Problem. Wir sehen uns morgen zum Training.«

Ich ging weiter. Ich drehte mich um. Der Typ flüsterte Tanja etwas ins Ohr. Sie lachte laut und kuschelte sich an seine Brust.

Am nächsten Tag, während unseres Outdoor-Laufs, brachte ich das Gespräch beiläufig auf den Mann mit der Zigarette. Er hieß Jökull, sagte Tanja, und arbeitete als Wirtschaftsattaché in der Botschaft von Island. Seit einem Jahr waren sie zusammen. Ich dachte, sagte ich scherzhaft, sie und Valerie … Sie geriet fast aus dem Laufrhythmus vor Lachen. Sie mit Valerie?! Um Gotteswillen, doch nicht mit einer Frau! Jökull war ihre große Liebe. Es stimmte schon, er ernährte sich nicht gesund. Er rauchte, trank öfter einen über den Durst und könnte ein paar Kilogramm abnehmen. Aber Gegensätze ziehen sich eben an, und weil sie ihn liebte, war ihr sein Gewicht egal. Bevor ich mein Unverständnis äußerte, wechselte sie das Thema. Meine Fitness entwickele sich schnell, sagte sie, sie habe selten Kunden, die ihre Leistung so schnell steigerten. Ob ich mir vorstellen könne, den Berliner Halbmarathon zu laufen, im April? Ich überlegte: Bald begann mein Jahresurlaub, ich schwankte zwischen Wildwasser-Rafting in Costa Rica und einem Bootcamp in Nord-England. Aber plötzlich hatte ich das Gefühl, mein Platz war in Berlin. Alles Gesunde, Kraftvolle, Reine an mir verdankte ich Tanja. Doch nun sagte mir eine innere Stimme, dass sie mit dem Isländer einen schrecklichen Fehler machte. Hatte sie nicht gestern in seinen Armen Bier getrunken? Obwohl sie Bier auf meiner Checkliste als »in Zukunft lieber nicht« markiert hatte?

Fünfter Fitness-Tipp: Sie wissen nicht, wohin Ihre Kraft Sie treibt. Folgen Sie dem Ruf Ihres Körpers!

6.

Die isländische Botschaft lag in der Nähe des Tiergartens. Jökull arbeitete dort wirklich, das Foto auf der Webseite zeigte ihn entspannt lächelnd. Er lächelte auch, als er jetzt aus dem Tor kam, sein Telefon zwischen Ohr und Schulter. Einer dieser Typen, die alles locker sehen; ich hatte sie schon als Jugendlicher gehasst. Ich saß, zum ersten Mal seit Wochen, in meinem Wagen. Jökull stieg in einen alten italienischen Sportwagen, die Sorte, bei dem die Frauen sagen: »Der Mann hat Stil.«

Ich folgte ihm. Auf meinem Beifahrersitz lag Tanjas Checkliste. In einem Kiosk kaufte er zwei Dosen Cola und einen Snickers. Vor dem Einsteigen zündete er sich eine Zigarette an. Im Parkhaus nahm er den Fahrstuhl statt der Treppe. Ich kreuzte alles an.

In den nächsten Wochen schlief ich höchstens sechs Stunden pro Nacht. Wegen meiner Lichttherapie-Lampe, vor der ich mein Bodyweight-Workout durchführte. Wegen meines Trainings für den Halbmarathon, ich hatte mir eine Zielzeit von einer Stunde dreißig Minuten gesetzt. Wann immer mein Trainingsplan es erlaubte, beschattete ich Jökull, notierte alle seine Sünden. Vor seinem Haus (Friedenau, 3. Stock, Fahrstuhl) erwischte er mich. Ich musste eine Ausrede improvisieren, als ob die Begegnung Zufall sei. Im Improvisieren bin ich leider schlecht. Aber ich wusste genug über ihn. Und als er eines Abends Tanja aus dem Sportstudio abholte und er ihr, fast gegen ihren Willen, ein Stück Schokolade in den Mund steckte, brauchte ich kein weiteres Kreuz auf der Liste.

Mein wichtigstes Projekt: das Wiedersehen mit Astrid, meiner Exfreundin. Ich war sicher, es ging ihr nicht gut. Sie hatte eine Umschulung zur Schmuckdesignerin abgebrochen. Sie lebte allein und kümmerte sich um afrikanische Flüchtlinge. Was Frauen eben tun, die nicht wissen, wohin mit ihrem Leben. Ich hingegen hatte mich verändert. Ich war ein besserer, jünger wirkender Mensch. Ich rief sie an. Nach zwei Minuten hatten wir uns nichts mehr zu sagen, sie legte auf. Ich sah darin keine Niederlage, sondern Ansporn. Wer seine Ziele hoch steckt, erreicht sie selten im ersten Anlauf.

Sechster Fitness-Tipp: Disziplin + Geduld = nachhaltiger Erfolg

7.

Ich hatte einen Körperfett-Anteil von neun Prozent. Ich strotzte vor Kraft und Ausdauer. Das bedeutete, ich wurde öfter ungeduldig. An der Kasse im Supermarkt zum Beispiel, wenn die Leute eine Ewigkeit brauchten, um ihre Scheckkarte aus dem Portemonnaie zu fischen. Oder wenn sie im Sportstudio die Geräte blockierten, weil sie nicht trainierten, sondern auf ihren Smartphones herumspielten. Natürlich wurde ich aggressiv. Mein Leben lang war ich angepasst gewesen, unauffällig und schlecht trainiert. Wohin hatte mich meine Angepasstheit gebracht?

Ich hatte meine Halbmarathon-Zielzeit um fünf Minuten reduziert. Tanja kam während der Tempoläufe kaum nach. Sie hechelte, presste ihre Hand gegen die Seite und blieb stehen.

»Du musst an deinem Laktatwert arbeiten«, sagte ich.

»Ich hatte heute schon den Spinning-Kurs.«

»Der Isländer zerstört dich von innen.«

»Jökull –«

»Du willst etwas ändern? Dann warte nicht bis morgen. Verlasse den Isländer sofort.«

Sie sah mich seltsam an: »Wir brauchen beide eine Trainingspause.«

»Ich will den Halbmarathon unter einer Stunde zwanzig laufen.«

»Der Körper muss sich regenerieren.«

»Mit Bier und Schokolade?«

»Es tut mir leid«, sagte sie. »Die nächsten Wochen habe ich keine Termine fürs Personaltraining frei.«

Die nächsten zwei Wochen schlief ich nie länger als drei Stunden am Stück. Ich ernährte mich von Rohkost und Proteinpulver. Immer wieder erwachte ich aus Albträumen. Es gab einen Eklat im Supermarkt, um eine zerbrochene Flasche Milch mit natürlichem Fettgehalt – danach hatte ich Hausverbot. Je entschlossener ich voranging auf meinem Weg, desto größer wurde der Abstand zur Welt.

Frost, starker Schneefall, vierter Advent. Ich klingelte an Astrids Wohnungstür. Sie öffnete im Bademantel.

»Frohe Weihnachten«, sagte ich.

»Was willst du?«

»Trainieren.«

»Bitte?«

»Du siehst verlebt aus.«

»Bist du nicht ganz dicht?!«

»Schau, wie deine Brüste hängen.«

Ich hörte ein Geräusch aus dem Wohnzimmer. Sie wollte mich nicht in die Wohnung lassen, ich schob sie zur Seite. Auf ihrem Sofa saß ein Afrikaner. Nackt, ein Handtuch um den Hüften. Unten hing sein Schwanz raus. Bauch- und Brustmuskeln waren in Ordnung.

»Das ist Lansana«, sagte sie. »Er wird in seiner Heimat politisch verfolgt.«

Ich lachte. Ich sah die Erbärmlichkeit der Welt. Ich gab ihr eine Ohrfeige, dann noch eine, wimmernd sackte sie zu Boden. Lansana blieb auf dem Sofa sitzen. Ich würde Astrid nie wieder lieben können. Nur eine Frau gab es für mich in der Zukunft. Um sie musste ich heute Nacht kämpfen.

Siebter Fitness-Tipp: Fitness ist kein Wellness. Wenn's nicht wehtut, bringt's nichts.

8.

Zwei Uhr nachts. Dunkelheit und Schneefall. Niemand auf der Straße. Eben war Jökull ins Haus gegangen. Ich hätte ihn vor der Tür stellen können. Aber ich hatte eine bessere Idee. Er wohnte in einem Neubau mit großen Balkons, die auf Pfeiler gestützt waren. Ich kletterte den ersten Pfeiler hoch, zog mich über die Brüstung auf den Balkon im ersten Stock. Dann den nächsten Pfeiler. Er war vereist, trotz Handschuhen froren meine Finger steif. Ich durfte nicht abrutschen. Ich durfte kein Geräusch machen. Aber ich hatte meine Muskeln, Sehnen, Gelenke unter Kontrolle. Ich stand auf seinem Balkon, gerade als im Wohnzimmer das Licht anging. Ich klopfte gegen die Scheibe. Er öffnete die Tür. Er grinste blöd.

»Verlassen Sie Deutschland«, sagte ich.

»Was?«

»Sie haben zwischen Tanja und mir keinen Platz.«

Er schwankte. Sein Gesicht war rot. Er war angetrunken.

»Sie sind der Verrückte?«, fragte er.

»Wer sagt das?«

»Tanja. Dass Sie einen Kunden hat, der völlig abdreht. Im Studio wissen sie nicht, was sie mit Ihnen machen sollen. Sie warten auf einen Anlass. Um Ihnen fristlos den Vertrag zu kündigen.«

»Ich bin der Einzige, der Tanja retten kann.«

»Sie hat Angst vor Ihnen.«

Er sagte die Wahrheit. Ich sah es in seinen Augen. Er holte eine Packung Zigaretten aus der Tasche und zündete sich eine an. Eine selbst gedrehte, der Rauch roch nach Haschisch.

»Probieren Sie.« Er hielt mir die Packung hin. »Sehen Sie die Welt ein bisschen locker. Dann klappt's auch mit den Frauen und dem Leben. Frohe Weihnachten!«

Ich stieß meinen Kopf gegen seine Brust. Ich packte seine Oberschenkel und warf den speckigen Körper über die Brüstung. Der Schnee schluckte das Geräusch des Aufpralls. In der Wohnung unter mir ging ein Licht an und wieder aus. Die Welt ist ein Kampf. Zwischen denen, die an sich arbeiten, und denen, die nicht an sich arbeiten. Je härter Sie an sich arbeiten, je klarer Sie Ihre Ziele definieren – umso kürzer ist der Kampf.

Achter Fitness-Tipp: Klettern ist ein wertvolles Komplementärtraining. Es fordert alle Muskelgruppen und die Konzentration, vor allem beim Abstieg.

Ich liege auf dem Hotelbett. Neben mir das Telefon. Ich könnte sie anrufen, ich habe ihre Nummer im Speicher. Besser, ich warte auf die Urkunde. Außerdem habe ich Fotos vom Zieleinlauf bestellt.

Ich sah Tanja nach der Nacht auf dem Balkon nicht und nicht in den nächsten Wochen. Schock, sagte Valerie. Erst am Mittag wurde die Leiche unter einer hohen Schneedecke bemerkt. Die Polizei ging von Unfall aus. Fremdeinwirkung unmöglich, die Wohnung war von innen abgeschlossen. Im Blut Spuren von Alkohol und toxischen Substanzen.

Heiligabend meldete ich mich für den Marathon in Hamburg an. Ich war entschlossen, ihn gut zu laufen. So gut, dass Tanja schon an der Zielzeit erkennt: Ich bin der Mann, der sie retten kann.

Seit einem Monat gibt Tanja wieder Kurse im Studio. Wir reden nicht, grüßen uns mit Kopfnicken. Es gibt für mich keinen Weg zurück zu den Schnittblumen. Aber ich habe Ersparnisse. Ich kann meine Lebensversicherung auflösen. Genug Eigenkapital für das erste gemeinsame Studio. Das die reale Welt mit der virtuellen verbindet. Ich habe ein paar schlaue Ideen. Nächste Woche beginnt die Ausbildung für meine Trainerlizenz. Vor allem aber: Tanja und ich sind auf einem gemeinsamen Weg. Wir arbeiten hart, schrauben die Ziele immer höher, sind nie zufrieden. Wir achten auf Ernährung und eine gute Haltung. Die Welt wird uns nicht stoppen.

Mord mit Doppelfehler

Thomas Kastura

Blutrot ging die Sonne im Bamberger Hainpark unter und beschien eine Szenerie, die den Mitgliedern des Tennisclubs noch jahrelang Albträume bescheren sollte. Vier ihrer ältesten Sportskameraden lagen tot auf dem Center-Court. Kommissar Küps hatte das Gelände sofort absperren und Scheinwerfer aufstellen lassen. Und so sah Staatsanwalt Brandeisen den Tatort um 22 Uhr in ein unwirkliches Licht getaucht.

»Hier habe ich gestern noch gespielt ...«, sagte er matt.

»Deswegen wurden Sie ja verständigt.« Küps stand am Rand des Sandplatzes und wartete darauf, dass die Spurensicherung mit ihrer Arbeit fertig war. »Sie gehören doch zu diesem Verein.« Er deutete zum Clubhaus. »Alle Mitglieder und Gäste, die noch da waren, werden von meinen Kollegen gerade vernommen. Übrigens hat der Platzwart die Leichen gefunden. Ist ziemlich mit den Nerven runter.«

Doch Brandeisen hörte kaum hin. »Gehen Sie sorgfältig vor«, ermahnte er die Kriminaltechniker. »Jede noch so kleine Unregelmäßigkeit auf dem Untergrund kann wichtig sein. Wo der Ball aufsprang, wie die Laufwege der Spieler waren ... Vielleicht gelingt es uns, den Matchverlauf zu rekonstruieren.«

»Ist das Ihr Ernst?«

»Das sagte John McEnroe auch immer, wenn er sich über eine Schiedsrichterentscheidung beklagte.«

Der Kommissar verstand nur Bahnhof. »Ich sehe nur vier alte Knacker, die ...«

»Mehr Pietät bitte! Wir sind hier nicht bei Schimanski.«

»'tschuldigung. Vier Senioren. Sie waren die Letzten, die heute noch gespielt haben. Und alle haben gleichzeitig einen Herzinfarkt gekriegt. Stimmt doch, oder?«

Der Rechtsmediziner Doktor Fabrizius nickte, während er den Abtransport der Leichen überwachte. »Ungewöhnlich, aber so lautet meine vorläufige Diagnose.«

»Vielleicht haben sich alle dermaßen über etwas oder jemanden geärgert, dass bei einem die Pumpe versagte«, schlug Küps vor. »Und bei den anderen war es dann eine Art Dominoeffekt, gepaart mit dem Schreck.«

Fabrizius runzelte die Stirn. »Erscheint mir etwas konstruiert. Auszuschließen ist es jedoch nicht.« Mit diesen Worten verabschiedete er sich.

Der Staatsanwalt führte sich die Fakten vors innere Auge. Bei den Todesopfern handelte es sich um die vier ältesten noch aktiven Tennisspieler des Clubs: die glorreiche *Herren 90*. So wurde eine Mannschaft genannt, deren Mitglieder das 90. Lebensjahr erreicht bzw. überschritten hatten. Beim TC Bamberg waren ergraute Racketschwinger keine Seltenheit. Der 1882 gegründete Sportverein besaß eine ehrfurchtgebietende Tradition und ganze fünfzehn Spielfelder. In den tennisbegeisterten 80er- und frühen 90er-Jahren agierte der TCB sogar in der Bundesliga. Der Tatort war also nicht irgendein Dorfacker, sondern historischer Boden – den die vier Veteranen mit ihrem Schweiß getränkt hatten. Noch in der vergangenen Saison waren sie von Sieg zu Sieg geeilt, was auch daran lag, dass kaum noch Gegner in ihrem Alter Punktspiele bestritten.

Endlich gab die Spurensicherung grünes Licht. Brandeisen und Küps hatten Schutzkleidung angelegt. Auf dem rötlichen Sand sahen die beiden Ermittler wie Mars-Astronauten aus.

»Die Senioren haben zusammen Doppel gespielt«, begann der Staatsanwalt und näherte sich den Leichen. »Doktor Spitzelberg, Doktor Birk, Doktor Lenzgen und Dipl.-Ing. Espenschied. Anscheinend machten die Alten Herren gerade ein Päuschen.« Links und rechts von dem erhöhten Schiedsrichterstuhl befanden sich weiße Sitzbänke, auf denen man sich ausruhen konnte. Die Greise hatten in unmittelbarer Nähe der Bänke das Zeitliche gesegnet. Die Position der Leichen war so, als hätten sie sich im Augenblick ihres Ablebens über irgendetwas unterhalten. Es gab kein Blut, keine Verletzungen, nichts, was auf äußere Einflüsse hindeutete – bis auf einen schwarzen Kasten, an den ein Notebook mit aufgeklapptem Bildschirm angeschlossen war.

Brandeisen betätigte eine Taste. Der Computer fuhr hoch. »Da läuft noch ein Programm.« Er nahm das Touchpad zu Hilfe. »Unglaublich. So etwas habe ich noch nie gesehen.«

»Klären Sie mich auf«, brummte Küps.

»Das ist ein Hawk-Eye.«

»Ein was?«

»Ein computergestütztes System zur Ballverfolgung im Sport. Damit können strittige Situationen, zum Beispiel wenn ein Ball ins Aus geht, nahezu zweifelsfrei geklärt werden.«

»Wer braucht denn so was?«, wollte der Kommissar wissen.

»Na ja«, begann der Staatsanwalt und berichtete aus eigener leidvoller Erfahrung. »Aus oder nicht Aus, das ist unter Tennisspielern eine lebenswichtige Frage.«

»Drückt man unter Sportsfreunden nicht mal ein Auge zu?«

»Haben Sie eine Ahnung! Beim Tennis wird um jeden einzelnen Punkt gekämpft. Leider ist man sich oft nicht einig.«

»Und was passiert dann?«

»Man könnte den Punkt einfach wiederholen. Das wäre ... gentlemanlike. In der Praxis wird aber endlos gestritten. Es gibt ja keinen Schiedsrichter, der ein Machtwort spricht.«

»Wie die Kinder«, meinte Küps.

»Die sind am schlimmsten. Kriegen regelrechte Tobsuchtsanfälle.«

»Aber diese alten Männer besaßen doch genug sittliche Reife, um miteinander auszukommen«, wandte Küps ein.

»Nicht unbedingt. Es heißt ja: Je oller, desto doller.«

»Mit meiner Ärger-Theorie liege ich wohl gar nicht so falsch.« Der Kommissar hielt inne. »Und was hat das alles mit diesem Computer zu tun?«

»Ein Hawk-Eye wird normalerweise nur bei Profi-Turnieren eingesetzt. Man braucht dafür mindestens sechs fest installierte Kameras und eine ausgeklügelte Software zur Auswertung der Daten. Bis jetzt war das für Hobbyspieler unerschwinglich und viel zu aufwendig.« Brandeisen beugte sich erneut über das Notebook. »Aber die Zeiten ändern sich. Anscheinend haben wir hier das erste Hawk-Eye für Otto Normal-Verbraucher vor uns.« Er wies auf den schwarzen Kasten. »In diesem Ding befinden sich mehrere Laser, die das gesamte Spielfeld permanent abtasten. Offenbar kam es heute zum Einsatz.«

»Woher kriegt man so ein Wunderwerk der Technik?«

»Könnte sein, dass Dipl.-Ing. Espenschied dahintersteckt. Der war ein Tüftler, alter Siemensianer.«

»Vielleicht hilft uns eine Hausdurchsuchung weiter?«

»Einverstanden«, meinte Brandeisen.

Bevor sie aufbrachen, ließ sich der Staatsanwalt noch kurz im Clubhaus blicken und informierte die wartenden Mitglieder. Die Polizei gehe von einem tragischen Unfall aus. Sämtliche Gerätschaften, die auf dem Center-Court gefunden wurden, seien auf dem Weg in die Asservatenkammer. Nach ein paar tröstenden Worten für den unglücklichen Platzwart zog Brandeisen von dannen.

Auf dem Hainparkplatz traf er Küps wieder.

»Meine Leute haben die Beweisstücke in die Zentrale befördert«, sagte der Kommissar missgelaunt. »Wenn man nicht aufpasst, bandeln die mit jeder Joggerin an.«

»Eine Joggerin? Um diese Zeit?«

»Diese Fitnessverrückten trainieren Tag und Nacht. Für mich wäre das nichts.«

Espenschied war für seine 92 Jahre noch recht rüstig gewesen. Der Ingenieur hatte in einem kleinen Anwesen am Hahnenweg gelebt. Frau Munk, seine Haushälterin, brach in Tränen aus, als ihr die beiden Ermittler die Todesnachricht zu später Stunde überbrachten. Sie trug einen Morgenmantel und ging auf die 70 zu, eine gepflegte ältere Dame, die im letzten Jahrtausend ein flotter Feger gewesen sein mochte.

»Was für ein Jammer!«, schniefte sie in ihr Taschentuch. »Er war doch immer die Gesundheit in Person.«

»Keine Herzprobleme?«, fragte Brandeisen.

»Nichts wirklich Ernstes, seit er seinen Schrittmacher bekommen hat.« Frau Munk bat die Besucher herein. »Ich hab ihm so oft gesagt, dass er's mit dem Tennis nicht übertreiben soll. Aber es war ja sein Ein und Alles.«

Als sie das Wohnzimmer betraten, wurde ihnen das Ausmaß von Espenschieds Sportbegeisterung klar. Wohin man sah: Pokale, Medaillen, Urkunden und andere Auszeichnungen. Laut den Datierungen entstammten sie unterschiedlichen Epochen. Doch die prunkvollsten Trophäen hatte der Ingenieur erst im Laufe der letzten zehn Jahre angehäuft.

»Hübsche Sammlung«, staunte Küps.

»Es dauert Stunden, alles abzustauben.« Frau Munk brachte ein Tablett mit einer Kaffeekanne und drei Tassen herein. »Fast jedes Wochenende ist er zu irgendwelchen Turnieren gefahren. Und was hatte er davon? Nach jedem Spiel musste ich ihn behandeln.« Sie wies auf eine Plastikbox, die eine beachtliche Sammlung an Salben, Tabletten, elastischen Binden und Pflastern enthielt. »Ich könnte eine Apotheke aufmachen.«

»Dank Ihrer Fürsorge war er bis ins hohe Alter erfolgreich«, sagte Brandeisen. »Darauf können Sie stolz sein.«

»Seit er 90 geworden ist, kam ja noch ein ganzer Schwung dazu.« Versonnen blickte die Haushälterin auf ein angestrahltes Bord mit besonders prächtigen Kelchen und Statuetten. Es waren die Auszeichnungen, die Espenschied zusammen mit der *Herren 90* errungen hatte. Eine bayerische und sogar eine deutsche Meisterschaft befanden sich darunter. »Manchmal kamen seine Kameraden, um die Ruhmeshalle zu bewundern.«

»Hatten die nicht ihre eigenen Pokale?«, fragte Brandeisen.

»Schon, aber Doktor Birk und Doktor Spitzelberg wohnten im Altenheim, dort fehlte es an Platz, alles aufzustellen. Und Doktor Lenzgen wollte mit seinen 99 Jahren keinen Streit mit seiner jungen Frau anfangen. Die konnte die Pokale nämlich nicht leiden, angeblich würden sie ihre Villa verschandeln. Dabei ist sie nur eine Eingeheiratete, hat sich quasi ins gemachte Nest gesetzt.« Frau Munks Miene ließ keinen Zweifel über ihre geringe Meinung von Frau Lenzgen. Sie seufzte. »Jedenfalls hatte der Herr Ingenieur ein langes, erfülltes Leben.«

»Wissen Sie etwas von einem schwarzen Kasten, den er zum Tennis mitgenommen hat?«, fragte der Kommissar.

»Seine Bastelarbeiten? Da schauen Sie am besten in der Werkstatt nach. Mit Technik kenne ich mich nicht aus.«

Die Haushälterin führte das Duo in den Keller. Dort befand sich ein Raum, der einem Labor für Experimentalphysik glich. Brandeisen konnte nicht alle Apparaturen identifizieren, war sich aber sicher, dass eine billardtischgroße Versuchsanordnung so etwas wie die Vorstufe des Hawk-Eyes darstellte. An einem Stativ klemmte ein zylindrischer Gegenstand, der wie eine Taschenlampe aussah. Das musste ein Laser bzw. ein optischer Sensor sein. Neben einer mit mathematischen Formeln übersäten Schultafel hingen Pläne an den Wänden, die keinen Zweifel zuließen, woran Espenschied hier gearbeitet hatte. Sie zeigten die Linien von Tennisfeldern, beschriftet mit technischen Daten. Die Ausstattung des Labors war relativ modern. Doch Espenschieds Computer, der mit verstaubter Tastatur in der Ecke stand, wirkte wie ein Museumsstück.

»Wenn er hier unten war, durfte man ihn nicht stören«, sagte Frau Munk. »Stundenlang hat er gebrütet und gewerkelt.«

»Hatte er dabei irgendwelche Helfer?«, fragte Küps.

»Der Doktor Birk kam öfters zu Besuch, erst gestern Abend wieder, mit einem Aktenkoffer. Da war ein Gerät drin, das sie für ihre Arbeit gebraucht haben.« Sie drehte die Augen zur Decke. »Wie gesagt, mir ist das zu hoch. Ich bin nur eine einfache Hausfrau.«

Brandeisen überging diese etwas auffälligen Beteuerungen. »Das Gerät war Birks Notebook«, vermutete er, »und zwar ein besonders leistungsfähiges. Sensoren zu entwickeln, die permanent sämtliche Linien eines Spielfelds erfassen, ist das eine. Aber die aufgezeichneten Daten müssen mithilfe eines entsprechenden Programms blitzschnell umgerechnet werden. Dafür braucht man eine spezielle, eigens erstellte Software.«

»Und dieser Doktor Birk konnte so was?«, fragte Küps.

»Möglich. Er war einer der ersten promovierten Informatiker überhaupt. Bei IBM gehörte er zu den hellsten Köpfen. Meines Wissens hat er sich regelmäßig über technische Neuerungen auf dem Laufenden gehalten.«

»Ein Experte.«

Der Staatsanwalt wandte sich zum Gehen. »Haben Sie vielen Dank«, sagte er zu Frau Munk. »Das bringt uns bei der Aufklärung des Falles ein gutes Stück weiter.«

Gleich am nächsten Morgen setzten sie ihre Nachforschungen fort. Ein Zerberus namens Schwester Dietmunde führte sie durchs Altenheim. Um 7.35 Uhr inspizierten sie Doktor Birks Zimmer und fanden einen stationären Computer mit allerlei selbst geschriebenen Hawk-Eye-Programmen sowie stapelweise Fachzeitschriften. Das tragbare Notebook, das ebenfalls Birk gehört hatte, war auf dem Tennisplatz zum Einsatz gekommen, wie die Spurensicherung telefonisch mitteilte. Es handelte sich um ein High-End-Gerät mit hoher Rechenkapazität.

»Wenn die beiden da was Bahnbrechendes erfunden haben«, überlegte Küps und gähnte, »dann wäre das doch eine Menge Geld wert.«

»Ein Vermögen. Jeder Tennisclub würde so ein Hawk-Eye anschaffen.« Brandeisen betrachtete den tristen Raum und fragte sich, ob ihm dermaleinst Ähnliches blühte: Käfighaltung.

»Wollen Sie jetzt das Appartement von Doktor Spitzelberg sehen?«, fragte Schwester Dietmunde und klapperte mit ihrem Schlüsselbund. Die herrische Frau wirkte ungeduldig.

»Mit dem größten Vergnügen.«

Spitzelberg hatte quer über den Flur gewohnt. Sein Zimmer unterschied sich kaum von der standardisierten Wohneinheit, in der sie gerade gewesen waren: Krankenhausbett, wenige persönliche Gegenstände, eine Vase mit Plastikblumen. Doch auf einem einsamen Bücherbord standen neben dem BGB und dem StGB das Handelsgesetzbuch, Texte zum Urheberrecht, Wettbewerbsrecht, Patent- und Musterrecht.

»Ein Winkeladvokat«, entfuhr es Küps. »Genau wie Sie!«

»Sparen Sie sich Ihre Witze. Spitzelberg war eine Kapazität im Bereich des Rechts des Geistigen Eigentums.« Brandeisen trat an einen Klapptisch, auf dem noch eine Mappe mit Notaten des alten Juristen lag. Er blätterte darin und staunte über die gestochene Handschrift. »Offenbar hat sich Spitzelberg um die rechtliche Seite der Erfindung gekümmert. Das Hawk-Eye sollte zum Patent angemeldet werden. Hier, er hatte den Antrag schon aufgesetzt. Fertig zum Abtippen und Verschicken.«

Der Kommissar überflog das Schriftstück. »Paragraphen-Kauderwelsch.«

»In den Augen gewöhnlicher Sterblicher. Spitzelberg hat an alles gedacht. Das ist öl- und wasserdicht.«

»Wurde aber nicht eingereicht.«

»Gestern Abend fand wohl die Generalprobe des Hawk-Eyes statt, danach sollte es richtig losgehen.«

»Warum konnten sich Birk und Spitzelberg eigentlich nichts Besseres leisten als diese Kabuffs?«, wunderte sich Küps.

»Die beiden waren über 90, da wünscht man sich Rundumbetreuung – und landet an Orten wie diesen.«

»Die Patienten Birk und Spitzelberg hatten Herzschrittmacher«, schaltete sich Schwester Dietmunde ein. Sie klang so kalt wie der Eisberg, der die Titanic auf den Meeresgrund geschickt hatte. »Die Herren standen dauerhaft unter ärztlicher Beobachtung – einer der Vorzüge unseres Hauses.«

Brandeisen schlug einen süßlichen Tonfall an. »Meine Vereinskameraden waren bei Ihnen sicher gut aufgehoben.«

»Sind wir jetzt fertig?«, fragte die Schließmeisterin.

»Spielen Sie Tennis? Nein? Hab ich mir schon gedacht.«

Als sie auf der Straße standen, weihte Brandeisen Küps in seinen Plan ein. Er hatte bis tief in die Nacht recherchiert ...

Zur Lenzgen-Villa im Hain war es nur ein Katzensprung. In der Einfahrt stand ein Mercedes S-Klasse, am Heck prangte ein Aufkleber mit Rollstuhlsymbol. Laut Kennzeichen war der Wagen in Stuttgart zugelassen. Es war 8.20 Uhr. Küps klopfte verhalten und vermied es zu klingeln.

Ein Hausmädchen öffnete die Tür. »Die Frau Doktor ruht noch. Möchten Sie eine Nachricht –«

»Nicht nötig.« Brandeisen hielt die richterliche Anordnung hoch, die er in aller Frühe erwirkt hatte, und schob sich an der Frau vorbei. Er trug einen Aktenkoffer.

»Aber Sie können doch nicht –«

»Bleiben Sie hier und rühren Sie sich nicht von der Stelle«, sagte Küps. »Sonst sind Sie wegen Strafvereitelung dran.«

Die Garderobe bestand aus einem eigenen Raum mit zahlreichen Spiegeln und Kleiderschränken. Brandeisen wies auf Damenjoggingschuhe, an denen rötlicher Sand haftete. »Sieh an. Wie ich vermutet habe.«

Bestimmt lag das Schlafgemach der Lenzgens im Obergeschoss, das über eine Freitreppe zu erreichen war. Sie schlichen nach oben und gelangten zu einer Flügeltür. »Möglicherweise wird es jetzt etwas pikant«, flüsterte der Staatsanwalt. Dann traten sie ein.

Auf einem riesigen Himmelbett räkelte sich die lustige Witwe in einem Negligé, das mehr Einblicke gewährte als die neue Glasfassade der Sparkasse. Sie stieß einen spitzen Schrei aus und bedeckte sich.

Vor der verdunkelten Fensterfront stand ein Rollstuhl. Darin saß ein Methusalem im Pyjama. Er reckte seinen haarlosen Kopf den Ermittlern entgegen.

»Kripo Bamberg«, sagte Küps.

»Was fällt Ihnen ein!«, protestierte der Alte. »Wie kommen Sie überhaupt hier rein?«

»Durch die Vordertür.« Brandeisen durchmaß den Raum mit langen Schritten. »Zwei alte Bekannte haben uns hergeführt: die Gier und der Neid.« Er stellte sich und Küps vor. Dabei näherte er sich einer antiken Kommode, auf der ein Notebook lag. »Und Sie sind Henning Nolte, nicht wahr? Aus Stuttgart. Wie alt sind Sie jetzt? 101? Sie haben sich ganz gut gehalten. Sogar die libidinösen Funktionen scheinen noch halbwegs intakt zu sein.«

»Unverschämtheit!«

»Und hier haben wir wohl das Corpus Delicti.« Brand-eisen deutete auf das Notebook. Es glich dem von Doktor Birk aufs Haar: dieselbe Marke, dieselbe Farbe.

Nolte erbleichte. »Was soll das heißen? Meine Rechts-beistände reißen Sie in Stücke!«

Der Staatsanwalt übte schon einmal fürs Plädoyer. »Wer, haben wir uns gefragt, könnte Interesse daran haben, die *Herren 90* zum letzten Aufschlag zu bitten? Oder einen von den vieren?« Er wies auf ein Porträt an der Wand. Es zeigte den ehemaligen Hausherrn. »Doktor Lenzgen war der Clubälteste. Bald wäre er 100 geworden und in den Genuss eines seltenen Privilegs gekommen: Er hätte in einer Altersklasse spielen dürfen, in der es deutschlandweit nur einen einzigen anderen Aktiven gibt: Sie, Herr Nolte!«

»Na und?«

»Lenzgen hätte Sie wahrscheinlich geschlagen, seine Vorhand war legendär. Und dank seiner jungen Gattin verfügte er noch über eine staunenswerte Fitness. Dann wären Sie nicht mehr Alleinherrscher in Ihrem Olymp gewesen. Empfänge, Ehrungen, Interviews ... Haben Sie nicht kürzlich das Davis-Cup-Spiel der National-mannschaft mit einer Rede eröffnet? All das hätten Sie plötzlich teilen oder gar abgeben müssen. So weit wollten Sie es nicht kommen lassen. Die Frage ist: Wie haben Sie das bewerkstelligt?«

»Hirngespinste!«, wehrte sich Nolte. »Reine Spekulation!«

»So? Dann haben Sie sicher nichts dagegen, wenn ich das Notebook hochfahre.« Brandeisen klappte das

Gerät auf und drückte den Startknopf. Dann öffnete er seinen Aktenkoffer, entnahm ihm einen schwarzen Kasten und schloss ihn an das Notebook an. »Sie haben doch auch einen Herzschrittmacher, oder? Wie die gesamte Herren 90. Und nicht nur das: Als Chef von *Nolte Medical* sind Sie sogar der führende Hersteller von Herzschrittmachern.«

Inzwischen hatte sich Linda Lenzgen einen Kimono übergeworfen. »Das dürfen Sie nicht! Auf dem Computer sind private Daten gespeichert.« In heller Panik eilte sie zu der Kommode, auf der das Notebook unheilvolle Geräusche machte.

Küps hielt sie fest und drohte damit, ihr Handschellen anzulegen. Er hatte zwar keine dabei, aber in diesem Liebesnest würden sich garantiert welche finden.

»Ich öffne jetzt das Hawk-Eye-Programm«, sagte Brandeisen. »Wollen Sie das wirklich riskieren?« Sein Finger verharrte über der Eingabe-Taste.

Nolte durchbohrte ihn mit finsteren Blicken. Doch in seinen Habichtaugen regte sich noch etwas anderes: die Angst, nicht 102 zu werden. Plötzlich sackte er in sich zusammen. »Ich habe doch an alles gedacht«, murmelte er. »Wie sind Sie mir bloß auf die Schliche gekommen?«

»Dieses Notebook wurde von Ihren Fachleuten manipuliert«, fuhr Brandeisen fort. »Über den schwarzen Kasten sendet es einen starken elektromagnetischen Impuls aus, der jeden Herzschrittmacher lahmlegt. Sobald man das Hawk-Eye betätigt, setzt die tödliche Strahlung ein. Auf diese Weise wurde die Herren 90 eliminiert.« Er machte eine dramatische Pause. »Aber wie kam das manipulierte Notebook zum Einsatz? Ich werde es Ihnen verraten. Frau Munk hat es in Espenschieds Werkstatt mit dem ursprünglichen Notebook vertauscht, heimlich, versteht sich. Allerdings gab es noch ein kleines Problem: Das mörderische Gerät durfte nicht in die Hände der Polizei gelangen. Deshalb musste Frau Lenzgen das Notebook wieder gegen das harmlose zurücktauschen. Vielleicht hat sie das noch im Tennisclub versucht, aber der Platzwart kam dazwischen. Also wickelte sie die Kriminaltechniker um den Finger. Der Tausch fand auf dem Hainparkplatz statt, während Frau Lenzgen getarnt als Joggerin unseren Leuten schöne Augen machte. Stimmt das so weit?«

Linda Lenzgen brach in Tränen aus. »Wie lange sollte ich denn noch warten, bis ...«

»Still, dummes Ding«, fuhr Nolte sie an. »Du belastest dich nur selbst.«

»Sie hatten zwei Verbündete«, schloss Brandeisen. »Ihre Gespielin hier, die es nicht erwarten konnte, Doktor Lenzgen endlich zu beerben. Und Frau Munk, der Sie vermutlich eine Verbindung in Aussicht stellten, die über ihre Position als Haushälterin weit hinausging. Was Sie bei dem doppelten Notebook-Tausch nicht bedachten: Im Tennis kommt es gelegentlich zu Doppelfehlern. Wenn dabei jemand betrügt und den Ball aus gibt, obwohl er noch im Feld war, dann merkt man das auch ohne Hawk-Eye. Ich habe dafür einen sechsten Sinn.«

»Frau Munk kam mir gleich verdächtig vor«, sagte Küps, um auch etwas beizusteuern.

»Schön, jetzt haben Sie Ihr Sprüchlein aufgesagt.« Nolte grinste maliziös und drehte mit seinem Rollstuhl eine demonstrative Runde. »Aber ich bin nicht haftfähig. Verurteilen Sie mich! Ist mir egal. Ich bin und bleibe der einzige 100-jährige Tennisaktive. Das können Sie nicht aus den Geschichtsbüchern tilgen.«

Brandeisen und Küps wechselten Blicke. Leider hatte der alte Fiesling recht. Seine Mittäterinnen würden allerdings nicht so glimpflich davonkommen. Also verhafteten sie Linda Lenzgen und ließen Nolte im Saft seiner Bosheit schmoren. Nachdem Küps aus den Reifen des Mercedes die Luft abgelassen hatte – ein schwacher Ersatz für Gerechtigkeit –, fuhren sie zum Hahnenweg. Frau Munk leistete Widerstand und ließ die Maske der Wohlanständigkeit unter Flüchen fallen, die selbst dem Kommissar die Schamesröte ins Gesicht trieben. Die Wahrheit war selten willkommen.

»Spiel, Satz und Sieg«, jubilierte Brandeisen bei einem Feierabendbier aus dem Spezialkeller. »Na ja, fast.«

»Tennis ist nix für mich.« Küps trank einen großen Schluck. »Zu gefährlich. Wie eigentlich jeder Sport.«

Was die beiden Ermittler nicht wussten: Nolte brauchte gar keinen Rollstuhl. Den hatte er sich samt Autoaufkleber nur angeschafft, um kostenlos parken zu können. Und Schwester Dietmunde steckte ihren säuberlich abgetippten Patentantrag nach Dienstschluss in ein Kuvert. Mit Tennis, so hatte sie gehört, konnte man reich werden.

Elene

REGINE KÖLPIN

Nebelschwaden lagen an diesem kühlen Herbstmorgen wie weiße Tücher über den Wiesen, kein Wind wagte es, sie von dort zu vertreiben. Das perfekte Wetter für den Distanzritt, der dreißig Kilometer an den ostfriesischen Kanälen entlang und durch die Marsch führte. Elene hatte intensiv mit ihrem Wallach Sandomir trainiert. Ihr Vater mochte es nicht, dass Elene ritt, denn auch Elenes Mutter hatte diesem Hobby gefrönt. Und das war ihr zum Verhängnis geworden.

Nachdem sie vor drei Jahren bei einem Reitunfall ums Leben gekommen war, hatte sich viel verändert. Dieses Unglück hatte ihr Vater nie verwunden und stand dem Reitsport in allen Facetten skeptisch gegenüber.

Elenes Erziehung hatte ihn oft überfordert, denn mit dreizehn Jahren zur Halbwaisin zu werden war nicht spurlos an der pubertierenden Elene vorbeigegangen. Sie hatte sich selbst gerettet, indem sie Sandomir unter ihre Fittiche genommen hatte. Die Beschäftigung mit ihm war eine willkommene Abwechslung zu ihrer tiefen Trauer gewesen. Seitdem sie mit dem Wallach arbeiten durfte, war sie psychisch stabiler geworden. Step by step war es der nun Sechzehnjährigen gelungen, wieder Vertrauen ins Leben zu gewinnen. Etwas, was ihrem Vater nicht geglückt war.

Egal, jetzt will ich keine Gedanken daran verschwenden, sondern nach vorne schauen, dachte Elene. Irgendwann wird auch er wieder glücklich sein. Sie hüpfte aus dem Bett und suchte sich die Reitklamotten heraus, die ihr für den Tag passend erschienen.

ER beobachtete das Mädchen, wie es den Fuchs von der Weide führte. Sie würde sterben, und ER wollte ihr zuvor die Hölle auf Erden bereiten. So wie ER sie schon lange durchlitt. ER hatte nun die Macht zu entscheiden, wie das Leben des Richters und seiner Tochter weiterging. Was für ein erhebendes Gefühl!

Elenes Finger waren klamm, als sie den Sattelgurt nachzog. Sandomir hatte sich ordentlich aufgepumpt, sodass Elene stets mehrfach nachgurten musste. Außerdem war er überaus nervös, was sicher an den vielen anderen Pferden und den Lautsprecherdurchsagen lag. Es war schwierig gewesen, die Startnummer an der Trense zu befestigen. Elene hatte beschlossen, alleine zu starten und sich keiner Gruppe anzuschließen, denn so hatte sie den Fuchs besser unter Kontrolle, konnte das Tempo bestimmen und lief nicht Gefahr, schon früh bei einer der »Radarfallen« wegen zu hohen

Atem- und Pulsfrequenzen Sandomirs zu einer Zwangspause verdonnert zu werden.

Obwohl Pferde Herdentiere waren, hatte es sich im Laufe der Zeit herausgestellt, dass sich Sandomir am wohlsten fühlte, wenn er allein war. Ein ungewöhnliches Verhalten, aber der Wallach war eben ungewöhnlich. Genau wie Elene, deshalb passten sie so gut zusammen. Sie stellte sich jetzt ein wenig abseits und redete beruhigend auf ihr Pferd ein.

Kurz bevor sie startete, kam auch ihr Vater. »Sei vorsichtig, Mädchen. Ich weiß nicht, ich habe ein komisches Gefühl.«

»Du hast immer ein komisches Gefühl, Paps. Ich bin aber nicht Mama, und mir passiert schon nichts.«

Er lächelte, es wirkte unecht. Ihr Vater war noch unruhiger als Sandomir, der mittlerweile nervös auf der Stelle tänzelte.

»Wenn ich in ein paar Stunden heil im Ziel angekommen bin, dann weißt du, dass jetzt alles gut ist.« Elene drückte ihrem Vater einen Kuss auf die Wange.

Das Pferd war angespannt, das würde die Sache erleichtern. Mit Pferden kannte ER sich aus. Besser als dieser Herr Richter, der sich für Gott persönlich hielt. Elene wirkte selbstsicher. Nicht mehr lange, du Schlange, dichtete ER.

Der Mann rieb sich die Hände. Heute war sein großer Tag. Heute würde ER zuschlagen und zurechtrücken, was zurechtzurücken war. Der Richter hatte ihm alles genommen und nun würde ER ihm alles nehmen. Auge um Auge, Zahn um Zahn. Es fühlte sich wunderbar an. Wenn man erst eine Entscheidung getroffen hatte, war das Leben plötzlich leicht.

Das konnte niemand nachvollziehen, der sich nicht in einer solch unerträglichen Situation befand.

Was bedeutete schon der Tod, wenn danach die große Freiheit zu spüren war? Es wurde Zeit, sich auf den Weg zu machen. Elene und Sandomir starteten in einer halben Stunde. ER musste dort sein, wenn sie kamen.

Sandomir hatte sich beruhigt. Vorsichtshalber legte Elene ihre rechte Hand auf seinen Widerrist. Das funktionierte immer, wenn er unruhig war. Auch jetzt zeigte es Wirkung. Der Wallach spitzte die Ohren, und als der Startschuss fiel, trabte er entspannt los. Elene ritt im leichten Sitz und versuchte, sich ganz auf den Rhythmus des Pferdes einzustellen. Es war eine gute Entscheidung gewesen, allein zu starten. Sie genoss die Einheit mit ihrem Pferd, das gleichmäßige Stampfen der Hufe auf dem Wiesengrund, das leise Schnauben und die Sonnenstrahlen, die die vorhin noch dichten Nebelschwaden nach und nach verdrängten. Sie konnte geradezu vergessen, dass es sich um einen Wettkampf handelte.

Elene war allein mit sich, Sandomir und der Natur. Dieses ruhige Tempo konnte sie die dreißig Kilometer durchhalten. Hin und wieder flog eine Ente auf, ab und zu hoppelte ein Wildkaninchen über den Weg.

So fühlt sich Glück an, dachte Elene. Pures Glück. In diesem Augenblick glaubte sie, keiner könne ihr etwas anhaben. Doch dann gewann ein anderer Gedanke plötzlich Oberhand, und das Mädchen wusste absolut nicht, woher er rührte. Diese Idee, wie flüchtig ein solches Glück sein konnte und dass es gut wäre, jeden Moment auszukosten.

Das Versteck war gut. Es würde der Kleinen nicht auffallen. Ihn überkam ein wohliger Schauer. ER liebte den Adrenalin-Schub, der mit diesem Machtgefühl verbunden war. Diese unantastbare Autorität, weil ER, ER allein die Weichen stellte. Gleich würde ER erleben, wie hilflos auch die Tochter des großen Richters sein konnte, der dieses Mal nicht einmal sein Geld nutzen konnte. Denn daran war der Mann nicht interessiert. – ER wollte Rache.

Im Wald angelangt, begann Sandomir zu tänzeln und blähte die Nüstern. Dann warf er den Kopf in den Nacken, schnaubte laut. Irgendetwas stimmte mit ihm nicht, Elene erkannte allerdings nicht, was es war. Nichts wirkte beunruhigend. Von den Blättern der Bäume und Sträucher tropfte es, weil die Sonne das Dickicht noch nicht getrocknet hatte, vereinzelt kämpften sich aber die Strahlen durch die Baumkronen. Es roch nach Moos, ein bisschen nach Pilzen.

Elene hielt den Fuchs an, so hatte es keinen Sinn weiterzureiten. Vorsichtig spähte sie um sich. Sandomir schnaubte nicht mehr, tänzelte aber immer noch auf der Stelle, hatte die Ohren gespitzt. Sein Fell war mit einem Mal schweißnass. Das Pferd fürchtete sich. Nur wovor? Elene entdeckte nichts, was das eigentümliche Verhalten des Wallachs erklärte. Es ist unheimlich still, dachte sie. Fast so, als wären wir allein auf dieser Welt. Ein Specht durchbrach mit seinem Hämmern die Ruhe, und sie empfand es als erleichternd.

Elene drückte Sandomir die Schenkel an den Leib. »Komm, Süßer, wir reiten weiter, dann haben wir das

Waldstück schnell hinter uns und können aufatmen. Wir machen uns ja gegenseitig verrückt.« Sie plante, die Strecke am Kanal entlang in etwas forscherem Tempo zu meistern, denn die Kontrollpunkte würden sicher erst später kommen. Bis hierhin waren alle Pferde fit. Untrainiert nahm niemand an einem solchen Ritt teil.

Sandomir machte zögerlich einen ersten Schritt nach vorn. Doch sein Gang wirkte, als kämpfe er gegen eine unsichtbare Mauer an, die weder das Pferd noch seine Reiterin wirklich einschätzen konnten.

Der Mann in seinem Versteck atmete tief ein. Ruhig bleiben. Keinen Fehler machen. Dieses Mal würde der Richter am Boden liegen, und ER würde zutreten. Langsam. Genüsslich und heftig. Doch bevor es so weit war, musste ER sich konzentrieren. Sein Atem wurde ganz ruhig. Die Schlange im Gebüsch war bereit für ihr Opfer.

Elenes Unruhe wuchs mit der Nervosität ihres Pferdes. Gut, dass keine Kontrollstation in der Nähe war. Mit diesem Puls würde sie glatt eine längere Zwangspause einlegen müssen, was ärgerlich wäre, denn die hohe Frequenz war einzig auf die Anspannung des Pferdes, nicht auf seine mangelnde Kondition zurückzuführen. Doch sosehr sie sich auch konzentrierte, sie sah keinerlei Anlass, der Sandomirs Ängstlichkeit begründete. Augen zu und durch, dachte sie und galoppierte an.

In diesem Augenblick fegte eine weiße Plane neben ihr hoch. Sandomir stieg, Elene verlor das Gleichgewicht und stürzte rücklings aus dem Sattel. Die Wucht des Aufpralls nahm ihr den Atem. Sandomir stürmte durch die Büsche davon. Elene spürte eine feste Hand mit einem Tuch auf ihrem Mund. Ein ekelhafter Geruch fuhr in ihre Nase, und dann wurde es schwarz um sie herum.

Es war genau so gelaufen, wie Er es sich gewünscht hatte. Elene lag hilflos vor ihm. Er hatte das größte Pfand. Die Tochter des Richters. Der würde genauso leiden, wie schon drei Jahre zuvor. Ein gezielter Schlag mit dem Stein mitten in das zerbrechliche Gesicht des Mädchens würde dem Richter ein Déjà-vu-Erlebnis bescheren. Die Situation glich der, als er seine Frau gefunden hatte. Damals hatte ER aber nicht nachhelfen müssen, sie war sofort tödlich verletzt gewesen. Trotzdem war es, wie es war: Wer ihn ablehnte, musste die Konsequenzen tragen. Da hatte ER seine Prinzipien. Er duckte sich, weil eine Reitergruppe das Gebüsch passierte.

Elene schmerzte der Kopf. Es war dämmrig um sie herum, ihre Augen brauchten eine Weile, ehe sie in der Wirklichkeit angekommen waren. Nachdem sie sich gefasst hatte, fiel ihr Sandomir wieder ein. Er hatte gescheut, sie war gestürzt. Ein Griff in den Waldboden zeigte ihr, dass sie noch immer dort lag. Wo war ihr Pferd?

Verdammt, sie kam zu sich. ER musste jetzt zuschlagen, sonst erkannte sie ihn. Oder sie schrie. Der Mann umschloss den Stein.

Im Augenwinkel erblickte sie einen Mann, der einen Felsbrocken in der Hand hielt. »Nein«, entfuhr es ihr.

Er ließ den Stein tatsächlich sinken. Über sein Gesicht glitt ein entrücktes Lächeln. Der ist verrückt, dachte Elene. Sie biss sich auf die Lippen.

Der Mann griff ihr unters Kinn und drehte den Kopf zu sich. »Dein Vater ist ein Schwein. Er soll leiden. So wie ich gelitten habe.« Seine Stimme klang gequält.

»Was ist mit meinem Vater? Was hat er getan?« Elene verstand nicht recht.

Jetzt stockte der Mann. »Ich will nicht darüber reden.« Er nahm den Stein erneut in die Hand.

Sie kam ihm zu nah. Diese Stimme. Diese Augen. Elene hatte IHRE Augen, sprach genauso. Warum hatte ER nicht einfach zugeschlagen? Dann wäre es vorbei, und ER hätte seine Rache. Sie war SIE. Elene und sie verschmolzen zu einer Person. Das alles hatte ER nicht bedacht. Dass ER wieder Gefühle zeigen könnte, die Rache nicht so leicht war, wie gedacht. Dass ihn das schlechte Gewissen verfolgte, ihn seit drei Jahren immer wieder in den Klauen hatte und zerfetzte. ER musste sie gehen lassen, konnte sie nicht töten.

»Was hat mein Vater getan?«, hakte Elene nach. Mit ihm reden würde ihn vielleicht aufhalten, den tödlichen Schlag zu platzieren.

»*Ich* habe deine Mutter geliebt. Und sie mich. Sie wollte ihn verlassen.«

Elene schwieg. Ihr fiel ein Streit ein, den ihre Eltern kurz vor dem Tod ihrer Mutter gehabt hatten. »Du bist kalt wie ein Eisklotz. Weißt du eigentlich, was Liebe ist?«

Ihr Vater hatte die Mutter in den Arm genommen, sie hatte geweint, und einen Tag später war sie verunglückt.

»Hat sie ihm das an dem Tag des Unglücks gesagt?«

In den Augen des Mannes stand die pure Verzweiflung geschrieben, als er nickte. »Ich bin ihr mit dem Auto hinterhergefahren. Dein Vater hat auf sie hinter den Büschen gewartet. Deine Mutter hat mir von einer hohen Lebensversicherung erzählt. Das war für ihn vermutlich die lohnendere Alternative als die Scheidung.«

Elene hielt sich die Ohren zu. Dachte an die vielen Polizisten, die damals ihr Haus gestürmt hatten. Der Mann zerrte ihre Hände weg. »Er hat das Pferd scheuen lassen; genau, wie ich es heute getan habe. Deine Mutter ist auf einen Stein geknallt und war sofort tot.«

Elene starrte auf den Boden, schüttelte immer wieder ungläubig den Kopf. Ihr Vater hatte eine andere Version gehabt. Sogar von einem Unbekannten gesprochen, der das Unglück ausgelöst hatte.

»Dein Vater konnte die Schmach, ein verlassener Ehemann zu sein, nicht ertragen. Einen Kerl wie ihn verlässt man nicht!« Dem Mann liefen jetzt Tränen über die Wangen. »Ich habe durch seine Schuld alles verloren. Nun wollte ich mich mit deinem Tod rächen. Doch ich kann nicht, denn du bist wie sie.«

Von Weitem drangen Hundegebell und Hufgetrappel zu ihnen. »Da kommen die Nächsten.« Der Mann zerrte Elene tiefer ins Gebüsch. Sie wagte nicht zu schreien. Erst musste sie das Gesagte ordnen. War ihr Vater ein Mörder? Er hatte all die Jahre um Elenes Mutter getrauert, war hart und streng geworden, so ganz anders als zu der Zeit, als sie noch eine Familie waren. Hatte ihre Mutter ihn wirklich so verletzt? Wollte sie gehen? Als die Reitergruppe vorbei war, ließ der Mann sie los und verschwand.

Elene stolperte los. Sie wusste nicht mehr, was sie denken und glauben sollte. Sie fiel hin, und ihr wurde schwarz vor Augen.

ER war schwach. Warum hatte ER nicht einfach kurzen Prozess gemacht? Wie dumm war es gewesen, sie laufen zu lassen. Sie würden ihn suchen. ER musste verschwinden, so rasch es ging.

Als Elene erwachte, lag sie in ihrem Bett. Ihr Vater saß auf der Kante und hielt ihre Hand. Den roten Augen nach hatte er geweint. Dennoch rückte sie ein Stück ab. Die Worte des Fremden hallten noch immer in ihrem Ohr. »Wo ist Sandomir?«, fragte sie als Erstes.

»Er steht auf der Koppel.« Ihr Vater machte eine Pause. »Nun ist dir fast dasselbe passiert wie deiner Mutter.«

Elene setzte sich auf, wenn auch ihr Kopf arg dabei schmerzte. »Was ist damals mit Mama geschehen? Ich will alles wissen. Alles!«

Jetzt zuckte Elenes Vater zusammen. »Warum fragst du? Weil es Parallelen gibt?«

»Da war ein Mann«, druckste Elene herum. »Ihr Liebhaber.« Sie kam nicht weiter und suchte nach Worten. Wie fragte man seinen Vater so etwas?

Er wurde blass, seine Hände zitterten. Er wusste, von wem sie sprach. »Ihr Liebhaber?«

Elene erzählte, was sie erfahren hatte. Den Vorwurf der Schuld ließ sie aber aus.

Die Ader an der Schläfe ihres Vaters pochte. »Dieser Mann«, er machte eine Pause, »dieser Mann hat das Pferd deiner Mutter aufgeschreckt, aber ich konnte es ihm nie nachweisen. Er ist ein Stalker. Jeden Tag stand er vor unserer Tür, hat angerufen. Trotz Verfügung, trotz aller Warnungen. Wir konnten nichts gegen ihn tun, er war wie ein Phantom. Nach Mamas Tod blieb er unauffindbar.«

Elene griff jetzt doch nach der Hand ihres Vaters und erzählte, was der Unbekannte behauptet hatte.

Der stand auf und holte einen Ordner aus dem Arbeitszimmer. Er reichte ihn seiner Tochter und zeigte ihr den Inhalt. Sie blätterte die Seiten durch, und dann schloss ihr Vater mit den Worten: »Ich habe immer gehofft, er sei auf ewig verschwunden und würde uns in Ruhe lassen. Aber Psychopathen vergessen nicht. Ich hätte es besser wissen sollen. Er wird nie verwinden, dass er Mama nicht haben konnte. Deshalb hat er sie beseitigt, und nun wollte er auch noch uns vernichten, weil er glaubt, er habe gegen mich verloren.«

Elene nickte. »Er wollte sich an dir mit meinem Tod rächen. Aber dann sagte er, ich sei Mama zu ähnlich. Er war wohl doch nicht in der Lage, sie ein zweites Mal umzubringen, denn so musste es ihm erschienen sein.«

»Dieses Mal haben wir Glück gehabt, dass du nicht wie Mama sofort beim Sturz vom Pferd ums Leben gekommen bist und er selbst hätte Hand anlegen müssen.« Seine Stimme brach, und er nahm Elene in den Arm. »Wir müssen den Mann finden. Er wird zurückkommen, wenn er seine Wunden geleckt hat.«

ER hatte es geschafft und eben die Grenze zu den Niederlanden passiert. Doch ER würde wiederkommen. Noch war dieser Mann ungestraft. Er hatte ihm seine Frau nicht überlassen. Das ging nicht. ER bekam immer, was ER wollte. Und wenn ER es sich jetzt recht überlegte, war das Elene. Ihr Ebenbild. Warum hatte ER sie laufen lassen? Ein fataler Fehler! ER konnte die Mutter nicht haben, aber die Tochter, die war frei. Für ihn. Das Leben war ein Rad, das sich immer wieder drehte. ER musste sich nur kurz ausruhen und dann zurückkommen. Irgendwann.

Schmerz und Schweiß

GUNNAR SCHUBERTH

Mit dem Fit-Trimmer können Sie tatsächlich alle wichtigen Muskelgruppen trainieren, ich sage immer, der Fit-Trimmer ersetzt ein ganzes Fitnessstudio.«

Möglichst oft den Namen Fit-Trimmer benutzen. Martin hatte sich das vor der Sendung eingebläut. Das Wort musste sich in den Köpfen der Fernsehzuschauer festsetzen, ein Klangknoten, der einen dazu aufforderte, sofort zum Telefon zu greifen und den Fit-Trimmer zu bestellen.

»Das Besondere an dem Fit-Trimmer ist, dass Sie durch die Schwingungen auch die Tiefenmuskulatur erreichen.«

Tiefenmuskulatur war das magische Wort. Der Begriff durfte in keinem Text fehlen, der ein Fitnessgerät anpries. Martin versuchte, dem Wort einen geheimnisvollen Klang zu geben, den Anschein von etwas Sensationellem und Einmaligem.

»Das Training der Tiefenmuskulatur verhilft Ihnen zu einem straffen Körper, gerade die Problemzonen werden durch den Fit-Trimmer trainiert.«

Martin hob seine Stimme an, er wusste, dass jetzt die entscheidenden Worte kamen. Die Worte, die über den Erfolg und Misserfolg des heutigen Abends entschieden.

»Dreimal eine halbe Stunde intensives Training in der Woche reichen, und Sie werden nach einigen Wochen bei einem Blick in den Spiegel feststellen, wie sehr der Fit-Trimmer nicht nur Ihre Figur, sondern auch Ihr Leben verändert hat. Sie werden einen festen Po sehen, Sie werden straffe Beine und Oberschenkel sehen, und Sie werden keine Fettpölsterchen mehr sehen.«

Martin zog das Fitnessgerät heftiger auseinander, und die Kamera zeigte ihn in Großaufnahme. Breitbeinig stand er da, den Fit-Trimmer in Händen, sein enges rotes T-Shirt spannte über die muskulöse Brust, schien an den Oberarmen reißen zu wollen.

Den Fit-Trimmer hielt er vor die Brust. Das Fitnessgerät bestand aus einer schwarzen Kugel, aus deren Innerem zwei Seile kamen. Die Schlaufen an den Enden der Seile hielt Martin in den Händen. Damit zog man die Seile ähnlich wie bei einem Expander auseinander und ließ eine Scheibe im Innern der Kugel rotieren, je stärker der Zug, desto stärker der Widerstand.

»Ein fester Po, straffe Beine und Oberschenkel.« Er wiederholte die Worte wie ein Mantra. Sie sollten in den Köpfen der Zuschauer ein Bild entstehen lassen. Das Bild, wie sie sich selbst im Spiegel betrachteten und ihr besseres Ich sahen. Das schlanke und fitte Wunsch-Ich.

»Sie müssen dafür nicht so viel tun. Dreimal eine halbe Stunde in der Woche intensives Training mit dem

Fit-Trimmer. Und schon in einigen Wochen werden Sie die Veränderung sehen.«

Martin hatte die Moderatorin vergessen, die neben ihm stand und schon lange aufgegeben hatte, etwas zu sagen, denn er war wie im Rausch. Er hatte die vier jungen Models vergessen, die um ihn herumtanzten und die ganze Zeit den Fit-Trimmer rhythmisch auseinander- und zusammengezogen, mit einem krampfhaften Dauerlächeln im Gesicht.

»Auch Sie können es erreichen. Fitness und straffe Muskeln. Ein Körper, von dem Sie immer geträumt haben. Der Fit-Trimmer wird Ihnen dabei helfen. Dreimal eine halbe Stunde in der Woche intensives Training. Sie werden die Veränderung sehen.«

Und über seinen Worten lag das sirrende Geräusch, das entstand, wenn der Fit-Trimmer auseinandergezogen wurde und die Scheibe im Innern rotierte. Das Geräusch verkündete die Botschaft, dass es jeder schaffen konnte, für 49 Euro war das Unmögliche möglich. Das Sirren stieg auf in die Luft, entwich aus den Fenstern und brachte die Botschaft in die Wohnzimmer, wo all die Beladenen saßen. Die Hoffnungslosen und Abgestumpften, die an diesem wunderschönen Sommertag nichts Besseres zu tun hatten, als den Versprechungen eines gierigen Verkaufssenders zu lauschen. Sie würde die Botschaft erreichen, die Botschaft, dass es möglich wäre, ein anderer zu sein, dass es ein anderes Leben gab, dass es das Glück gab und dass man es kaufen konnte, für 49 Euro.

»Ich verstehe nicht, was das soll.« Martin war laut geworden.

Bodo Wandrab, der Verkaufsleiter des Shopping-Senders THCC7, hob die Hände.

»Es handelt sich nur um einen Vorschlag«, sagte Bodo. »Wie ich dir schon gesagt habe, die Verkaufszahlen stagnieren. Wir waren eigentlich davon ausgegangen, dass es nach der letzten Aufzeichnung so richtig losgeht.«

»Das ist der Sommer. Im Sommer kaufen die Leute nicht so viel. Das ist nur vorübergehend, du wirst sehen, in der nächsten Woche wird es besser.«

Bodo schien nicht überzeugt. Der dickbäuchige Glatzkopf drehte sich in seinem Stuhl hin und her. Er beugte sich nach vorne und griff nach einem Papier auf seinem Schreibtisch. »Es gibt auch relativ viele Rückläufe.« Er kniff die Augen zusammen und las laut vor: »Dieses Gerät ist Betrug. Ich habe acht Wochen damit trainiert, und das Ergebnis: drei Kilo Übergewicht. Oder hier: Fit-Trimmer – Scheiße. Hab mir beim Trainieren den Rücken verrenkt. Tut tierisch weh. Ich möchte Schmerzensgeld. Und da: Fit-Trimmer bringt nichts. Meine Nachbarin sagt, ich bin immer noch fett wie eine Seekuh.«

Martin sprang mit einem Ruck hoch. Unvermittelt schrie er los: »Das sind Idioten. Ich kann das nicht mehr hören. Weißt du, warum diese Fettsäcke nicht ein Gramm abnehmen. Weil sie sich nicht anstrengen wollen, nicht mal lächerliche dreißig Minuten jeden zweiten Tag. Weil sie faule Säcke sind. Du kriegst nur Muskeln, wenn du deinen Arsch aus dem Sessel hievst und etwas tust. Muskeln entstehen aus Schmerz und Schweiß, Schmerz und Schweiß. Das begreifen diese Idioten nicht, diese ...«

Martin brach mitten im Satz ab. Einen Moment stand er wie erstarrt da. Sein Gesicht war gerötet. Dann setzte er sich wieder.

»Ganz ruhig«, sagte Bodo. »Du musst dich nicht so aufregen.«

»Manchmal geht mir das wirklich auf die Nerven.«

Bodo betrachtete ihn misstrauisch, als befürchte er den nächsten Ausbruch.

»Ist alles okay, geht es dir gut?«

»Ja, alles okay.« Martin versuchte ein Lächeln. »Es ist alles okay«, wiederholte er dann.

Martin spürte Schweißtropfen auf seiner Stirn. Es war zu stickig in dem Zimmer. Der Ventilator auf Bodos Schreibtisch war ausgeschaltet, warum machte ihn Bodo nicht an?

»Du willst also auf keinen Fall die Preise senken?«, fragte Bodo noch einmal.

Martin schüttelte den Kopf. »Auf keinen Fall. Das Gerät ist sowieso knapp kalkuliert. Ich habe so ne enge Gewinnspanne, da ist das einfach nicht drin.«

Martin dachte an die Rechnung, die er gestern erhalten hatte. Die letzte Lieferung des Fit-Trimmers hatte ihn saftige 10.000 Euro gekostet. Und die Schulden seiner Scheidung waren noch nicht abbezahlt. Er brauchte die Erlöse aus den Verkäufen des Senders.

»Na ja«, sage Bodo. »War ja nur ein Vorschlag. Dann lassen wir es bei dem alten Preis.«

Martin war überrascht. Er kannte Bodo. Dass er ihn nicht weiter drängte, passte nicht zu ihm.

»Das heißt, wir machen einfach so weiter?«, fragte er.

»Genau.«

Martin fragte sich, ob er Bodo trauen konnte. Er versuchte, in seinem Gesicht zu lesen. Aber Bodos Züge verrieten nicht, was er dachte.

Zwei Tage später saß Martin auf einem Stuhl im Gang vor dem Zimmer der Moderatorin. Sie wollten das Programm für den nächsten Auftritt besprechen, und sie hatte ihn gebeten zu warten.

Martin las in einer Zeitschrift, als ein Mann sich neben ihn setzte. Martin beachtete ihn zuerst nicht. Doch dann spürte er den intensiven Blick des Fremden und sah auf. Was ihm als Erstes auffiel, waren die blitzweißen Zähne. Der Mann lächelte. Ein Lächeln wie das Fletschen eines Raubtieres.

Seine Hand deutete auf das Fitnessgerät, das Martin neben sich auf den Stuhl gelegt hatte.

»Ein Fit-Trimmer. Dann müssen Sie Martin Tanner sein.«

Der Fremde reichte Martin die Hand. »Jürgen Brenner, ich bin der Erfinder von Muscle-Creator.«

Martin hatte noch nie etwas von dem Mann gehört und von diesem Muscle-Creator auch nicht. Er erwiderte stumm den Händedruck.

»Muscle-Creator?« Martin gab sich Mühe, interessiert zu klingen.

»Meine eigene Erfindung«, sagte Brenner. Unter seinem weißen T-Shirt zeichnete sich ein sehniger Oberkörper ab. »Der Muscle-Creator ist das neue innovative Trainingsgerät für jeden und jede. Wobei Trainingsgerät nicht das richtige Wort ist. Denn der Muscle-Creator wirkt ganz anders als herkömmliche Fitnessgeräte. Sie werden schon nach der ersten Anwendung ...«

»Hören Sie auf, ich kenne das Gerede.«

Brenner stoppte abrupt. Für einen Augenblick war sein Lächeln aus dem Gesicht gewischt, aber er klebte es sofort wieder auf.

»Entschuldigen Sie, aber das ist doch alles Werbegedöns«, sagte Martin. »Wir wissen beide, dass es nicht darauf ankommt, welches Fitnessgerät man benutzt.«

»Worauf kommt es denn an?«

Martin blickte ihn einen Moment prüfend an. Dann antwortete er: »Es kommt nicht darauf an, welches Fitnessgerät man benutzt, sondern dass man überhaupt etwas tut. Muskeln und ne gute Figur kriegt man weder durch meinen Fit-Trimmer noch durch Ihr Dings da, das kriegt man nur, wenn man intensiv trainiert. Muskeln werden geboren aus Schmerz und Schweiß.«

Brenner beugte den Kopf nach hinten und fing an zu lachen. »Das haben Sie schön gesagt, Schmerz und Schweiß. Das klingt gut.«

Er schüttelte den Kopf. »Sie haben wirklich noch nichts von meiner Erfindung gehört?«, fragte er.

»Nein.«

Die Stimme von Brenner klang beschwörend. »Was ich erfunden habe, ist die absolute Weltneuheit. Sie trainieren im Schlaf. Der Muscle-Creator ist im Grunde gar kein Fitnessgerät. Es ist ein Kleidungsstück, das Ihre Muskeln stimuliert. Es sieht aus wie eine Weste. Das können Sie während der Nacht tragen. Und während Sie selig schlummern, wachsen Ihre Muskeln. Schmerz und Schweiß, das ist von gestern. Der Fortschritt hat dieses Gerät ermöglicht. Das Gerät setzt leichte elektrische Reize.«

Martin winkte ab. »So etwas Ähnliches habe ich auch schon mal entwickelt. Ich kenne mich da aus, ich habe Elektriker gelernt. Ich musste leider feststellen, dass das Humbug ist. Das funktioniert nicht.«

»Ich habe ein wissenschaftliches Gutachten, ein Gutachten, das alle meine Behauptungen stützt.«

»Ich kenne diese Gutachten, wahrscheinlich irgendein osteuropäisches Institut, das Sie geschwärzt haben, oder Sie haben mit der Gutachterin geschlafen.«

Brenner lächelte noch immer. Martins Unterstellungen brachten ihn nicht aus der Fassung.

»Sie sollten sich unbedingt meine Präsentation ansehen. Am Freitag, dem 18., um 20 Uhr bin ich das erste Mal auf Sendung.«

»Freitag, dem 18.?«

»Das ist mein Termin.«

Martin stürmte in das Büro von Bodo. Der blickte überrascht auf. »Noch nie etwas von Anklopfen gehört?«

»Freitag, der 18., um 20 Uhr, das ist mein Termin.«

Bodo blickte Martin lange an, dann forderte er ihn mit einer Handbewegung zum Sitzen auf.

»Das ist nur eine einmalige Sache, nichts, was dich beunruhigen muss«, sagte er. »Du hast einen Termin in der nächsten Woche. Am Mittwochnachmittag.«

»Der Mittwochnachmittag? Der Mittwochnachmittag ist Scheiße. Das weißt du ganz genau. Warum habt ihr diesem Witzbold meinen Termin gegeben.«

»Wir wollten mal etwas anderes probieren. Du hattest deine Chance, und du hast sie genützt, und wir sind auch sehr zufrieden. Aber man muss immer etwas Neues versuchen. Das ist das Wichtigste in diesem Geschäft, nie stehen bleiben. Das weißt du ganz genau, und deshalb ist der Freitagabend für den Muscle-Creator reserviert.«

»Das meinst du doch nicht ernst, diese Erfindung ist ein Witz. Muskeln im Schlaf, das funktioniert nicht, das ist Betrug.«

»Oho, uns liegt ein Gutachten zu dem Gerät vor, das etwas ganz anderes sagt. Und du weißt ganz genau, dass es darum nicht geht. Es geht um den Verkauf, es geht darum, dass man den Leuten etwas präsentiert, das neu ist und aufregend. Du hättest den Typen bei der Testvorführung sehen sollen. Er war gut, er war verdammt gut, und wir alle waren uns einig, dass er eine Chance verdient hat.«

Martin wollte etwas sagen, ließ es dann. Es hatte keinen Sinn. Er verließ den Raum.

»Im Schlaf die Muskel trainieren. Der innovative Muscle-Creator macht es möglich. Tragen Sie dreimal in der Woche den Muscle-Creator während der Nacht, und Sie werden nach einigen Wochen bei einem Blick in den Spiegel feststellen, wie sehr der Muscle-Creator nicht nur Ihre Figur, sondern auch Ihr Leben verändert hat. Sie werden einen festen Bauch sehen, Sie werden straffe Arme sehen, und Sie werden keine Fettpölsterchen mehr sehen.«

Martin saß vor dem Fernseher und blickte mit starren Augen auf den Schirm. Du hast richtig gehandelt, sagte er sich. Der Muscle-Creator ist Betrug. Er konnte es nicht zulassen, dass ihm dieser Betrug das Geschäft verhagelte. Daher hatte er zu drastischen Maßnahmen greifen müssen.

Brenner lag auf etwas, das einem Massagetisch ähnelte. Der Muscle-Creator, den er trug, sah aus wie eine graue Weste mit Streifen.

»Es ist ein angenehmes Gefühl, den Muscle-Creator zu tragen. Die moderne Technik hat es möglich gemacht, und ich bin sehr glücklich, Ihnen heute hier diese Weltsensation präsentieren zu können.«

Es war richtig, was er getan hatte. Über einen Internetshop hatte er sich den Muscle-Creator bestellt. Tagelang hatte er die Elektrik des Geräts studiert, bis er einen Schwachpunkt entdeckt hatte. Doch es dauerte noch einige lange Nächte, bis er das Gerät so manipuliert hatte, dass man keine Spuren seiner Arbeit finden würde. Dann hatte er sich nachts in das Gebäude des Verkaufssenders einsperren lassen. Die Tür zum Materialraum war offen gewesen, und der Muscle-Creator, den man für die Präsentation verwenden würde, hatte auf einem Tisch gelegen. Martin kannte die Abläufe, es hatte schon Dutzende Sendungen mit seinem Fit-Trimmer gegeben. Nachdem er das Gerät gegen sein manipuliertes ausgetauscht hatte, hatte er sich auf einer Toilette versteckt und gewartet, bis die Putzkolonne kam. Niemand hatte bemerkt, wie er im Morgengrauen das riesige Gebäude verlassen hatte.

»Sie werden sehen, wie die Muskeln wachsen, und das ohne Anstrengung, die Muskeln wachsen im Schlaf, Sie schlafen sich zur Traumfigur.«

Der Muscle-Creator ist Betrug, dachte Martin. Schmerz und Schweiß, das war die Wahrheit, es gab nur diese Wahrheit, und sie bestand seit Anbeginn der Menschheit.

»Es ist tatsächlich etwas ganz Außergewöhnliches, was wir Ihnen heute hier präsentieren.« Die Moderatorin sprach jetzt, im Hintergrund war Brenner zu erkennen. Die Kamera zoomte näher an das Lächeln der grell geschminkten Frau, und nur wenn man genau hinsah, erkannte man, dass etwas mit Brenner geschah. Er atmete hastiger, sein Brustkorb hob und senkte sich immer schneller. Die Moderatorin plapperte weiter, und Martin ging näher an seinen Fernsehapparat, kniete davor. Er konnte erkennen, dass sich das Gesicht von Brenner verfärbte. Sein Blick war schmerzverzerrt, er schwitzte. Schmerz und Schweiß, dachte Martin. Schmerz und Schweiß.

Dann war es, als ob Brenners Muskeln unter dem Muscle-Creator auf einmal wuchsen, sich bizarr verformten. Brenner zuckte wie von elektrischen Schlägen getroffen auf dem Tisch, wand sich wie ein verzweifelter Fisch auf dem Trocknen. Das Zucken hörte nicht auf, und plötzlich schrie Brenner, ein gellender schmerzverzerrter Schrei, der alles unterbrach, das Plappern der Moderatorin und die einsäuselnde Musik.

Der Schrei verklang, und dann war es still. Das Bild war erstarrt, irgendjemand im Studio musste die Sendung unterbrochen haben, und im nächsten Moment erschien ein weißes Rauschen auf dem Schirm des Apparats, vor dem Martin noch immer kniete wie ein

Betender. Das Rauschen legte sich auf das Bild wie Schneeflocken. Es wirkte beruhigend, und es war auf einmal still, schmerzhaft still. Martin konnte sich nicht sattsehen daran, bewegte sich nicht. »Schmerz und Schweiß«, flüsterte er. »Schmerz und Schweiß.«

Abfahrt

HENNER KOTTE

Den Sport-Kaspart müsste man Arsenik rauchen lassen. Schwein das! Von wegen du hast nicht geübt. Von wegen! Schwein das! Und fein säuberlich hat er die mieseste aller Noten in sein Büchlein gemalt. Ungerecht! Selbst Klassenballerina Dutty Schmeikel konnte nicht erstklassig vorturnen. Konnte beileibe keine Waage waagerecht. Aber Sport-Kaspart hatte meine Sechs, Sechs, Sechs schon vermerkt. Aber Dutty gut, Dutty Klasse – 'ne eins, EINS. Ungerecht! Ungerecht, sagt auch Petra-Marie. Schwein, das elende von Sportlehrer! Die Quante zu Hause wird's freuen. Die muss Vati sowieso stets von meiner Blödheit, Gemeinheit, Unordentlichkeit und allen anderen Schlechtigkeiten überzeugen. Ich werd von der Sechs gar nix berichten. Aber die Quante fragt immer doof, und wenn ich ihr was verschweige, weiß sie es genau. Nur weil sie's ihm dann sagt, meckert Vati mordsmäßig rum. Nur weil sie's sagt, diese Quante.

Das Riesenreptil kläfft vorm Haus. Er ist ihr ans Herzchen gewachsen, der Süße, sagt sie. Deshalb bellt dieser Köter nun für immer hier. Ich wollte es nicht, aber Vati hat ihr versprochen, den darf sie mitbringen. Ihr feiner Wagen aber steht nicht vor der Tür. Auch nicht in der Garage. Kann sie mich nicht blöd fragen, das macht den Nachmittag zumindest erst einmal nicht so vollkommen öde. Kommt darauf an, was mir einfällt. Einfach so rumdenken. Das Hundevieh ärgern. Der ist ja so was von dumm, eklig und dreimal doof. Telefonieren mit Agnes, Silvette, Petra-Marie kann ich machen. Und wenn ich's mir traue, mit Per, dem Linksaußen. Aber das trau ich mich doch nicht. Selbst wenn sie nicht da ist. Dass die Quante mal nicht daheim brütet und mich empfängt, ist, gelinde gesagt, ein großes Wunder. Stets, stets und ständig ist diese Quante um mich drumrum. Als wär ich nicht lange genug ganz allein ausgekommen. Mutti war weg, Vati musste Geld verdienen, ach, und Oma kann man um den kleinen Finger wickeln. Außerdem hätte die sowieso alles gestattet. Nicht so wie diese dämliche Quante, die muss überall ihre Meinung dazu sagen und Ratschläge geben und Vorschriften machen und droht mit Vati und fürchterlichsten Strafen. Die sie dann doch nicht ein bisschen einhält, die blöde Quante. Der geb ich Abfahrt, der Kuh. Die quatscht eh dummes Zeug nur. Erst mal beleckt dieses Riesenvieh meine Hände zur freundlichen Begrüßung. Keine Zeit, sage ich, keine Zeit. Der Köter schaut ohne Verstand mir hinterher. Abfahrt, Abfahrt, Abfahrt. Du auch, Vieh!

Wieso Vati sich dieses schreckliche Weib auch an Land ziehen muss. Die sieht doch nach gar nichts aus. Mit Mutti überhaupt kein Vergleich, schon ihr Arsch ist ganz fett und dreimal so groß. Größer als der der aller-dicksten Frau von der Welt aus dem Fernsehn. Und Vati sagt zu dieser Quante Schatzi und Darling und Mauseken liebes und Mutti und ... Das alles sag ich im Leben nicht, blöde Kuh, sag ich leise. Mutti ist weg, von einem rasenden Rindvieh am Fußgängerweg überfah-ren, sagt Oma. Vati sagt nichts. Wenigstens hat sie nicht lange gelitten, sagt Oma. Ich durfte nie mit, wenn sie Mutti besuchten, ich weiß auch nicht, wo sie das getan haben wollen. Dann war's vorbei, sagte Vati, ganz plötzlich. Und kaum wurde Mutti nicht mehr gesehen, schleppt Vati mir diese Quante ins Haus. Verstehe ich nicht. Will ich auch gar nicht. Nur so sagenhaft fett möchte ich niemals nicht sein. Das ist doch eklig, so wie die aussieht. Manchmal bei Oma heul' ich mich aus. Hilft auch nicht, das Heulen, und ist sowieso nur klei-nen Kindern gestattet. Omi sagt, wird schon wern, mit Mutter Bärn ... Solche Sprüche hat die drauf, Oma, doch helfen tun die kein bisschen.

Abfahrt! Der Quante könnte ich all ihre Dani-Sahne-Becher entsorgen. Fünf frisst die täglich bestimmt, wären die weg, würde die ganz schön rumstinken, die Quante, die fette. Und ich werde sagen, die habe ich einfach gegessen. Könnte sie nichts gegen sagen. Vati wär vollkommen auf meiner Seite. Warum soll die denn immer nur allein allen Pudding in sich hinein-stopfen? Ich kann dieses Schlabberzeug gar nicht sehen, aber das weiß nicht mal Vati. Mutti hat Pudding selber gekocht, lecker.

Oder ich ziehe den Stecker, taut alles ab. Wären alle Schnitzel und Hähnchen und alles Frostzeug im Keller verdorben. Müsste sie wieder einkaufen fahren. Dann wäre die Quante vielleicht wieder nicht da, wenn ich aus der Schule heimkomme. Und kurz bevor die Quante zu Dani und Sahne greift, ist der Stecker von mir wieder drin. Wird sie sich wundern, was da nicht funktioniert. Kann sie alle Vorräte wegschmeißen. Wird die sich ekeln.

Als Vati sie das erste Mal heimbrachte, schenkt die mir doch so eine ätzende Bübbi. Ist diese Bübbi nicht niedlich, so blond und so fein? Und Vati sagt, bedank dich, mein Kind, sag danke zu Tante Viola, mein Schatz. Ich habe nicht Danke gesagt zur Tante Viola. Und Schatz kann er stecken lassen, sagt er ja sowieso nur zu ihr. Wie kann man zu so einer Quante nur Schatz sagen? Manchmal kann ich Vati einfach gar nicht begreifen.

Telefonieren is nicht. Bei Petra-Marie ist der Apparat immer besetzt. Wahrscheinlich quatscht die mit Silvette. Die kann ich nämlich auch gar nicht anklingeln. Und mit denen hätte ich mich verabreden können. Dann eben nicht, liebe Tanten. Nach der dritten Zahl von Pers Nummer lege ich immer auf, ich getrau mir das nicht. Maximal, dass ich sonntags beim Spiel über die Traverse hinblicke. Per spielt nicht schlecht, meint auch Vati. Vati spielt auch dort im Club, aber nicht Linksaußen wie Per und nicht in derselben Mannschaft. Vati spielt Alte Herren und trinkt Bier nach dem Training. Dann bin ich den ganzen Abend mit dieser Quante zu Hause. Am liebsten würde die mich mit dem Sandmann ins Bett schicken. Da geb ich Abfahrt.

Schreib ich Tagebuch weiter oder mache ich Hausaufgaben? Mathe kapiert eh kein Schwein. Und Turnen für den Herrn Kaspart werd ich im Leben nicht üben. Sehr gut, Dutty, sehr gut! Ich setz mich neben Muttis Rosenstöcke in die Hollywood-Schaukel und überlege. Und prompt kommt das Riesenvieh und leckt mich wieder ab zur zweiten Begrüßung. Diese dusslige Töle! Will wohl spielen oder was fressen. Weg muss der erst mal, weg von mir hier in seinen Käfig hinten. Der ist nur da gegen die Sonne, sagt die Quante und holt das Vieh immer raus aus seiner Hütte, wenn ich den Köter schon mal da drin habe. Das ist doch viel zu eng für ihn dort darinnen, mein Kind. Mein Kind, schon mal gar nicht. Und zu eng? Wieso hat denn der Köter dann eine Hütte? Und außerdem ist das schwierig, den Koloss dort reinzukriegen und dann auch noch was da davorzustellen. Sonst haut der doch gleich wieder ab und bellt rum blöd. Drinnen im Hüttchen winselt er nur.

Ich locke und rede gut zu, und dieses dämliche Hundevieh lässt sich locken. Denkt, dass ich Stöckchen werfe oder 'nen Knochen. Getäuscht hat er sich, ja, da hilft selbst der treueste Hundeblick nichts. Den Asch für's feine Regenwasser noch davor, Ruhe verdient. Ich blinzel zur Sonne. Ferien müssten sein und ich mit Vati am Strand. Mutti kommt nicht mehr wieder, hat auch Oma gesagt. Vor der Sonne mach ich die Augen zu jetzt. Hoffentlich gewinnt Pers Elf am Sonntag. Aber der Torwart, der kann nichts. Sagt Vati auch. Petra-Marie quatscht immer noch rum am Telefon. Mit wem bloß? Ich schalte die Jungs von BSB auf volle Lautstärke. Quit playing games with my heart ... Mann, sind die süß. Fast so wie Per.

Backstreet back, ich übe für die Mittwochsdisco (ob Per wirklich kommt?) und sogar für Sport-Kaspart.

Also die Waage, waagerechter geht's gar nicht mehr hin. Und der Klops gibt mir Sechs. Nach dieser Gymnastik erst mal verdientermaßen 'nen IceTea und Pause. Aber nicht lange, denn ich höre die Quante mit ihren Einkäufen heranbrausen. Keine fünf Minuten hat man seine Ruhe, keine fünf Minuten! Radio geschnappt, aufs Zimmer und abgeschlossen. Keinesfalls möchte ich der Quante begegnen. Treppe hoch, Türe zu. Und als ich auf dem Bett liege, fällt mir ein, dass die Töle noch immer im Hüttchen winselt. Oh, Scheiße! Da wird sie sich aber aufregen, die gute Frau. Und was sie mir für Vorhaltungen machen wird, ich darf gar nicht dran denken. Doch prompt ruft sie mich. Aber ich bin nicht da. Ich bin überhaupt nicht daheim.

Wie war's in der Schule? Gab's Zensuren heute? Und was gab es zum Mittag (kalten Kalbsbraten – geht die überhaupt gar nichts an)? Hattet ihr nicht Sport-Leistungskontrolle? Ich hab Tante Wilhelma getroffen. Vati hat doch heut Training, Schatz, was wollen wir beide uns denn Feines kochen? Pizza? Reissalat? Blumenkohl? Fisch? Oder wollen wir zu McDonalds (da geht die sowieso niemals hin)? Herzchen, ich weiß, dass du da bist. Die Türe war offen. Und so endlos weiter und weiter, endlos, das alles. Ohne ein Ende.

Ich höre sie im Hause rumoren und viel (sicher Dani-Sahne) in den Kühlschrank hineinstellen. Und dann fällt der Quante auf, dass sie ihr Lieblingstier gar nicht zur Begrüßung beleckt hat. Ei, na wo ist denn der Gute, und sie ruft, und sie ruft, sag mal, hast du den Hasso gesehen. Und dieses Vieh winselt, als müsst es grad sterben. Da ist es aus. Da ist bei ihr der Riemen runter.

Da schreit sie, die Quante, schreit meinen Namen. Schreit. So geht das nicht! Das ist Tierquälerei! Dein Vater müsste dich ... Komm sofort runter! Hast du das bei deiner Mutter auch so gemacht! Das ist das Allerletzte! Da müssen wir endlich Maßnahmen ergreifen! Maßnehmen müssen wir! Damit ist Schluss! Schluss! Schluss!

Dann kommt sie die Treppe nach oben gestapft und hämmert pausenlos gegen die Türe. Aber ich bin nicht da. Und ich komme nie wieder. Tot müsst man sein. Wie Mutti vielleicht. Tot. Tot. Tot. Zumindest was Schreckliches müsste passieren. Aber dann wäre alles zu spät. Ich bin tot auf immer und ewig. Am Grab, ja, am Grab könnten sie weinen. Kind, müsste Vati sagen, ich habe dir Unrecht getan. Tante Viola war keine Mutti für dich. Keine Mami. Viola wohnt nicht mehr bei uns mit im Hause. Viola ist fort. Was du mir erzählt hast und ich nie geglaubt hab, hat sie wirklich mit dir gemacht. Sie hat gemeckert über alles und jedes. Sie hat das Radio leise gedreht. Sie hat über BSB, Petra-Marie, Per immer, immer gelacht. Sie hat gepetzt, mich Vater gegen dich aufgehetzt, sie hat immer an sich, sich, an sich nur gedacht. Niemals an dich, Kind. Ich hab's nicht geglaubt. Komm zurück, mein Mädchen, ich mache alles, alles wieder gut. Aber da ist es zu spät. Ich komme nicht wieder. Ich bin ja tot dann. Aber wenn ich könnte, würde ich mit Vati mitweinen an meinem Grab.

Die Quante hämmert bald nicht mehr, sieht ein, dass es sinnlos ist. Sinnlos. Und außerdem braucht das Scheißvieh ihre Pflege, sie streichelt und redet und füttert den eingesperrten Hasso gesund mit Frolic-Geschmack und der Chappi-Juniortüte. Wenigstens im Krankenhaus müsste ich liegen. Dann pflegt Vati mich, selbst Viola bringt Kekse und Kuchen. Dann muss ich auch nicht noch mal bei dem Sport-Kaspart vorturnen, wie er's gesagt hat. Dann wäre das Leben schön, und Oma würde Märchen erzählen. Nur müsste ich krank sein, aber wie das?

Durchfall? Fieber? Unfall? Das wär's. Einen Unfall werde ich bauen. Ganz einfach, ich lege mich unter der Quante ihr großes Auto. Die holt doch sowieso Vati vom Training und will ihm alles haargenau erzählen von seiner Tochter. Aber da fährt sie über mich drüber, und ich schreie nicht mal, die dämliche Kuh über mich weg, und dann muss sie mich ins Krankenhaus fahren. Dann macht Vati ihr furchtbare Vorwürfe. Da wird sie nicht mehr lachen, und von mir erzählen wird sie ihm auch nichts. Ich muckse mich den ganzen Abend nicht mehr. Die Quante sieht fern und krault ihre Töle, ich interessiere sie nicht. Als es so weit ist, schleiche ich mich in die Garage. Es ist eng unterm Auto. Lege ich Kopf oder Füße unter die Räder? Kopf drunter ist schlimmer. Auch Mutti hat den Kopf verloren, sagt Oma. Aber der Wagen liegt flach, und es ist echt unbequem drunter. Mit den Fingerspitzen fahr ich das Profil ab vom Reifen. Waben in der Mitte und viele, viel Striche zum Rand hin. Aus einem pul ich einen Stein raus. Wann kommt denn die Quante, Fußball müsste längst aus sein. Und das Vati Bier trinkt, hat die Quante gar nicht so gern. Aber das sieht man nur ihrem Gesicht an, sagen tut sie Vati das nicht, könnte ja für sie mal dumm ausgehen irgendwie. Hätte Vati dann keine Lust mehr, mit der Quante blöde rumzumachen. Vielleicht schläft sie gar schon. Aber ohne den Vati? Nach Stunden kommt endlich die Quante in die Garage. Hasso schnüffelt rum an mir, fehlt nur, dass er bellte. Aber und hops springt die Töle ins Auto. Und die Quante, sie merkt nichts, sie startet. Gang rein. Sie fährt. Abfahrt! Endlich. Abfahrt, blöde Kuh. Was werden die alle im Krankenhaus weinen. Und die Schuld werden sie suchen. Und schuld an dem Elend ist nur die Quante. Jetzt gibt sie Gas. Tschüss dann, bis später.

Auf die Plätze – fertig – los!

Astrid Seehaus

Die Gesichter der Umstehenden waren kalkweiß, unvorteilhaft erstarrt wie auf einem verunglückten Schnappschuss. Sie erinnerten mich an einen Film, in dem Untote hohlwangig und blutleer ein verlassenes Flughafengebäude bevölkerten. Ich vermutete, dass auch mein Ausdruck dem der Untoten nicht unähnlich war, trotz meines Unglaubens über das Geschehene. Ich starrte auf die Blumen und fühlte den unbändigen Drang loszuschreien.

Ich bezähmte mich.

Es begann zu regnen. Mein Schirm lag im Wagen, doch das Nieseln störte mich nicht. Während ich beobachtete, wie ein paar wenige hastig ihre Regenschirme aufspannten und sich zu zweit oder zu dritt darunter drängten, dachte ich an die Frau im Sarg. Bella. An sich hieß sie Barbara. Aus Barbara war automatisch Babs geworden (ein Spitzname, den sie nie mochte), bis jemand sie Bella rief. Und dieser Name hatte ihr gefallen. Zugegebenermaßen sehr zu meinem Verdruss.

»Findest du nicht, dass Bella nach einem Hundenamen klingt?«, hatte ich sie gefragt. Eifersüchtig, wie ich mich erinnerte. Es hatte mir nicht gepasst, dass eine andere einen solchen Einfluss auf Bella hatte. *Ich* wollte der wichtigste Mensch für sie sein.

Und nun war sie tot. Auch wenn es unangemessen war, sich darüber zu ärgern, ich tat es dennoch. Ich brannte regelrecht vor Zorn, dass sie nicht mehr da war. Dreiundzwanzig war kein Alter, in dem man starb. Mit dreiundzwanzig schöpfte man aus dem Fluss des Lebens und dachte nicht ans Sterben oder hatte es vor oder *tat* es.

Das Leben war ungerecht. (Natürlich war es ungerecht.) Bella war tot, und ich stand hier und fragte mich, warum. Um mich von meinen quälenden Gedanken abzulenken, ließ ich meine Blicke schweifen. Da waren ihre Eltern. Beide um die fünfzig. In ihrer Trauer wirkten sie älter, doch mein Mitleid für sie hielt sich in Grenzen. Sie waren schon immer sehr ehrgeizig gewesen. Während ihrer Zeit als Leistungssportler hatten sie jedoch nie den Erfolg, der ihrem grenzenlosen Ehrgeiz entsprochen hätte. Den sollte Bella dann erringen. Für sie, die Eltern. Für die Familie und der Familienehre wegen.

Wie kam man zu Erfolg? Einfach so? Das wäre zu schön, um wahr zu sein.

Man erlief ihn. Man ersprang ihn. Man kämpfte. Man arbeitete. Wenn man Glück hatte, war man so gut, dass man sich durch Werbeverträge Einnahmen verschaffen konnte. Natürlich wollte man auch auf das Treppchen (die Voraussetzung, dass man überhaupt einen Werbevertrag angeboten bekam), wollte Erste werden, die Goldmedaille ergattern. Wollte Ehre und Ruhm. Und wo blieb der olympische Gedanke des »Dabei sein ist alles«?

Dass ich nicht lache. Man war dabei, um zu gewinnen. Und wer dann auch noch hübsch war, der hatte den Werbevertrag quasi schon bei »fertig« in der Tasche.

Auf die Plätze.

Fertig.

Los!

Ich war nervös. Die Nervosität hatte komplett Besitz von mir ergriffen, was in diesem 200-Meter-Lauf, den ich vor mir hatte, keine Hilfe darstellte, mich nicht für dieses Rennen sensibilisierte und reaktionsschneller machte. Nein, im Gegenteil. Meine extreme Nervosität war einzig und allein dem Umstand zu verdanken, dass ich mir meiner Chancenlosigkeit bewusst war. Die Konkurrenz war einfach übermächtig.

Knapp zwei Jahre war es nun her, dass ich diese 200 Meter verloren hatte. Bella hatte gesiegt. Um Haaresbreite. Nur eine Zehntelsekunde hatte uns getrennt, und doch waren es dann gänzlich verschiedene Welten, in die wir durch diese eine Zehntelsekunde katapultiert wurden. Sie hatte den Titel in der Tasche (die Werbeverträge winkten bereits an der Ziellinie), ich hatte nichts.

Wer wollte schon die Zweitplatzierte, wenn man die Erstplatzierte haben konnte? Wer wollte schon die Verliererin, wenn man die Gewinnerin haben konnte? Zumal diese bildhübsch war. Das war Bella wirklich.

Damals jedenfalls. Sie war eine Schönheit mit ihren klar-blauen Augen, den blonden Naturlocken, ihrem süßen Lächeln, das nicht nur Männerherzen höher schlagen ließ.

Ich erinnerte mich an die Sportfirmen, die ihre Schuhe nach den Meisterschaftsläufen wie Kamellen an die Gewinnerinnen verteilten; und als ich, schüchtern, wie ich damals war, auch ein Paar Spikes für meine Leistung ergattern wollte, musterte mich der Vertreter abschätzig. Wir standen am Kofferraum seines Wagens, der voller Schuhkartons war. Er hätte nur einen Karton mit Spikes meiner Schuhgröße nehmen und mir in die Hand drücken brauchen. Damit hätte er mich zum glücklichsten Menschen der Welt gemacht. Aber ...

»Und wer bist du?« – »Aha! Ein vierter Platz? Noch nicht mal auf's Treppchen! Tja, Mädchen, tut mir leid, ich habe keine Schuhe in deiner Größe.«

Nach der Schuhgröße war ich allerdings gar nicht gefragt worden. Das war bei den Deutschen Jugendmeisterschaften. Da war ich fünfzehn. Dumm. Jung. *Sehr* dumm. Vom Trainer abhängig, denn der wusste, wie er einen nach vorne brachte. Er hatte die Trainingsmethoden bis ins Detail ausgetüftelt, seinem Schützling wie eine maßgeschneiderte Uniform angepasst. Nur an diesem Wochenende passte diese Uniform nicht. Mein Trainer war auf einem Kurztrip in Paris, während ich im publikumsleeren Stadion auf mich alleine gestellt war.

Fünf Mal die Woche trainierte ich damals, jeweils zwei bis drei Stunden, dabei zähle ich die frühmorgendlichen Trainingseinheiten vor dem Unterricht nicht einmal mit. Und fast jedes Wochenende gab es zudem Wettkämpfe, ob Bahneröffnung, Kreismeisterschaften, Bezirks- und Landesmeisterschaften (in der Halle, wie auch im Freien), bis man die Qualifikationen für die Deutschen Meisterschaften geschafft hatte und damit auch die Teilnahme daran. Und nach den Deutschen Meisterschaften winkten die Junioreneuropameisterschaften, vorausgesetzt, man hatte auch die Qualifikationen dafür erreicht. Man erklomm die sportliche Karriereleiter Sprosse für Sprosse. Nur straucheln durfte man dabei nicht. Jede Verletzung warf einen für Monate zurück. Eine Zerrung im Oberschenkel bedeutete wochenlanges Pausieren, Leistungsrückfall und ein hartes Trainingspensum, das einen nach der Genesung erwartete.

Alles wurde aufeinander abgestimmt: die Trainingsmethoden, die Trainingseinheiten, die Trainingszeiten, das Essen, das Schlafen, das Feiern – der Sport bestimmte das Leben. Vielmehr die Jagd nach den sportlichen Erfolgen. Ein Sieg bedeutete Freude und all die anderen schönen Dinge. Eine Niederlage das Gegenteil: Enttäuschung, Wut bis hin zur Verachtung seitens der Eltern oder eine Schimpfkanonade vom Trainer (inklusive der Ohrfeige in der Öffentlichkeit). Das Feixen der Konkurrenz bekam man gratis.

Ich möchte nicht wissen, wie oft Bella diese Art der Herabsetzung zu spüren bekommen hatte, wenn sie die von ihr erwartete Leistung nicht erbracht hatte. Wenn sie »nur« Zweite geworden war. Man konnte doch nicht pauschal den zweiten Platz verdammen, ohne die

Härte der Konkurrenz in Betracht zu ziehen? Noch nicht einmal eine Niederlage oder eine verpasste Qualifikation sollte zu Demütigungen führen. Doch! Man konnte! Es passierte! Die Ohrfeige mit sechzehn. Das gestrichene Taschengeld gleich im Anschluss daran. Und ihre Mutter hatte das Ganze mit den Worten gekrönt: »Du hast es nicht anders gewollt!«

Bellas Wille zu siegen, blieb dennoch ungebrochen. Ich hatte sie dafür bewundert. Meine Sicht auf die Dinge war anders: Manchmal verlor man, manchmal gewann man. Keine Lebensweisheit, die ich mir auf ein Kissen sticken würde, aber trotzdem wahr. Ich könnte nicht mehr sagen, wann es begonnen hatte, ab irgendeinem Zeitpunkt meiner Sportkarriere stagnierten meine Leistungen, und ich blieb die ewig Zweitplatzierte. Meistens hinter Bella. Neben ihr schien ich wie Luft, als ob ich nicht existierte. Bella hätte auch Letzte werden können, das Treppchen nicht besteigen, und wäre trotzdem Liebling des Stadionpublikums gewesen. Ich war niemandes Liebling. Bella als mein Vorbild war auch gleichzeitig Bella, mein Ansporn und mein Lebensziel. Und manchmal auch Bella, mein Hassobjekt, weil sie so unerreichbar war. Ich war immer die eine Zehntelsekunde zu langsam und meine Sprünge den einen Zentimeter zu kurz. Ob Sprint oder Weitsprung, ob Hürden oder Hochsprung, Bella war immer zuerst da. Vor mir im Ziel, über mir auf dem Treppchen.

Die Zeremonie neigte sich dem Ende zu. Ich hörte vereinzelte Schluchzer und beobachtete Bellas Freund, der auch ihr Trainer gewesen war. Kaum hatte sie ihn kennengelernt, war sie aus unserer gemeinsamen Wohnung ausgezogen. Wir hatten uns gerade erst eingerichtet, wollten nicht nur zusammen trainieren, sondern auch zusammen studieren, das Leben miteinander teilen, Freud und Leid gemeinsam meistern, die Höhepunkte ebenso wie die Niederlagen. Und dann war sie weg und die Wohnung ohne sie trostlos. Leer. Verödet. Ich war unglücklich. Sie war glücklich. Sie wollte ihn sogar heiraten.

Verräterin, dachte ich. Wieder stieg dieses Brennen in mir hoch.

Bella war tot. Eine Tatsache, die schwer zu begreifen war. Ebenso wie die Selbsttäuschung, der ich aufgesessen war. Ich hatte es wohl nicht sehen wollen, dass sie sich veränderte, Geheimnisse hatte, sich mir entfremdete. Die Trainingsmethoden ihres Freundes schlugen ganz offensichtlich sehr gut bei ihr an. Sie wurde kräftiger, ihre Schultern massiver. Das Haar trug sie nun kurz, was mich, als ich sie das erste Mal ohne ihre Locken sah, ziemlich irritierte. Und die zierliche Person, die sie einst gewesen war, hatte auf einmal eine Ausstrahlung maskuliner Härte.

Ob ihre neuen Freunde, wie sie da nun alle um ihr Grab standen, sich ebensolche Gedanken machten wie ich jetzt? Oder ihr Freund? Hatte er Schuldgefühle? Was dachte er? Was dachten die anderen? Es hieß, unter den Athleten ginge die Angst um. Unter dem Eindruck ihres Todes würde bei vielen eine Neubewertung stattfinden. Es hieß, manche wollten den Sport aufgeben. Es hieß, niemand habe ihr den Tod gewünscht. (Natürlich nicht, trotz der vielen Neider. Oder vielleicht doch?) Man habe es kommen sehen.

Hatte man das?

Ich hatte es nicht kommen sehen. Aber der Kontakt zu Bella hatte sich in den letzten Monaten ja auch nur noch auf die wenigen Sportveranstaltungen beschränkt, bei denen wir gegeneinander antraten. Sie hatte wegen ihres Freundes den Verein gewechselt, und dadurch trainierten wir schon lange nicht mehr zusammen. Bei den Wettkämpfen hatte sie wie gewohnt gewonnen, ich verloren. Auch wie gewohnt. Nichts hatte sich geändert, und doch hatte sich alles geändert. Auf dem letzten Wettkampf war sie kaum wiederzuerkennen gewesen. Auf meine Frage, wie es ihr ginge, hatte sie nur mit einem Wort geantwortet: »Gut.«

Nur ein einziges Wort. Und dann war sie tot.

Du hast es nicht anders gewollt, ging mir plötzlich durch den Kopf, und gleichzeitig dachte ich: Natürlich hast du es anders gewollt.

Ich befingerte meine Taschen und zerknüllte das Taschentuch. Ich war wütend. Traurig. Und ich wurde immer wütender.

Du hast sie mir genommen, dachte ich. Bella, du hättest ihm nicht vertrauen dürfen. Ich vermisse dich, Bella. Bella, wie konntest du nur?! *Er ist der Teufel!*

Ich wusste, wann ich zu handeln hatte.

Auf die Plätze.

Meine Nervosität stieg. Aber jetzt war es die nervöse Anspannung vor einem Rennen, die einen schneller denken ließ. Schneller reagieren ließ. Die Aufmerksamkeit wuchs. Ich war ganz da.

Fertig.

Ich war bereit. Nur zu bereit. Meine Finger umklammerten den harten Stahl in meiner rechten Manteltasche. Meine Reaktionsfähigkeit war jahrelang trainiert worden. Ich kannte den Moment des Lösens aus dem Startblock. Schon Tausende von Malen hatte ich auf diese Befehle reagiert. Hatte in Sekundenbruchteilen meine Ballen von den Fußstützen gelöst, hatte mein ganzes Denken und Handeln auf den Lauf gerichtet, das Ziel fest vor Augen, mit nur einem Wunsch: Erste zu werden.

Los!

Die Pistole zu ziehen und zu schießen war eins. Mein ganzes Inneres war konzentriert auf den einen Moment: ihn zu treffen. *Mein* Ziel war *sein* Tod!

Die Pistole steckte ich wieder in die Manteltasche. Mein Puls raste. Es war wie nach einem gewonnenen Lauf: Man jubelte. Man nahm die Glückwünsche der Konkurrenz entgegen. Nur dass es in dieser Situation keine Glückwünsche geben würde. Ich hatte gerade einen Mord begangen. Nach meinem Dafürhalten aber nicht nur ich ...

Über einhundert Medikamente hatte Bella in den letzten Jahren eingenommen, viele davon auf Rezept. Rund vierhundert Injektionen waren ihr verabreicht worden, alle unter ärztlicher Aufsicht. Drei Tage lang hatte sie unter qualvollen Schmerzen um ihr Leben gekämpft und war dann an Multiorganversagen gestorben. Die Staatsanwaltschaft ermittelte wegen fahrlässiger Tötung und konnte keinen Schuldigen ausmachen.

Bei Bellas Kampf war ich im Krankenhaus und hatte gebangt und gehofft. Mich quälte die Frage, ob ich sie im Stich gelassen hatte. Aber hätte ich sie überhaupt daran hindern können, all diese Pillen und Tabletten, diese Injektionen und Tinkturen zur Leistungssteigerung zu nehmen, wenn ich davon gewusst hätte?

Während ich den Arzt betrachtete, der mit verrenkten Gliedern auf der schmutzigen Erde lag, und dabei registrierte, dass ich von den Trauergästen angestarrt wurde, dachte ich an gar nichts. Ich hatte getan, wozu ich hergekommen war, und nun war mein Kopf leer. So leer wie mein Herz.

Aber plötzlich hörte ich Bellas helle Stimme, wenn sie ihre Mutter nachäffte: *Du hast es nicht anders gewollt.* Und ich lächelte.

Die Glorreichen

Carsten Sebastian Henn

Ich bin eigentlich ein friedfertiger Bursche. Nee, wirklich. Tu keiner Fliege was zuleide. Könnt ihr mir glauben. Ich weiß, ich seh' was brutal aus, aber da kann ja keiner was für, wie er aussieht. Das kommt ja alles von den Genen. Ich hab mein ganzes Leben nix Schlimmes gemacht. Also nix richtig Schlimmes. Aber das hat jetzt ein Ende.

Heut bringe ich den Jürgi um.

Die blöde Sau.

Was der Jürgi für einer ist? Ein Ehebrecher. Wie er aussieht? Wie ein Mettbrötchen mit Schnäuzer.

Heute ist Vatertag, heute passiert's.

Aber keine Kutschfahrt mit Fässchen. Wir wandern. Und zwar richtig. Maximilianweg. Da heißt es: Bierplauzen hochschleppen und Schweißmauken anstrengen. Vielleicht bringt das den Jürgi ja schon um.

Ansonsten helf ich nach.

Die Strecke von Lindau bis Lauterach ist zwanzig Kilometer lang, und man braucht so um die sechs Stunden. Die Zeit für den Mord inbegriffen.

Die Jungs treffen nach und nach ein, alle mit Vereins-T-Shirt. Wir sind der Kegelclub »Die glorreichen Sieben«. Wegen dem Western mit Hotte Buchholz. Waren auch schon mal im Fernsehen. Seit Winfried vom Gartenstuhl gefallen ist, sind wir allerdings nur noch sechs. Aber so einen schönen Namen, den ändert man ja nicht.

Die Laune ist gut. Erst mal heißt es eincremen mit Sonnenmilch und Insektenschutz. Meine Berte hat mir Stufe 50 eingepackt. Für Kleinkinder. Zeig ich den anderen natürlich nicht. Der Jürgi soll nix mehr zu lachen haben, bevor er ins Gras beißt.

Dann geht es los. Wir machen schwer Tempo. Jeder will zeigen, was seine Waden noch hergeben. Jürgi führt die Truppe an. Hoffentlich fällt ihn ein Bär an. Dem würd ich als Dankeschön eine Imkerei schenken. Das wär dann mal kein Problembär.

Erste Pinkelpause. Wolles Blase drückt mal wieder. Ich schmeiß eine Runde Trester. Von einem Müller-Thurgau aus der Lindauer Spitalhalde. Wolle schwärmt nach dem Austreten von der frischen Luft und steckt sich eine Fluppe an. Dann fängt er an zu husten. Der Wolle raucht auf Lunge, seit er zwölf ist. Seine Haut hat die Farbe von Sichtbeton.

Auch er nimmt einen Trester. Ich hab ihn in pur und in Kakao aufgelöst. Denen hau ich die Birne zu, bevor wir in Lauterach sind. Dass sich ja keiner dran erinnert, was mit Jürgi passieren wird. Die Strecke geht entlang des Bodensees, nach zehn Kilometern sind wir über die Grenze in Bregenz – und da heißt es dann: Gute Nacht, Jürgi. Mit den anderen wandere ich weiter, Endpunkt ist die Pfarrkirche Sankt Georg. Und da werd ich dann beichten. Ist das auch direkt abgehakt. Praktisch.

Warum ich den Jürgi um die Ecke bringen will? Weil er mit meiner Perle was hatte. Vor einem Vierteljahr. Er meint, ich hätte nix gemerkt, weil ich an dem Abend mit dem Tambourcorps Eintracht Blaugold unterwegs war. Aber ich hatte meine Flöte vergessen. Zu Hause hab ich dann gehört, wie meine Berte ihm die Flötentöne beibrachte. Ich wollte ihn direkt zerhacken, aber dann hab ich mich zusammengerissen. Und den Plan ausgearbeitet. Will ja wegen dem Saukopf nicht in den Knast. Aber heute ist Zahltag. Und ich nehm Zinsen.

Ich hab auch Tee dabei. Eine Thermoskanne. Und die ist präpariert. Mit Rattengift, tödlich, hat mein Sohn für mich extra im Internet bestellt. Die Dosis reicht für 300 Ratten. Oder einen Jürgi.

Alle löten sich zu. Nur ich trink aus ner Buddel mit ohne. Also nur Kakao. Gut, ein kleiner Schluck Rum ist drin. Aber ich brauch das auch für den Kreislauf. Hat der Arzt gesagt. Gut, das ist mein Schwager. Aber der meint es gut mit mir.

»Irgendwer Tee?«

Nur Jürgi mag Tee. Aber nur Früchtetee. Wegen seinen empfindlichen Magenschleimhäuten.

»Ist das Schwarzer?«, fragt er.

»Nee, Früchte.«

Er kommt. Ich füll ihm den Alubecher.

Plötzlich ist Wolle zurück. Von der Pinkelpause. Blase leer. Dann muss er immer ganz schnell nachschütten.

»Boah, hab ich einen Brand.«

Wo kam denn Wolles Hand jetzt so schnell her?

»Gib mal den Tee. Ist eh gesünder als der Trester.«

Und schwupps. War der Becher leer.

»Der ist aber bitter. Haste zu lang ziehen lassen.« Ein Rülpser, der aus einem vergessenen Abschnitt von Wolles Darmtrakt zu stammen schien, wurde in die Welt entlassen. »Ich muss mal austreten. Geht ruhig schon weiter.«

»Wir machen uns hier keinen Stress«, sagte Jürgi. »Der ist schlecht fürs Herz.«

»Mir ist nicht so gut. Ich komm dann nach. Euch Schlafmützen hol ich selbst auf allen vieren ein.« Er lachte. Aber sein Gesicht war schon grün.

Wir sahen ihn nicht wieder.

War wahrscheinlich besser so. Der Wolle hat doch sehr unter seiner Blase gelitten. Jetzt ist er tot, muss er sich da keinen Kopf mehr drum machen. Ich glaub, er hätte das so gewollt. Ist doch kein schlechter Tod. Gut, er hat geschrien. Mehrmals. Aber die anderen haben mir geglaubt, das sei wohl eine brünftige Wildsau.

Naja, ich hab ja nicht nur Gift dabei. Neenee, ich bin vorbereitet. Ein guter Handwerker rechnet immer mit dem Schlimmsten. Oder führt es selbst herbei. Der Jürgi wird sterben. Und dann sind wir nur noch »Die glorreichen Vier«. Dauern die Kegelabende auch nicht mehr so lang. Ich zahl eh immer drauf.

Wir sind hinter Lochau. Da steht eine Bank. Ich lass mich fallen. Kraft tanken. Muss ja bald ran.

Jürgi setzt sich neben mich. Und legt seinen feisten Arm um mich, widerlich. Jürgi ist dicker als das Michelin-Männchen nach dem Mittagessen. Ich weiß gar nicht, warum meine Berte den rangelassen hat. Das muss ja gewesen sein, wie wenn man mit einem Gummibärchen Sex hat. Die Berte und ich, wir haben ja schon lange nicht mehr. Ich glaub, als Deutschland das letzte Mal Weltmeister wurde im Fußball, da waren wir beide so in Stimmung, dass wir uns vier Minuten Liebesglück gegönnt haben. War gut, wirklich. Nur die ganze Küsserei vorher hätt ich mir gern gespart.

»Ach, Hotte. Schön ist das hier. Der weite Blick. Und wir beide haben mal Zeit, was zu plaudern. Wie lang kennen wir uns jetzt schon? Fünfzig, sechzig Jahre?«

»Mhm.« Egal, wie viele es sind. Es kommt keins mehr dazu. Der soll bloß aufhören mit seinen Vertraulichkeiten. Ich bring ihn lieber schnell um. Dafür suche ich jetzt überrascht meine Jackentaschen ab. »Du, Jürgi, ich glaub, ich hab eben meine Geldbörse verloren. Hilfst du mir suchen?«

»Klar. Wie sah die denn aus?«

»Schwarzes Leder.«

»Schwarzes Leder, die finden wir.«

Ist natürlich Blödsinn, auf dunkelbraunem Boden. Gleich sind wir weit genug von den anderen weg. Dann jage ich ihm eine Kugel in den Kopf. Einmal durch. Von Ohr zu Ohr. Muss nur gucken, dass ich mich dabei nicht mit Blut bekleckere. Das geht ja so schlecht raus. Und mein Pullunder kommt immer in den Schonwaschgang. Eine Waffe mit Schalldämpfer. Hat mir mein Sohn übers Internet besorgt. Die macht beim Schießen nur *Pfffft*. Klingt wohl wie beim Deospray.

Die anderen können uns nicht mehr sehen. Ich hab denen den Rumkakao dagelassen. Bei dem Zeug merkt man gar nicht, was man sich reinpfeift.

Ich schleich mich von hinten an Jürgi ran. Der stellt sein Hörgerät immer auf leise, deswegen kriegt er das nicht mit. Dann lege ich an, ziele auf die Schläfe.

Pffft.

Und Herbert ist tot. Ich hab ihm durchs Nasenloch geschossen.

Aber Jürgi steht immer noch vor mir und sucht meine Börse.

Den Herbert nennen wir alle nur Bratpfanne. Er meint, weil er so große Füße hätte. Das stimmt aber nicht. Der heißt Bratpfanne, weil er so viel Grips wie eine hat. Aber große Füße hat er natürlich auch. Leider. Mit denen stolpert er gerne. Wenn Tresterkakao in seinen Blutadern fließt, noch eher.

Pfft.

Jürgi hat nichts gemerkt.

Aber François. Unser französischer Kegelbruder. Ich glaub ja, der kommt gar nicht aus Frankreich, sondern aus Westfalen, weil der ist so penibel. Aber von mir aus soll er aus Frankreich kommen. Dem Elsaß. Der François stürzt auf jeden Fall zum Herbert. Denkt wohl, er sei gefallen. François beugt sich runter.

»Was hast du denn da in der Hand? Lass mal sehen…«

Pffft.

Durchs Herz. Vorne rein, hinten raus.

Zack, liegt der auch auf dem Boden.

Jetzt sind wir also »Die glorreichen Drei«.

Reicht zum Skatspielen.

»Du, ich find dein Portemonnaie nicht … was ist denn mit Bratpfanne und François?

»Besoffen.«

»Dein Tresterkakao ist aber auch teuflisch. Sollen wir sie hier schlafen lassen?«

»Soll ja nicht regnen, ist wohl am besten. Die liegen ja schön weich auf Moos.«

Ich muss mich erst mal erholen und wander was. Wenn man gerne wandert, ist der Weg schön. Erst als wir die Bregenzer Ach erreicht haben, bin ich wieder in der Verfassung, um Jürgi umzubringen. Ich hol mein Schweizer Offiziersmesser aus dem Rucksack. So ein Original rotes mit Kreuz drauf. Mit vierzehn Sachen dran. Auch Dosenöffner, Pinzette, Zahnstocher, Schraubenzieher und Korkenzieher. Mit dem würde ich Jürgi ja am liebsten den Skalp abschneiden. Aber es muss ja wie ein Unfall aussehen. Wobei ich nicht weiß, wie ich der Polizei die anderen Unfälle erklären soll. Das sind ja doch ganz schön viel. Sieht nicht mehr so irre nach Unfall aus. Ich werd alles dem toten Jürgi in die Schuhe schieben. Er muss jetzt nur unglücklich in die große Klinge fallen. Mit dem Herzen. Vielleicht beim Apfelschneiden. In Wahrheit muss ich ihm das Ding natürlich in die Brust ... Mag ich ja nicht so. Kann kein Blut sehen. Aber es muss wohl. Die Pistole ist bei Herbert.

Plötzlich nestelt einer an meinem Rucksack rum. Beate. Unser bester Kegler. Beate heißt wirklich Beate. Ein Missverständnis bei seiner Geburt. Die Hebamme sah schlecht und meldete, dass ein Mädchen geboren sei. Sie schlug Beate direkt in ein Handtuch, und der Priester war praktischerweise auch schon anwesend und sprach gleich den Segen für Beate. Sie konnten ihm wenigstens noch einen ordentlichen zweiten Namen geben. Franz-Josef. So nennt er sich auch auf der Arbeit bei den Stadtwerken, aber seine Freunde dürfen ihn Beate nennen.

»Was machst du denn da?«, frage ich ihn.

Irgendwas scheppert.

»Sekunde«, sagt Beate. »Das ist ja so heiß heute.«

»Klar ist es heiß, was machst du denn da?«

»Was trinken.«

»In der roten Kanne ist aber nur Kakao ohne Trester.«

»Alles klar.«

Ich überlege, wo ich das mit dem Schweizer Offiziersmesser am besten mache. Aber erst muss ich eh warten, bis Beate wieder vorgeht. Der ist so ein Vorgeher. Will auch immer als erster kegeln. Was vorlegen.

»Ich muss mal austreten«, hör ich ihn sagen. »Geht ruhig schon weiter.«

Sekunde, hat das nicht eben Wolle schon gesagt? Genau das Gleiche? Ich dreh mich rum.

»Sag mal, was hast denn du getrunken?«

»Warmen Tee, ist bei so Temperaturen doch das Beste.«

Sein Gesicht war bereits moosgrün.

»Tschüss, Beate. Ich konnt dich gut leiden.«

»Was?« Da nahm der Tee schon wieder den kürzesten Ausgang aus Beate.

Die glorreichen Zwei. Und Jürgi würde auch gleich dran glauben müssen.

Dann gab es nur noch den glorreichen Hotte.

Jürgi hatte überhaupt nicht mitbekommen, was mit Beate passiert war. Er hatte die ganze Zeit nur vor sich hin gestarrt. Jetzt legte er mir wieder seinen dicken Arm um die Schulter.

»Hotte, ich muss was loswerden. Sag jetzt nix, das muss raus. Ist wie ein Geschwür auf der Seele. Ich will dir das schon lange sagen. Vor einem Vierteljahr, da bin ich abends bei euch, also bei Berte und dir, vorbeigekommen, um was Kuchen fürs Pfarrfest vorbeizubringen. Meine Frau hatte mich geschickt. Deine Berte war an dem Abend komisch, weißt du, so richtig komisch. Die hatte den Film mit der Romy Schneider gesehen, Sissi, den dritten Teil, und hat geheult. Sie hatte wohl auch was getrunken und schenkte mir auch ein, immer wieder, dabei wollte ich gar nicht, und dann wurde sie so … kuschelig. Weißte? Ich wollte gleich wieder weg. Und dann packt die mich plötzlich.« Jürgi kamen die Tränen. »Hotte, ich will echt nicht sagen, wo mich deine Berte angefasst hat. Und eh ich mich's versah. Also, Hotte, schön war das nicht. Ich hab das auch gar nicht gewollt. Aber da ist man als Mann ja wehrlos. Mach mit mir, was du willst, Hotte. Ich hab es verdient. Wir sind doch Freunde, und so was macht man nicht mit einem Freund.«

»Nee«, sag ich. »Wirklich nicht. Wie wär das denn, wenn ich mit deiner Ilse?«

»Das willste nicht wirklich, Hotte! Glaub es mir. Ich nehm vorher immer Schmerztabletten. 400er Ibuprofen.«

Jürgi blieb stehen. Ich krampfte meine Hand um das Schweizer Offiziersmesser. Ich war so irre wütend, dass ich den Dosenöffner aufklappte. Der würde Jürgi richtig wehtun. Nix merkte der von meiner Absicht, der redete immer noch weiter.

»Und Hotte, wo wir so offen reden. Die anderen aus'm Verein. Wolle, Herbert, François und sogar Beate, die haben alle, naja, also, es war nicht immer Sissi, neenee, wohl auch mal ›Der Frosch mit der Maske‹, da hatte sie wohl Angst bekommen und wurde dann auch … so kuschelig.«

»Nee«, sagte ich. »Das ist jetzt nicht wahr.«

»Doch, Hotte. Ist es. Das werden dir die Jungs bestätigen.«

Nee, das würden sie nicht. Es sei denn, Zombies durften auch den Eifelsteig wandern.

»Sind wir noch Freunde, Hotte?«

Ich drehte mich um. Da war keiner mehr. Ich hatte meine ganzen Kumpels umgebracht. Sie hatten es verdient, aber schade war es trotzdem. Jürgi war mein letzter Freund.

»Jürgi«, sagte ich deshalb. »Du bist sogar mein allerbester Freund.«

Wir umarmten uns. Männer machen so was zwar nicht, aber uns war einfach danach. Ich hatte an diesem Tag einen guten Freund wiedergefunden. Als Strafe für das Stelldichein mit Berte würde er bis an sein Lebensende die Runden in der Jägerstube übernehmen müssen. Eigentlich ein gutes Geschäft.

An der Pfarrkirche Sankt Georg wartete meine Berte auf uns. Sie hatte sich bereiterklärt uns was zum Grillen herzufahren. Müssen uns nur noch ein schönes Plätzchen für suchen.

»Und? Hat alles geklappt?«, frag ich sie.

»Da drüben steht die Kühltasche. Ich bleib aber nicht zum Grillen. Heute Abend läuft ›Die Mädchen vom Immenhof‹ im ZDF. Und der Mann von der Uschi wollte noch was vorbeibringen, das ich morgen auf dem Trödelmarkt an der Kirche für ihn verkaufen soll.

»Berte?«

»Ja, Hotte?«

»Erst trinkst du aber eine Tasse Tee mit uns.«

Ich schüttete einen Becher bis oben hin voll.

»Wo sind eigentlich die anderen?«, fragte sie.

»Mach dir keine Sorgen«, antworte ich. »Die wirst du gleich zu sehen bekommen.«

Der einsamste Mensch der Welt

KAI ENGELKE

> *»Du kämpfst, bis du nicht mehr kannst,*
> *und was hast du am Ende davon?«*
> Leonard Gardner, Fat City

Willi! Willi! Willi!«, brüllten die Zuschauer immer wieder in Sprechchören. Wie beschwörend schüttelten und reckten sie dabei ihre Fäuste in die Höhe, manche deuteten Finten, Deckungen und Kombinationen an, so als stünden sie selbst im Ring, um den alles entscheidenden Kampf ihres Lebens zu bestehen.

»Willi! Willi! Willi!« – Anfeuerungsrufe voll unbändiger Kraft und Energie, die Willi jetzt in der siebten Runde so dringend benötigte, um diesen Fight doch noch zu drehen. Der Cut über seinem linken Auge blutete heftig. Das Publikum liebte es, wenn Blut floss, auch dafür hatten sie ihr Eintrittsgeld bezahlt. Sie tobten und schrien. Ihre Aggressionen paarten sich mit Wut, ihre Enttäuschungen mischten sich mit Entsetzen

– ein unheiliges Gemenge. Für nicht wenige stand der alternde Mittelgewichtsboxer Willi Overbeck stellvertretend im Ring. Zwar war er fit und austrainiert, doch seine besten Tage hatte er schon lange hinter sich, wie die meisten im Publikum. Sie identifizierten sich mit ihm. Das machte die hohe Erwartungshaltung aus.

Die Halle glich einem Hexenkessel. Der infernalische Lärm drang wie aus weiter Ferne in Willis Bewusstsein. Er kassierte mehrere Kopftreffer nacheinander, konnte sich kaum mehr spüren, auch den Schmerz nicht. Sein Körper schien bereits geschlagen zu sein. Er *hatte* nicht einen Körper – er *war* sein Körper. Willis Kämpferherz pochte heftig, war noch lange nicht besiegt, wollte und konnte nicht aufgeben. Er musste nach vorne gehen, durfte sich nicht immer wieder an den Seilen festnageln lassen. Auch wenn seine fast völlig zugeschwollenen Augen ihn kaum noch etwas erkennen ließen: Er musste angreifen, schlagen, vorwärtsgehen, boxen. Er agierte wie in Trance, sah sich selbst beim Kämpfen zu. Und plötzlich, gleich einer außer Kontrolle geratenen Windmühle, drosch er auf alles ein, was sich bewegte, auf die Gefahr hin, selbst getroffen zu werden oder womöglich sogar den Ringrichter umzuhauen. Er hatte nichts mehr zu verlieren, er konnte nur noch gewinnen.

»Konzentrier dich! Willi, verdammt noch mal, du sollst dich konzentrieren!«, drang es aus seiner Ecke bis zu ihm durch. Diese Stimme war ihm vertraut. Die gehörte seinem Trainer Fritz Köhler. Irgendwie hatte der es schon häufiger fertiggebracht, in Willi Kräfte zu mobilisieren, von deren Existenz der Boxer selbst kaum eine Ahnung gehabt hatte. So auch dieses Mal: Mit

einem blitzschnell herauskatapultierten linken Körper-
haken, direkt auf die Lebergegend, schaffte er es tatsächlich, die Deckung seines Gegners herunterzuzie-
hen, und reflexartig schickte er eine rechte Gerade
hinterher, punktgenau ans Kinn seines Widersachers.
Eine bis zur Erschöpfung geübte Kombination, die er
instinktiv abgerufen hatte. Volltreffer!

Willi kapierte nicht sofort, was geschehen war. Sein
völlig überraschtes Gegenüber wackelte ganz erheblich, geriet ins Straucheln, taumelte mit schmerzver-
zerrtem Gesicht im Rückwärtsgang durch den Ring,
doch bevor der Wankende die rettenden Seile erreichte, verweigerten ihm seine Beine den Dienst, er knickte
ein, kniete kurz nieder, als wollte er beten, und kippte
schließlich zur Seite, um regungslos auf dem Ringbo-
den liegen zu bleiben. Der Referee beugte sich über den
offensichtlich Bewusstlosen, zählte langsam bis neun
und kreuzte dann mehrmals die Arme über dem Kopf.
Der Kampf war zu Ende. Aus und vorbei!

Es dauerte lange, bis Willi auch nur halbwegs verstand, was er soeben vollbracht hatte. Knock-out am
Ende der siebten Runde! Erst der wie mit Urgewalt auf-
brausende Jubel des Publikums, die nicht enden wol-
lenden »Willi«-Rufe und sein Freudenschreie ausstoß-
ßender und wie aufgezogen umherhüpfender Trainer
Fritz Köhler ließen ihn allmählich ahnen, dass er es tatsächlich geschafft hatte. Er hatte den Kampf wirklich
gewonnen! Auch Willi riss nun endlich die Arme in die
Höhe, sprang in jeder Ecke einmal in die Seile mit dem
Gesicht zum Publikum und brüllte sich all die nahezu
unmenschlichen Kraftanstrengungen und seelischen

Anspannungen der letzten Tage und vor allem die des soeben beendeten Kampfes aus dem Leib. Dieser Sieg war bitter notwendig. Mit seinen neununddreißig Jahren blieb Willi nicht mehr viel Zeit, um seine Karriere als Boxer mit einem Titel zu krönen. Die Halle tobte.

Der Ringrichter rief die beiden arg lädierten Kontrahenten – auch der Verlierer konnte sich inzwischen wieder leidlich auf den Beinen halten – in die Mitte der Kampfarena, um das offizielle Urteil zu verkünden. Doch lange Zeit geschah nichts. Erwartungsvolle Blicke richteten sich auf die Punktrichter. Die debattierten mit gedämpften Stimmen, dafür nicht minder erregt.

Einen von ihnen kannte Willi nur zu gut. Das war der Heinz Lewandowski, ein unangenehmer Zeitgenosse, ein penibler Erbsenzähler, der schon öfter zu Willis Nachteil entschieden hatte. Weshalb? Das konnte Willi sich auch nicht erklären.

Es dauerte und dauerte. Langsam entstand Unruhe im Publikum. Die Angelegenheit war doch völlig klar. Willi hatte gewonnen. Ganz eindeutig. Durch Knockout in der siebten Runde. Fritz und der gegnerische Trainer gingen zu den Punktrichtern, um sich nach dem Stand der Dinge zu erkundigen, sie wurden jedoch brüsk abgewiesen und in ihre jeweiligen Ecken zurückgeschickt.

Noch immer hielt der Ringrichter jeweils ein Handgelenk der beiden Fighter umklammert, bereit, den Arm des Siegers in die Höhe zu reißen. Dann endlich wurde ihm ein Zettel überreicht. Er las, blickte zu den Punktrichtern und las ein zweites Mal. Und schließlich verkündete er das lang erwartete Urteil des Kampfgerichtes: »Der Boxer Willi Overbeck wird wegen Tiefschlags in der siebten Runde disqualifiziert!«

Ein gellendes Pfeifkonzert ertönte augenblicklich in der Halle. Das Publikum war mit dem Urteil der Punktrichter überhaupt nicht einverstanden. Und wieder hatte Willi erhebliche Schwierigkeiten, das eben Gehörte sogleich richtig einzuordnen. Verständnislos blickte er zu seinem Trainer, dann zum Ringrichter und schließlich zu den Punktrichtern. Das war doch kein Tiefschlag! Das war doch eindeutig ein Leberhaken! Und dann die krachende Gerade zum Kinn! Völlig regelkonform! Der Ringrichter hatte doch auch gar nicht eingegriffen! Willi verstand die Welt nicht mehr. Er fühlte sich betrogen. Und zwar von Heinz Lewandowski. Und das nicht zum ersten Mal.

»Was hat der denn gegen mich? Ich hab dem doch überhaupt nichts getan! Wieso macht der das?« Willi verstand die Welt nicht mehr. Und auch Trainer Fritz Köhler wusste keine befriedigende Antwort. »So ist das nun mal beim Boxen, Willi. Du kennst doch das Geschäft. Mit Fairness und Gerechtigkeit hat das oft nur wenig zu tun.« Aber noch wollte Willi sich mit diesem Fehlurteil nicht zufriedengeben. »Muss ich mir das denn gefallen lassen, Trainer? Wieso kommt der Lewandowski damit durch?«

Aus der Ferne drangen noch immer Pfiffe und Unmutsrufe bis zu ihnen in die Kabine durch. »Hörst du, Fritz? Die Leute haben's doch auch gesehen. Die wissen, dass ich betrogen wurde. Wieso gibst du so schnell auf?« Köhler winkte müde ab. »Lass mal gut sein, Willi. Zeig ihnen einfach beim nächsten Fight, dass du der Champion bist. Deinen besten Kampf hast du heute auch wirklich nicht abgeliefert.«

Willi stand auf und verließ, ohne ein weiteres Wort zu verlieren, den Raum, indem er die Tür heftig hinter sich ins Schloss knallte. Er lief nahezu orientierungslos durch das Labyrinth der spärlich beleuchteten Katakomben-Gänge. Menschen, die ihm entgegenkamen, nahm er kaum wahr. Er suchte den Ausgang, wollte nur weg. Von diesem Ort, von seiner Enttäuschung, von seiner Wut. Alles, was in den letzten Sunden passiert war, kam ihm wie ein böser Traum vor.

* * *

Endlich stand er draußen. Inhalierte die kühle Nachtluft und begann augenblicklich zu frieren. Langsam kam er zu sich. Man *spielt* Fußball, man *spielt* Tennis, aber Boxen? Nein, Boxen spielt man nicht. Boxen ist kein Spiel. Ein Boxer bringt alles ein, was er ist. Er hat im Ring nur sich allein. Als Boxer bist du der einsamste Mensch der Welt, dachte Willi. Das waren Gedanken, die ihm in diesem Moment durch den Kopf gingen. Was sollte er tun? Wie ging es weiter? Wohin sollte er gehen?

Auf der gegenüberliegenden Straßenseite blinkten ihm die Lichter einer Kiezkneipe entgegen. Wie ferngesteuert überquerte Willi die Fahrbahn. Ein großes Bier und ein paar Schnäpse – das wäre jetzt genau die richtige Medizin gegen seinen unermesslichen Frust. Als er die schummrig beleuchtete Spelunke betrat, verstumm-

240

ten augenblicklich sämtliche Gespräche. Alle Augen der meist schäbig gekleideten Trinker waren auf ihn gerichtet.

»Ey, was ist denn mit dir passiert, Alter? Bist du vom Bus überrollt worden, oder was?«, tönte es, von der Theke her, gefolgt vom höhnischen Gelächter der übrigen Gäste. An seine geplatzte Augenbraue hatte Willi überhaupt nicht mehr gedacht. »Und wie läufst du überhaupt rum? Warst du in der Sauna, oder wie?« Willi blickte an sich hinunter. Dünner, vom Schweiß noch feuchter Trainingsanzug, Handtuch um die Schultern, Badelatschen. Klar, dass die sich über seinen Aufzug wunderten. »Kann ich 'n großes Bier und 'n doppelten Klaren haben?«, fragte Willi und verzog sich in die hinterste Kneipenecke. Der Wirt brachte ihm das Gewünschte, wobei er ein gedankenloses *Wohlsein* murmelte. Da war das lüsterne Interesse der Gäste auch schon wieder erloschen, sie wandten sich von Willi ab, um ihr belangloses Kneipengeplapper fortzuführen.

Das kühle Bier tat gut, der Schnaps breitete sich wohlig warm in seinem Körper aus, ließ ihn etwas zur Ruhe kommen. Wann hatte er zuletzt etwas getrunken? Vor drei, vier Monaten? Schon spürte er die Wirkung des ungewohnten Alkohols, was ihn aber nicht davon abhielt, dasselbe noch einmal zu bestellen: ein großes Bier und einen doppelten Schnaps. Er schüttete beides in sich hinein und rief dann nach dem Wirt: »Zahlen, bitte!«

Willi griff in seine Hosentasche. Verdammte Axt! Natürlich hatte er kein Portemonnaie bei sich. »Na, was ist jetzt?«, zischte der Wirt in gereiztem Ton. Willi zuckte mit den Schultern. »Kein Geld dabei.« Der Kneipenmann riss seine wässrigen Augen weit auf. »Sag mal, was bis du denn für 'n komischer Vogel? Kommst hier rein mit deiner zermatschten Visage und deinen dämlichen Klamotten, säufst dir die Hucke voll und willst nicht bezahlen? Ich glaube, ich spinne!«, schrie er. Für einen Moment herrschte Totenstille in der Kaschemme. »Ich rufe meinen Trainer an, dann kann der für mich bezahlen«, sagte Willi. Wieder dröhnendes Hohngelächter der abgerissenen Nachtschwärmer in dieser armseligen Absteige. Einer grölte: »Habt ihr das gehört? Er ruft seinen Trainer an, und der bezahlt für ihn! Das mach ich ab jetzt auch. Hey, Trainer, komm mal eben vorbei, bin grad etwas klamm. Ich lach mich tot!« Nervös tastete Willi seine Hosentaschen ab. Klar, sein Handy war noch in der Kabine. »Kann ich mal telefonieren?« bat er.

»So, jetzt reicht's mir aber«, brüllte der Wirt, sprang mit ein paar schnellen Schritten hinter der Theke hervor, packte mit beiden Händen das Handtuch, das noch immer um Willis Hals hing und versuchte, es wie eine Schlinge zusammenzuziehen. »Entweder zu bezahlst jetzt auf der Stelle deinen Deckel, oder ich mach dich platt.«

Ohne zu überlegen, agierte Willi wie auf Knopfdruck. Noch ehe der wütende Wirt seine Drohung vollständig ausgesprochen hatte, lag er auch schon rücklings auf dem Boden und hielt sich beide Hände vors Gesicht. »Der hat mir die Nase gebrochen«, jammerte er. »Der hat mir wirklich die Nase gebrochen. Das tut so verdammt weh!« Blut sickerte zwischen seinen Fingern hervor. Die Blicke der Kneipengäste wanderten mit ungläubigem Staunen zwischen Willi und dem greinenden Wirt hin und her. Niemand sagte ein Wort.

In diesem Augenblick öffnete sich die Kneipentür, und zwei weitere Besucher kamen herein: Willis Trainer Fritz Köhler und ein uniformierter Polizeibeamter. »Mensch Willi, was machst du bloß für 'n Scheiß! Wieso bist du einfach weggelaufen? Ich hab mir echt Sorgen gemacht! Und wieso liegt der Mann da auf dem Boden?« Der Polizeibeamte half dem lädierten Wirt auf die Beine und lehnte ihn gegen die Theke. »Der wollte nicht bezahlen, und dann hat er mich auch noch geschlagen. Und außerdem erstatte ich Anzeige wegen vorsätzlicher Körperverletzung«, schimpfte der Wirt. »Was wollte er denn nicht bezahlen?«, hakte Fritz Köhler nach. »Na, seine Biere und seine Schnäpse, was denn sonst?«, polterte der Wirt.

»Du, das ist doch … das ist doch … wie heißt der gleich? … Genau, Willi Overbeck, der Boxer, ist das«, raunte ein Kneipengast seinem Gegenüber zu, »der kam mir gleich irgendwie bekannt vor.« Der Trainer zog einen Hundert-Euro-Schein aus der Tasche und legte ihn neben dem Wirt auf die Theke. »Stimmt so«, sagte er. Dann schob er Willi, der in den letzten Minuten nicht ein einziges Wort von sich gegeben hatte, quer durch die Kneipe in Richtung Ausgang.

»Sag mal, bist du denn komplett bescheuert?«, schimpfte Köhler, nachdem sie die Spelunke verlassen hatten und auf der nächtlichen Straße standen. »Haust einfach ab, verkriechst dich in so einer miesen Absteige und trinkst auch noch Alkohol! Von deinem Ausraster gegenüber dem Wirt will ich erst gar nicht reden! Das kann das Ende deiner Karriere bedeuten! Weißt du das? Ist dir das eigentlich klar?« Der Trainer war außer sich vor Empörung. »Ist doch sowieso egal«, sagte Willi, »hat doch alles keinen Sinn mehr! Hast du doch heute Abend selbst gesehen.«

»Was ich gesehen habe, ist, dass noch eine Menge Kraft in dir steckt«, sagte Köhler. »Du darfst dich jetzt nicht hängen lassen, das wäre grundverkehrt. Unser Weg ist noch nicht zu Ende, verstehst du. Ich mach dir einen Vorschlag: Einen einzigen Kampf noch, Willi. Und zwar zu meinen Bedingungen. Nach meinen Regeln. Einverstanden?« Der Trainer streckte Willi seine Hand entgegen. Die beiden blickten sich in die Augen. Nach kurzem Zögern schlug Willi ein. »Einverstanden«, sagte er leise. Dass der Wirt schon am Morgen nach dem Vorfall in der Kneipe seine Anzeige wegen Körperverletzung zurückgezogen hatte, begünstigte Köhlers und Willis Pläne.

* * *

Schon ein paar Tage darauf brach sie wieder über ihn herein, die ungeliebte, aber notwendige Trainingsquälerei. Immer bis an die körperlichen und mentalen Grenzen. Manchmal sogar darüber hinaus. Der Tag begann im Morgengrauen mit Ausdauerläufen, mindestens fünfzehn Kilometer. Seilspringen, mit gekreuzten Armen, wechselnden Beinstellungen, auch schon mal zwei Seilschläge pro Sprung. Krafttraining mit Eisen.

Stretching-Übungen. Schattenboxen mit imaginären Gegnern. Rechtsauslage, Linksauslage. Arbeit am Sandsack und an der Bretterbirne – ratataratataratata. Zwischendurch kam Köhler immer wieder mit den Pratzen, um bestimmte Schlagkombinationen mit Willi einzuüben. Natürlich Sparringskämpfe mit unterschiedlichen Boxern. Jede Menge taktische Besprechungen. Tag für Tag. Und das nicht enden wollende zwölf Wochen lang.

Eines Morgens brachte Köhler eine Tageszeitung mit ins Trainingscamp. »Hier, guck dir das mal an. Der Lewandowski steht in der Zeitung. Hat den Dennis Scholz geoutet. Riesenaufregung. Wusstest du, dass der Dennis schwul ist?« Dennis Scholz war ein talentierter, beim Publikum sehr beliebter, junger Leichtgewichtsboxer. Wegen seiner langen blonden Locken, die er bei Kämpfen immer zu einem Rasta-Zopf bündelte, hatten ihm Journalisten den Spitznamen *Der Rauschgoldengel mit der Hammerfaust* verpasst. Willi mochte ihn sehr. Dass er schwul war? Ja, das hatte Willi gewusst. Zwar passte es absolut nicht ins öffentliche Meinungsbild, dass ein Boxer homosexuell sein könnte, er musste männlich, stark und vielleicht sogar etwas machohaft sein, doch Willi wusste genau, dass es unter den Boxern mehr als nur einen Schwulen gab. Ähnlich wie bei den Fußballern oder Formel-1-Piloten. Doch darüber wurde nicht gesprochen. Das war noch immer ein Tabuthema. »Dieses elende Schwein«, sagte Willi grimmig, nachdem er den reißerischen Artikel überflogen hatte, »manchmal denke ich, dieser Lewandowski hasst alle Boxer.«

»Oder er ist ein Schwulenhasser«, sagte Köhler. »Egal, Willi, genug gequatscht. An die Arbeit! Der nächste Kampf erledigt sich nicht von alleine.«

* * *

Die Halle in Hamburg war bis auf den letzten Platz besetzt, dennoch war es verhältnismäßig ruhig. Von überall her war vermeintliches Expertenpalaver zu hören, Gelächter, vereinzelte Rufe, Menschen wanderten hin und her. Noch liefen die Rahmenkämpfe. Irgendwann, es musste mittlerweile kurz vor Mitternacht sein, war es endlich so weit: Der Ringsprecher kündigte den Hauptkampf des Abends an und rief die Kontrahenten in den Ring. Es ging um die Deutsche Meisterschaft im Mittelgewicht. Titelträger Laszlo Varga aus Schwerin gegen seinen Herausforderer Willi Overbeck aus Hamburg. Und dann, noch vor Kampfbeginn, die böse Überraschung: Einer der Punktrichter war wieder einmal – Heinz Lewandowski! Am liebsten hätte Willi den Ring augenblicklich verlassen und auf den Kampf verzichtet.

»Überhaupt nicht drüber nachdenken, Willi! Bleib ganz ruhig. Du machst diesen Fight, und du wirst ihn auch gewinnen. Dann sind wir ein ganzes Stück weiter. Du schaffst das!« Während Köhler seinem Schützling Mut zusprach, lockerte er dessen Schultermuskulatur, fächerte ihm mit einem Handtuch Luft ins Gesicht und gab ihm noch einen Schluck Wasser zu trinken. Der Unparteiische rief die Athleten in die Ringmitte, um sie zur Fairness zu ermahnen. Willis Blick ging zu den

Punktrichtern. Das übliche Niederstarren, das Blickduell, das normalerweise als Psychospielchen direkt vor dem Fight zwischen den Boxern stattfindet, das passierte nun zwischen Willi und Lewandowski. Der kalte Blick des Punktrichters signalisierte: Ich mach dich fertig!

Dann ertönte der Gong zur ersten Runde. Laszlo Varga stürmte zur Ringmitte, ging sofort zum Angriff über, ein wahrer Schlaghagel prasselte auf Willi nieder, doch seine Deckung, beide Fäuste vorm Gesicht, war kompakt. Er tänzelte, sein Oberkörper bog sich jetzt nach allen Seiten, wie ein junger Baum im Wind, während Laszlo zunehmend Luftlöcher schlug. Willi sah die Lücke in der Deckung seines Gegners, der linke Jab krachte zweimal hintereinander direkt auf Laszlos Nase. Der überwand die Distanz, ging in den Infight und verschaffte sich eine Verschnaufpause, indem er klammerte. Willi hob die Arme und blickte zum Unparteiischen. »Break!«, kam seine Anweisung. Doch Varga klammerte weiter. Erst nachdem der Ringrichter laut »Stopp!« gerufen hatte, löste Varga seinen Klammergriff. Der Ringrichter beugte sich zu den Punktrichtern hinab, Lewandowski sagte etwas, das Willi nicht verstand. »Regelverstoß!«, rief darauf der Referee. »Verwarnung wegen Klammerns!« Aber er zeigte nicht etwa auf Varga, sondern auf Willi. Der wollte protestieren, doch aus der Ecke kam Köhlers Anweisung: »Willi, ruhig bleiben!« Die Runde war zu Ende.

Die zweite Runde begann fast wie die erste: Varga stürzte sich auf Willi, um ihn mit wilden, unkontrollierten Schlägen zu traktieren. Willis Doppeldeckung fing die Attacken mühelos ab. Jetzt war er an der Reihe: linke Gerade, rechte Gerade zum Kopf, zwei Aufwärtshaken zum Körper und abschließend ein Jab zum Kopf. Mit dieser Schlagserie hatte Varga wohl nicht gerechnet, er drehte Willi den Rücken zu, um den Schlägen auszuweichen, ein klassisches Foul. Doch der Unparteiische reagierte nicht. Varga versuchte, eine Doublette zu platzieren: linke Gerade zum Körper, linke Gerade zum Kopf. »Willi, die Fäuste hoch!«, brüllte Köhler. Vargas Schläge verpufften auf Willis Deckung.

Willi war dem Titelträger, der sich meistens im Rückwärtsgang befand oder zu klammern versuchte, technisch haushoch überlegen. Der Fight ging über die volle Rundenzahl. Ging es mit rechten Dingen zu, musste Willi nach Punkten weit vorne liegen.

Endlich war der Kampf zu Ende, Willi riss die Arme hoch, er hatte Varga besiegt. Davon war er überzeugt. Er war neuer Deutscher Meister im Mittelgewicht. Glaubte er in diesem Moment. Varga schlich mit gesenktem Kopf und schwer keuchend in seine Ecke.

Der Ringsprecher nahm die Punktezettel entgegen und verkündete, was darauf geschrieben stand. Der erste Punktrichter wertete 120:108 für Willi. Jubel im Publikum. Die Wertung des zweiten Offiziellen rief einige Verwunderung hervor, 114:114, also unentschieden. Und dann kam das entscheidende Urteil, das Willis Träume, Hoffnungen und Sehnsüchte endgültig wie eine Seifenblase zerplatzen ließ: »Punktrichter Heinz Lewandowski wertet 120:108« – an dieser Stelle setzte der Sprecher eine längere Kunstpause, um die Spannung zu erhöhen – »für Varga! Und damit weiterhin

Deutscher Meister im Mittelgewicht, aus Schwerin, Laszlo Varga!« Dass der Sprecher versuchte, während er den Namen des Boxers aussprach, den typischen Singsang des berühmten Ringsprechers Michael Buffer zu imitieren, wirkte zusätzlich peinlich.

Buh-Rufe waren zu hören, dann Pfiffe, zuerst vereinzelt, dann anschwellend lauter und lauter. Pappbecher flogen in den Ring, die Situation drohte zu eskalieren. Immer mehr Menschen drängten aus der Tiefe der Halle nach vorne, einige kletterten in den Ring, alle schrien durcheinander, es gab Pöbeleien, Geschubse und Rangeleien. »Los, raus hier!«, brüllte Köhler, schob seinen Schützling durch die Seile, Boxer und Trainer konnten immerhin ungehindert die tobende Halle verlassen.

Dass es Ärger geben könnte, das hatte Willi von dem Moment an geahnt, als er Lewandowski am Ring sitzen sah. Dass der Kampf aber so bizarr enden würde, das hatte selbst er nicht für möglich gehalten.

Willis komplettes Unverständnis, seine maßlose Enttäuschung, seine totale Hilflosigkeit – all das verwandelte sich zunehmend in abgrundtiefen Hass und grenzenlose Wut. »Ich weiß genau, wie dir zumute ist«, sagte Köhler, während sie hastig ihre Sachen zusammenpackten, um den Heimweg anzutreten.

* * *

Es hatte Willi keine große Anstrengung gekostet, das schmucklose Reihenhaus in Pinneberg zu finden. Zuerst fielen ihm die diagonal gespannten Gardinen auf. Was hatten die für einen Sinn? Dazu passte allerdings der spießige Vorgarten: Kleine, symmetrisch angelegte Beete, abwechselnd bedeckt mit weißen und schwarzen Kieselsteinen. Dazwischen verschlungene Wege, die um merkwürdig beschnittene Ziersträucher herumführten: Kugeln, Korkenzieher, Würfel, Pyramiden. Winzige Rasenflächen mit akribisch abgestochenen Kanten. Auf dem Boden liegende Leuchtkugeln aus Plastik. Ein künstlicher Bachlauf plätscherte emsig in einer Endlosschleife vor sich hin. So wohnte also ein Versicherungsangestellter, der sich nebenberuflich als Punktrichter bei Boxkämpfen betätigte. Willi saß in seinem alten VW-Golf und beobachtete die Szenerie.

Die weiß lackierte Haustür öffnete sich, Lewandowski trat heraus. Er schloss den Briefkasten auf, nahm einige Postsendungen heraus und verschwand wieder im Haus. Ohne dass es ihm bewusst wurde, ballte Willi beide Fäuste. Nach Einbruch der Dunkelheit würde er wiederkommen, einen Schal bis über die Nase ziehen, klingeln, und wenn Lewandowski die Tür öffnete, dann würde er seine verdiente Strafe erhalten.

Als Willi am Abend in Lewandowskis Straße einbog, sah er schon von Weitem die hektisch zuckenden Blaulichter. Polizei- und Rettungswagen parkten direkt vor dem Haus des Punktrichters. Willi sah, wie zwei Sanitäter eine Krankentrage durch den sonderbaren Vorgarten bugsierten. Ein dritter Sanitäter lief, eine Infusionsflasche in die Höhe haltend, nebenher. Auf der Trage festgeschnallt lag regungslos Lewandowski.

Spät in der Nacht betrat Willi die Hamburger Gay-Bar *Für dich*. Trotz des heftigen Gedränges fiel Willis

Blick sofort auf den jungen Mann mit den langen blonden Locken, der dort hinten lässig an der Theke lehnte und Willi von Weitem zuwinkte.

»Kann es sein, dass du etwas schneller warst als ich?«, fragte Willi, als er sich endlich bis zu Dennis durchgekämpft hatte. »Ich bin ja auch ein paar Jahre jünger als du, alter Mann«, sagte Dennis lachend. Die anschließende Umarmung der beiden Boxer mündete in einen leidenschaftlichen Kuss.

Pilatesurlaub

SABINE TRINKAUS

Ich denke noch immer gern an den Sporturlaub. Schön war das, wirklich schön. Da sind wir uns heute alle einige, die Iris, die Ulla, die Anke, die Franzi und ich. Und auch der Lambert. Wenn wir so zusammensitzen, dann sagen wir oft: Schön war das im Sporturlaub, und ich schaue heimlich kurz zum Lambert rüber, der in seiner Ecke sitzt und nichts sagt. Das muss er auch nicht. Der Lambert und ich, wir haben uns nämlich immer auch ohne Worte verstanden.

Allein das Sport-Hotel. Ein Traum. Schwimmbad, Sauna, Wellness, Massagen, das Essen und der Wein, der ganze Service, tippitoppi, da hat wirklich alles gestimmt.

Alles – bis auf die Zarah jetzt. Aber über die reden wir nicht mehr oft. Also – eigentlich gar nicht mehr. Obwohl die Zarah ja eigentlich irgendwie der Grund war, dass wir zusammen in den Sporturlaub gefahren sind. Weil Sport ja wichtig ist, vor allem in unserem Alter. Auch wenn es natürlich Risiken und Nebenwirkungen gibt. Solche wie die Zarah, zum Beispiel.

Zarah mit Z jetzt. Da hätte man gleich Bescheid wissen können. Aber damals, als sie zu uns ins Dorf gezogen ist, da konnten wir nicht so wählerisch sein. Weil wir ja schließlich wussten, dass Sport wichtig ist. Und damit war halt Essig im Dorf. Da gab es nur den Bolzplatz, das war nicht so das, was uns vorschwebte, der Iris, der Ulla, der Anke, der Franzi und mir. Und die Zarah war ja Turnlehrerin. Pilates jetzt, kannten wir nicht, haben wir aber geschaut. Das ist wie Turnen, und sie hat einen Kurs angeboten, die Zarah, immer Donnerstag im Dorfgemeinschaftshaus. Das war natürlich praktisch, und darum haben wir uns natürlich angemeldet. Obwohl: Zarah mit Z. Und auch, wie die aussah. Wusste man eigentlich gleich schon Bescheid. Dürr wie eine Zaunlatte. Die Zarah war ein sehr gutes Beispiel dafür, dass Frauen in unserem Alter ein paar Pfund zu viel wesentlich besser zu Gesicht stehen als ein paar zu wenig.

Spaß konnte sie auch keinen vertragen. Die hat alles immer furchtbar ernst genommen. Pilates vor allem, und zwar nicht nur vom Turnen her, sondern auch ganzheitlich-spirituell. Sie war ziemlich streng und hat dauernd rumgemäkelt, sogar daran, wie wir atmen. Das war so ihre Kernkompetenz. Nicht atmen jetzt, sondern mäkeln.

Und das hat sich halt im Sporturlaub ziemlich negativ bemerkbar gemacht. Das fing schon beim Frühstück an. Dieses beleidigte Gesicht immer. Nur weil die Iris, die Ulla, die Anke, die Franzi und ich es halt meistens irgendwie doch nicht geschafft haben zum Turnen vor dem Frühstück. Man will ja auch mal ausschlafen im

Urlaub, und man soll nicht übertreiben mit dem Sport, aber das hat Zarah natürlich anders gesehen. Faul sind wir, hat sie gesagt, außerdem unverschämt und undankbar, und dass das, was wir da machen, mit Sporturlaub nun wirklich gar nichts zu tun hat. Obwohl sie im Grunde keinen Grund zum Meckern hatte. Der Lambert ist nämlich immer gekommen zum Pilates, pünktlich und motiviert. Ist letztlich doch egal, ob man zu zweit turnt oder zu siebt. Aber der Zarah war ja jeder Grund zum Nörgeln recht. Das konnte die gut.

Genau wie: so gucken.

Beim Frühstück, jetzt, auf meinen Teller. Ganz normaler Teller, natürlich, Brot, Wurst, Käse und Marmelade, gebratene Eier und so, Sporturlaub macht halt sehr hungrig. Und wissen Sie, mir persönlich ist das vollkommen recht, wenn jemand denkt, dass Weißmehl und Zucker und Eier und Milchprodukte und Kaffee nicht gut für die innere Balance sind. Das muss ja jeder selbst wissen. Ganz sicher muss man aber nicht so gucken, auf anderer Leut's Teller. Und dann noch kommentieren.

»Gleich noch ein halbes Schwein auf Toast? Zum Abrunden?«, hat sie gesagt. In so einem Ton, dass einem gleich alles vergeht. Hätte der Lambert nicht mit am Tisch gesessen, ich hätte mich vergessen. Aber er hat die Situation schnell gerettet. »Ja, unsere Barbara«, hat er gesagt und gelacht. »Die packt ordentlich was weg.«

Das war typisch für Lambert, so eine Bemerkung. Wir haben nämlich immer auf so einer ganz subtilen Ebene kommuniziert. Für die Zarah hat es geklungen, als stimme er ihr zu. Aber ich wusste natürlich, was er wirklich sagen wollte. Dass er Frauen mit einem gesunden Appetit mag, nämlich, sinnliche Frauen, an denen auch was dran ist. Weil der Lambert aber so rücksichtsvoll ist, hätte er der Zarah natürlich nie ihr lustfeindliches und essgestörtes Verhalten offen vorgeworfen. Der Lambert ist nämlich wirklich ein ganz feiner Mann, das muss man sagen. Und darum hab ich ja auch immer da gesessen, bei ihm und der Zarah, beim Frühstück. Und auch beim Abendessen.

Natürlich hätten wir auch alle zusammensitzen können. Die Iris, die Ulla, die Anke, die Franzi und ich und der Lambert und die Zarah. Das hat der nette Herr vom Hotel gesagt, am ersten Abend, dass er uns gern einen entsprechenden Tisch richten kann. Aber da war natürlich die Franzi vor. Ganz und gar nicht nötig, hat sie gesagt, nur keine Umstände. Und darum haben dann halt die Iris, die Ulla, die Anke und die Franzi zusammengesessen. Und ich halt bei Lambert und Zarah.

Ich fand das eigentlich nicht so nett. Andererseits war es mir natürlich auch ganz recht. Wegen Lambert jetzt. Und dann auch sonst. Sie sind meine Freundinnen, die Iris, die Ulla, die Anke und die Franzi, meine besten Freundinnen, schon ewig. Aber trotzdem muss man auch mal sagen, dass sie sich manchmal nicht so gut benehmen. Manchmal sogar schlecht, so wie im Sporturlaub zum Beispiel, und ganz besonders dem Lambert gegenüber. Nicht nur im Sporturlaub, das fing ja zu Hause schon an.

Als er gefragt hat, ob er mitmachen darf beim Pilates. Das hat ihn nämlich sehr interessiert, sportlich und ganzheitlich-spirituell jetzt. Und wie die Franzi sich da aufgeführt hat, das war schon schlimm. Das fehlt ihr noch, hat sie gesagt, der nervtötende langweilige Klug- scheißer beim Turnen, das käme gar nicht in die Tüte. Ich fand das wirklich ziemlich schäbig. Natürlich ist der Lambert ein bisschen speziell, immer schon gewe- sen. Sehr vergeistigt, jetzt, total interessiert an Sachen, die halt sonst niemanden interessieren. Aber so schlimm, wie die Franzi getan hat, war er nun nicht. Abgesehen davon, dass die sich durchaus auch mal an die eigene Nase hätte fassen können, weil sie ja nun auch ihre anstrengenden Seiten hatte. Diese Rechthabe- rei, zum Beispiel, immer so Totschlagargumente. Sie müsse das wohl am besten wissen, hat sie nämlich auch gesagt, das mit dem Lambert, immerhin wäre sie ja seit fast vierzig Jahren mit dieser Fleisch gewordenen Lan- geweile verheiratet.

Was soll man dagegen schon sagen? Die Iris, die Ulla und die Anke haben dann natürlich ihren Mund gehal- ten. Und ich auch, obwohl ich persönlich ja fand, dass das eine gute Idee war, dass der Lambert mitturnt. Schon allein optisch, jetzt, weil er wirklich ein schöner Mann ist, der Lambert, der hat sich tippitoppi gehalten. Und wenn Sie mich fragen, hat die Franzi deshalb auch nachgegeben, am Ende. Der war nämlich schon klar, dass der Lambert in seiner Turnhose eine wirklich gute Figur macht und beim Pilates gar nicht so vergeistigt rüberkommt, sondern ziemlich verkörperlicht. Und dass wir anderen dann natürlich ein bisschen Stielau- gen machen, das wusste die auch genau, und darum hat sie dann doch erlaubt, dass er mitturnt. Angegeben hat die Franzi nämlich schon immer gern.

War aber egal, weil schnell klar war, dass es wirklich ein Segen war, den Lambert dabeizuhaben. Nicht nur optisch, sondern auch wegen der Zarah. Die war ja vorher sehr anstrengend, weil sie fand, dass wir das alle nicht ernst genug nehmen, sportlich und ganzheitlich-spirituell. Und darum hat sie uns ziemlich getriezt. Mit Lambert kam sie gar nicht mehr dazu. Seine Motivation war nämlich tippitoppi, sportlich und ganzheitlich-spirituell, und er hatte immer viele Fragen zu Balance und Body Awareness und so. Das hat die Zarah von uns abgelenkt. Sogar das Belohnungsgetränk nach dem Sport war viel schöner, weil sie keine Zeit mehr hatte, spitze Bemerkungen über Alkohol und Balance zu machen, sondern ganz mit dem Lambert beschäftigt war. Man hat kaum noch gemerkt, dass sie da war, und das war eigentlich gut für alle.

Bloß bei der Sache mit dem Sporturlaub hat es sich dann gerächt. Wir hatten nämlich ganz vergessen, dass sie da ist, als die Anke vorgeschlagen hat, doch mal wegzufahren, Sporturlaub, quasi, alle zusammen, sie kannte da ein schönes Sporthotel. Und wir haben gelacht und waren gleich Feuer und Flamme. Und dann hat die Zarah plötzlich gesagt, dass sie das für eine ausgezeichnete Idee hält, denn ein bisschen Konzentration auf das Wesentliche könnten wir alle weiß Gott vertragen. In so einem Ton, dass wir sofort aufgehört haben zu lachen, weil wir verstanden haben, dass wir aus der Nummer jetzt nicht mehr rauskommen. Und darum ist sie halt mitgefahren, und darum hab ich mich oft geärgert über die Iris, die Ulla, die Anke und ganz besonders über die Franzi. Wegen Lambert jetzt, weil es mehr als offensichtlich war, dass wir allen Grund hatten, dem Lambert dankbar zu sein. Ohne ihn wäre nämlich Essig gewesen mit Urlaub und Wellness und Erholung. Aber die Iris, die Ulla, die Anke und vor allem die Franzi haben trotzdem die ganze Zeit nur auf ihm rumgehackt. Ständig Witze auf seine Kosten, dauernd haben sie ihn ausgelacht. Und auch sonst waren sie ein bisschen peinlich. Am Abend, zum Beispiel, an der Hotelbar, da haben sie immerzu mit den Herren poussiert, die Iris, die Ulla, die Anke und vor allem natürlich die Franzi. Verheiratete Frauen, immerhin, allesamt, vor allem die Franzi, auch wenn man davon nicht viel gemerkt hat. Das war nicht schön für den Lambert. Aber dass Sensibilität und Rücksicht jetzt nicht so Franzis starke Seite ist, das wusste er ja. Vor allem dann nicht, wenn sie was getrunken hatte. Und sie hat schon oft was getrunken. Vor allem im Sporturlaub.

Zum Glück hatte der Lambert ja immer schon eine Engelsgeduld. Der hat einfach getan, als würde er das alles gar nicht merken. Hat sich tadellos benommen. Beim Frühstück jetzt zum Beispiel. Wenn er sein Birchermüsli aufgegessen hatte, dann ist er immer gleich aufgesprungen, ganz energetisch. »Wollen wir dann?«, hat er zur Zarah gesagt. Da ist mir dann immer gleich wieder das Herz aufgegangen. Weil das halt wieder ganz typisch war für den Lambert. Natürlich haben die Iris, die Ulla, die Anke und vor allem die Franzi das gleich wieder gegen ihn verwendet, von wegen: unhöflich, einfach zu gehen, wenn einer noch nicht fertig ist mit Frühstück. Aber der Lambert hat halt genau gespürt, dass ich keinen Bissen genießen kann, solange die Zarah da hockt und so schaut. Im Unterschied zu den anderen war mir klar, was für ein Opfer er jeden Tag bringt. Er hat auf alles verzichtet, was einen Urlaub schön macht. Stattdessen ist er stundenlang mit Zarah unterwegs gewesen, hat sich dabei Sermone über Powerhouse und Spiritualität angehört, dazwischen ständig Atemübungen und Pilates-Einheiten. Das hat er ja nicht aus Vergnügen getan. Sondern um uns die Zarah vom Hals zu halten. Aber daran haben die Iris, die Ulla, die Anke und vor allem die Franzi keinen Gedanken verschwendet. Nicht beim Frühschoppen auf der Terrasse, nicht in der Sauna oder bei der Massage oder am Pool, nicht beim Kuchen am Nachmittag oder beim Apero am Abend. Mit Dankbarkeit hatten sie es gar nicht, die waren viel zu beschäftigt damit, nach anderen Männern zu schielen, zu gackern und sich aufzuführen, peinlich war das, wirklich peinlich.

Der Lambert und die Zarah sind immer erst wieder zum Abendessen aufgetaucht. Kurz dann meistens, denn die Zarah fand ja, dass das übertrieben ist mit den vielen Gängen und dass das Süppchen reicht, weil zu viel Essen ganz schlecht für die innere Balance ist. Und da hat der Lambert sich halt wieder geopfert und sich nach ihr gerichtet und ist dann immer ganz schnell wieder aus dem Restaurant verschwunden, mit ihr in den Gymnastikraum für ein paar Übungen oder auf die Wiese oder in den Wald, zum Atmen oder Meditation, dann ab ins Bett, weil am nächsten Tag ja früh raus zum Turnen.

Im Sporturlaub hab ich schon oft gedacht, dass der Lambert ein reiner Heiliger ist. Er hat nie an sich gedacht, selbstlos war er. Und ich war ihm sehr dankbar, obwohl ich es natürlich ein bisschen schade fand, dass er sich so geopfert hat, zeitlich jetzt. Ich war nämlich eigentlich ganz gern mit dem Lambert zusammen. Rein optisch natürlich, aber auch sonst. Ich fand den nie so anstrengend, wirklich nicht. Er hat mit mir ja auch nie so viel geredet. Weil wir halt immer schon diese tiefe, seelenverwandte Beziehung hatten. Und natürlich ging es auch um Diskretion. Denn so eklig die Franzi immer zum Lambert war, sie war auch ziemlich besitzergreifend. Meine beste Freundin, seine Ehefrau, natürlich hat der Lambert sich moralisch immer tippitoppi verhalten. Von außen hätte man denken können, dass er mich kaum zur Kenntnis nimmt. Das mit uns war im Grunde schon metaphysisch. Und das war gut so, obwohl ich manchmal schon gedacht habe, dass ein bisschen weniger meta und ein bisschen mehr physisch gar nicht so verkehrt gewesen wäre.

Vor allem, wenn ich was getrunken hatte. Das hab ich natürlich auch, ab und zu, im Sporturlaub. War schließlich Urlaub. Und wirklich schön, abends in der Hotelbar, sehr gemütlich und auch stilvoll. Trotz Iris und Ulla und Anke und vor allem natürlich Franzi mit ihrem Benehmen. Vulgär war das, wirklich, die ganze Zeit haben sie nach den Männern geschielt und dabei ziemlich viel Wein getrunken. Und an dem einen Abend kamen dann auch noch Schnäpschen ins Spiel, da wurde es dann ganz schlimm. Sie sind noch alberner geworden als sonst, haben furchtbar gegackert, und dann wurden sie gemein und haben wieder über den Lambert gelästert, ganz gemeine Witze, und noch mehr

Gegacker. Vor allem die Franzi, natürlich, die hat sich an dem Abend ja regelrecht festgebissen an dem Thema. Sie hat gesagt, dass er sich vermutlich umgehend von Hoteldach stürzen würde, der Lambert, wenn Zarah-Zimtzicke ihm sagt, dass das gut ist, ganzheitlich-spirituell. Und dass er sicher schlimme Blähungen kriegt, weil er nur noch Müsli und Rohkost frisst und grünen Tee trinkt und es mal wieder absolut übertreibt, willenloses Weichei, das er ist. Sehr, sehr gemein. Und die Iris und die Ulla und die Anke haben sich totgelacht und in dieselbe Kerbe gehauen. Ich hab mich zurückgehalten. Ich kenne das nämlich schon, das ist so ein Thema. Männer jetzt. Wenn ich was dazu sage, krieg ich immer gleich diese Blicke. Weil ich ja keinen habe. Das stimmt. Darum kann ich nicht mitreden, sagen sie. Das stimmt nicht wirklich. Ich könnte zum Beispiel die Franzi durchaus daran erinnern, wie das war, damals, mit dem Lambert. Wie die sich an den rangewanzt hat, ihn so mit Beschlag belegt, dass er ja quasi gar nicht gemerkt hat, dass es noch andere Frauen auf der Welt gibt. Mich jetzt zum Beispiel. Dabei wusste die Franzi ihn ja damals schon nicht zu schätzen. Die wollte ihn doch nur, weil er so schön war. Sie war immer schon sehr oberflächlich und total fixiert auf Äußerlichkeiten. Damals hat sie ihn total eingewickelt, und als er dann endlich verstanden hat, worauf er sich da eingelassen hat, war es ja längst zu spät. Für uns jetzt, für mich. Denn ein Mann wie der Lambert, der steht zu seinem Wort, in guten und in schlechten Zeiten, selbst wenn immer schlechte Zeiten sind. Und darum ging das mit ihm und mir eben nur so metaphysisch. Betonung auf meta, leider. Damit habe ich mich abfinden müssen, und das habe ich ja auch, aber trotzdem hat es mich natürlich ziemlich geärgert, dass die Franzi so gar nicht zu schätzen wusste, was sie am Lambert hatte. Nicht nur optisch jetzt. Auch sonst. Sie hätte ja nur der Iris, der Ulla und der Anke mal zuhören müssen, wenn die über ihre Männer geschimpft haben. Dann hätte sie vielleicht gemerkt, dass sie hübsch fein dankbar sein kann für den Lambert. Aber das war halt nicht so ihre Stärke. Zuhören. Oder Dankbarkeit.

Es war einfach manchmal ärgerlich, dass ihr nie auch nur der Gedanke gekommen ist, dass der Lambert vielleicht gar nicht der falsche Mann für sie ist, sondern sie die falsche Frau für den Lambert.

An diesem einen Abend im Sporturlaub in der Bar, da musste ich mir wirklich auf die Zunge beißen. Schon wegen der Schnäpschen. Und weil es noch viel unschöner wurde. Auch wegen der Schnäpschen. Die verträgt die Franzi nämlich nicht so gut, und darum war sie dann ziemlich voll und hat sich quasi öffentlich entleert, verbal jetzt, thematisch in so einem Bereich, von dem ich nun wirklich gar nichts hören wollte. Körperlichkeiten nämlich.

Ich wusste ja, dass die Franzi und der Lambert schon lange getrennt schlafen. Weil die Franzi so schnarcht, auch wenn sie das nicht zugibt. Aber darum ging es leider gar nicht an dem Abend, sondern mehr um diese anderen Dinge im Schlafzimmer. Und zwar sehr prinzipiell. Prinzipiell, hat sie nämlich gesagt, die Franzi, war das ja von Anfang an ein Griff ins Klo mit dem

Lambert. Lauwarmer Lambert hat sie gesagt, Labber-lambert, da kann man gleich mit einer Flasche Sagrotan in die Kiste springen, Leidenschaft und Lambert, hat sie gesagt, zwei Welten prallen aufeinander. Und darum wäre sie eigentlich ganz froh, dass jetzt endgültig tote Hose ist beim Lambert, und zwar im wörtlichen Sinn. Wär ihr egal, sowieso. Mir war das sehr unangenehm. Das Thema an sich, und auch, dass sie sich so öffentlich darüber ausgebreitet hat, was sich beim Lambert tat oder eben nicht. Natürlich habe ich auch ein bisschen daran gedacht, was für ein Jammer das wäre, wenn wirklich Schluss wär beim Lambert, in Sachen Körperlichkeiten. Vermutlich lag es an den Schnäpschen, dass der Gedanke mich auf eine komische Art sehr traurig gemacht hat. Gesagt hab ich natürlich nichts, Gott bewahre, ich durfte ja eh nicht mitreden bei dem Thema, und außerdem waren alle viel zu betrunken, um so sensible Fragen zu diskutieren. Darum sind wir dann ja auch ins Bett gegangen.

Dummerweise konnte ich nicht einschlafen. Weil mich das wirklich beschäftigt hat, irgendwie, Lambert und die tote Hose. Außerdem hatte ich Kopfschmerzen vom Schnaps, und meine Tabletten waren alle.

Darum bin ich dann aufgestanden. Ich hab mich gekämmt und ein bisschen Make-up aufgelegt und mir den schönen Bademantel angezogen, nicht den kuscheligen vom Hotel, sondern meinen eigenen, mit der Spitze, und bin dann rübergeschlichen. Ich hab ja in Nummer 12 geschlafen, war jetzt nur einmal den Flur runter, zur 6 und zur 7, Franzi und Lambert. Ich hatte wirklich schlimme Kopfschmerzen, und darum hab ich mich dann wohl in der Tür geirrt und aus Versehen beim Lambert geklopft, die 7 jetzt, und nicht bei der Franzi an der 6. Ganz leise natürlich, es war schon nach zehn, und ich weiß ja, dass der Lambert einen sensiblen Schlaf hat. Er hat auch ganz komisch gestöhnt, hinter der Tür, und als ich gerade überlegt habe, ob ich noch mal klopfe, da ist die Tür von der 6 aufgegangen, und die Franzi stand da und wollte wissen, was ich da mache. Sie sah ziemlich schlimm aus in ihrem ausgeleierten Schlafanzug, schlampig abgeschminkt und die Haare ganz platt vom Kissen. Mir war das natürlich ein bisschen unangenehm, ich hab ihr schnell erklärt, dass ich mich wohl vertan hab mit der Zimmernummer und dass ich sie fragen wollte, ob sie eine Kopfschmerztablette für mich hat. Dabei hab ich sie immer ansehen müssen. Weil ich den Anblick irgendwie beruhigend fand. Er hat durchaus einiges erklärt, hinsichtlich toter Hose jetzt, und gleichzeitig Raum für Hoffnung gelassen.

Sie hat gesagt, dass ihre Kopfschmerztabletten auch alle sind, aber dass ich dann ja goldrichtig bin, denn der Lambert, der hätte garantiert seine gesamte Hausapotheke dabei und vermutlich auch Malariamittel und Antiserum gegen Schlangenbisse in seinem Kulturbeutel. Und dann hat sie einfach die Tür aufgemacht.

Das stand ihr natürlich zu, als Ehefrau, aber ich fand trotzdem, dass sie ruhig hätte klopfen können. Und dann fand ich sogar, dass sie unbedingt hätte klopfen müssen, denn dann wäre uns dieser durchaus verstörende Anblick vermutlich erspart geblieben. Ich weiß noch, dass ich ganz kurz dachte, dass sie doch ein bisschen recht hat, die Franzi, dass er wirklich zum Übertreiben neigt, der Lambert. Sein Interesse in allen Ehren, aber dass er mitten in der Nacht Pilates übt, dazu noch ohne Kleider, das war wirklich ein bisschen sonderbar. Ich hab einen Moment gebraucht, um zu verstehen, was mir da entgegenleuchtet. Nicht Lamberts Gesicht nämlich, sondern eher das Gegenteil, also, die andere Seite, die untere. Er befand sich in einem pilatestechnisch ziemlich einwandfreien Roll Over. Und grundsätzlich war an dem Anblick nichts auszusetzen, wenn man sich erst einmal orientiert hatte, körperlich jetzt. Wirklich gestört hat mal wieder die Zarah, die auch nichts anhatte und sich in wenig ästhetischer, irritierender Nähe zu Lamberts Körper befand. Bevor ich den Zusammenhang genau begreifen konnte, hat mich die Franzi abgelenkt. »Das geht jetzt wirklich zu weit«, hat sie nämlich gesagt, dabei ziemlich erbost geklungen, »jetzt reicht's mir aber!« Und dann ist sie vor Aufregung wohl gestolpert, und ihr Fuß ist aus Versehen in Lamberts präsentiert-präsentablem Schwerpunkt gelandet.

Er ist dann übers Genick schräg nach hinten abgerollt, und es hat ziemlich böse geknackt. Und die Zarah hat sehr schrill und hysterisch gekreischt. Und meine Kopfschmerzen sind wirklich schlimm geworden. Darum kann ich mich auch nicht mehr im Detail erinnern, was dann passiert ist. Natürlich war die Hölle los, alles voller Leute, große Aufregung. Ich weiß noch, wie die Franzi gezetert hat, weil die Herren vom Rettungshubschrauber darauf bestanden haben, dass sie mitfliegt, obwohl sie das nicht wollte.

Die Iris, die Ulla, die Anke und ich sind aber geblieben. Der Franzi und dem Lambert in der Spezialklinik hätte es ja nicht geholfen, wenn wir den schönen Urlaub vorzeitig abgebrochen hätten.

So wie Zarah. Die war einfach weg am nächsten Morgen. Ohne ein Wort des Abschieds. Nicht, dass wir ihr eine Träne nachgeweint hätten, aber unhöflich fanden wir das schon.

Sie war auch weg, als wir nach Hause kamen. Ist offenbar umgezogen, keiner wusste, wohin. Kein großer Verlust, jetzt, außer wegen Sport halt. Obwohl wir von Sport eigentlich alle die Nase voll hatten. Vor allem die Franzi natürlich, der der Sport ja wirklich den Sporturlaub verdorben hat.

Sie ist gleich zu mir rübergekommen, nachdem sie endlich aus der Klink durften. Und es war wirklich ein sehr netter Abend. Ich nehme an, dass es der Schock war, der ihr endlich die Augen geöffnet hat. Wir haben ganz offen geredet. Also sie eher, ich war ziemlich sprachlos, denn sie hat gesagt, dass sie natürlich immer wusste, dass ich in ihren Lambert verknallt bin. Und dass sie sich jetzt überlegt hat, dass ich ihn eigentlich haben kann, weil sie persönlich keine Verwendung mehr hätte für den. So viel Größe hätte ich ihr gar nicht zugetraut. Geschenkt, hat sie gesagt, sie bringt ihn dann gleich mal rüber, und das hat sie auch gemacht.

Seitdem sind wir glücklich. Der Lambert und ich. Natürlich ist es nicht so schön, dass er jetzt vom Hals abwärts gelähmt ist. Aber er beklagt sich nie. Er spricht sowieso nicht mehr, obwohl die Ärzte sagen, dass er könnte, rein medizinisch. Mir macht das nichts. Ich bin einfach froh, dass wir endlich zusammen sein können. Es geht uns sehr gut miteinander. Und auch darum denke ich noch immer gern an den Sporturlaub. Schön war es da nämlich, wirklich schön. Da sind wir uns heute alle einig, die Iris, die Ulla, die Anke, die Franzi und ich. Und auch der Lambert. Wenn wir heute so zusammensitzen, dann sagen wir oft: Schön war das im Sporturlaub, und ich schaue heimlich kurz zum Lambert rüber, der in seiner Ecke sitzt und nichts sagt. Aber das muss er ja auch nicht. Der Lambert und ich, wir haben uns nämlich immer auch ohne Worte verstanden.

Enrico kann nur Motor

CHRISTINE SYLVESTER

Enrico blättert in der Zeitschrift. Es ist die, die Mutti immer kauft. Und es sind viele Bilder drin, die er sich gern anschaut: hübsche Frauen in schicken Kleidern, die alle ganz anders aussehen als die Frauen, die er kennt. Mutti sieht nicht so aus, ihre Kundinnen sehen nicht so aus und Tante Gerda und Tante Else auch nicht. Wo diese Frauen aus den Zeitschriften wohl leben? Ob es irgendwo Städte gibt, die voll sind mit solchen lächelnden Frauen?

Die Türglocke bimmelt. Enrico beeilt sich, nach vorn in den Laden zu gehen. Genau so, wie Mutti es ihm erklärt hat. Man muss immer sofort zum Kunden gehen, man muss immer nett sein, und man muss alles richtig machen mit den Kleidern und den Zettelchen. Enrico hilft gern bei Mutti in der Reinigung. Deshalb hat sie extra andere Zettelchen gemacht. Zettelchen mit Bildern, die auch Enrico versteht.

»Guten Tag!« Enrico tritt an den Ladentisch und staunt. Da steht so eine Frau. Eine, die aussieht, als wäre sie aus Muttis Zeitschrift gestiegen.

»Guten Tag«, sagt die hübsche Frau und legt ein buntes Kleid auf den Ladentisch. »Ist es möglich, das Kleid noch übers Wochenende zu reinigen? Ich brauche es am Montag.«

Enrico starrt sie mit offenem Mund an.

Sie lächelt. »Haben Sie mich verstanden? Ich habe gefragt, ob Sie das Kleid übers Wochenende reinigen könnten.«

»Ja.« Enrico schaut auf das Kleid, dann wieder in ihr lächelndes Gesicht. »Ja. Mutti macht das schon.«

»Toll!« Die schöne Frau freut sich, und Enrico wird ganz warm ums Herz.

Er nimmt das Kleid, schnappt sich einen Bügel, drapiert es geschickt darüber und hängt es an die Kleiderstange. Dann greift er zu den Bildchen, die Mutti extra für ihn als Kennzeichnung gewählt hat. Weil Enrico mit den Zahlen und Namen nicht zurechtkommt. Bilder versteht er viel besser. Es gibt Hasen, Bären, Enten, Eulen, Hunde, Katzen, Igel … und heute liegen Elchbilder ganz oben auf den beiden Stapeln. Mit einer kleinen Sicherheitsnadel befestigt er ein Bild an dem Kleid. Dann reicht er das andere der schönen Frau.

»Oh, ein Elch, wie niedlich.« Sie lächelt.

»Ja.« Enrico nickt. Er mag Elche. Er hat einen im Tierpark gesehen. Und im Fernsehen haben sie Elche in Schweden gezeigt. Da möchte er mal hin. Deshalb gibt er sich beim Sport nun besondere Mühe. Er möchte so gern zum Rennen in Vimmerby antreten.

»Wollen Sie sich nicht meinen Namen notieren?«, fragt die hübsche Frau.

»Nein«, sagt Enrico wahrheitsgemäß. Doch dann denkt er an Muttis Worte: »Du musst nicht immer laut ehrlich sein. Du sollst nicht lügen, aber du sollst auch nicht alles sagen.« Deshalb sagt er nichts weiter.

»Mein Name ist Lydia Kern«, sagt die Frau. »Falls Sie sich das doch noch aufschreiben wollen. Ich komme dann am Montag ganz früh, um das Kleid abzuholen.«

»Ja.« Enrico nickt. »Ich wünsche Ihnen noch einen schönen Tag, Frau Lydia …«

Sie lächelt und geht.

Enrico sieht ihr nach. Sie ist wunderschön, sogar von hinten. Er dreht sich um und sieht ihr buntes Kleid auf dem Bügel hängen. Darin ist sie womöglich noch schöner.

Dann fällt sein Blick auf das Elchbildchen. Ja, Vimmerby in Schweden ist sein Traum, am liebsten mit der schönen Frau Lydia in diesem Kleid.

»Enrico, mein Spatzenhirn, nicht träumen!« Mutti kommt in ihrer weißen Kittelschürze aus der Waschküche. Sie riecht nach Reinigungsmitteln. »Schau mal auf die Uhr! Die Jungs holen dich gleich ab. Du musst dich für das Rennen umziehen. Und fahr vorsichtig, mein Junge!«

Dustin versucht, seine Maschine anzutreten. Enrico schaut ihm zu. Es ist nicht ungewöhnlich, dass der Kickstartertritt nicht sofort funktioniert. Doch Dustin tritt wieder umsonst, und noch mal und …

»Sorry, du bist raus! Die Minute ist um«, sagt der Helfer.

»Verdammte Scheiße!«, schreit Dustin, und Enrico duckt sich sofort. Schimpfend schiebt Dustin seine Maschine zur Seite und tritt danach. »Was hast du mit meiner Maschine gemacht?«, fährt er Ronny an. »Du hast sie falsch eingestellt. Du bist ein echter Scheiß-Mechaniker!«

»Ruhe!«, verlangt der Don.

Enrico schiebt seine Maschine in Position. Auf das Zeichen hin tritt er die Maschine kräftig an, gibt Gas und heizt auf dem Hinterrad über die zwanzig Meter entfernte Linie. Die Startprüfung ist geschafft.

Als er wieder zu seinem Team kommt, herrscht schlechte Stimmung. Dustin schnauzt Ronny weiter an.

»Du siehst doch, dass die Maschinen intakt sind«, entgegnet Ronny. »Enricos Enduro funktioniert auch einwandfrei.«

»Tritt sie an!« Dustin winkt Enrico heran. »Los, tritt meine Maschine mal an!«

Ronny nickt Enrico zu.

Enrico stellt seine Maschine zur Seite, schwingt sich über Dustins Enduro und tritt kräftig zu. Mit diesem einzigen Tritt läuft die Maschine.

Der Don schüttelt den Kopf. »Enrico, jetzt hängt alles an dir.«

Enrico schaut an sich herunter. Da hängt doch gar nichts.

»Jetzt kommt es nur auf dich an«, erklärt der Don. »Du musst den Stier bei den Hörnern packen!«

Enrico verzieht das Gesicht. Der Don spricht immer in Rätseln. Aber er gibt das Geld, deshalb darf er das. So hat Ronny ihm das erklärt.

»Sag nicht so was zu ihm, das verwirrt ihn nur«, mischt sich Ronny ein. »Enrico, du machst einfach das, was du immer machst. Du fährst dein Rennen, du achtest auf die Zeitkontrollen, damit du nicht zu schnell bist. Du machst das schon.«

Dustin schüttelt den Kopf. »Der Kerl ist doch dumm wie Konsumbrot!«

»Das stimmt gar nicht.« Enrico nimmt seinen Helm ab. »Brot ist nicht dumm, sondern lecker. Besonders mit Marmelade, mit roter Marmelade.«

»Lass dich nicht ablenken«, sagt Ronny. »Wir laufen jetzt die Sonderprüfungen ab. Und dann fährst du einfach. So, wie du es immer machst.«

Enrico schaut sich alles genau an. Das steile Auf und Ab schreckt ihn nicht. Er prägt sich die Hügellandschaft ein. Er kann sie zwar nicht zählen, aber er kann sie mit Bildern verbinden, zum Beispiel solchen, die er aus dem Fernsehen kennt. Er mag Fernsehen nicht besonders. Da verliert er schnell den Überblick. Hier ist es besser, er kann selbst bestimmen, was er sieht.

Dann kommt die tiefe Sandkuhle. Da muss er aufpassen, früh Gas geben, um die Maschine weit oben zu halten, und keinesfalls versuchen zu springen, weil er dann zu schnell versinkt.

Ähnlich ist es bei dem Schlammstrecken. Da wiederum darf er nur wenig Gas geben, um nicht wegzurutschen oder sich festzufahren.

Sein Liebling ist die Strecke mit dem groben Geröll. Sie ist diesmal besonders lang. Enrico kniet sich mehrfach neben den Parcours und prägt sich die Oberfläche der Brocken ein. In seinem Kopf entsteht eine kleine

Landkarte. Er weiß jetzt schon, wie er sich den Weg durch die Steinmassen bahnen wird.

»Hier wird's schwierig«, sagt Dustin, als sie schließlich noch den eng gewundenen Pfad voller Wurzeln abgehen. Der Pfad windet sich steil nach oben, um dann in engen Kurven zu einem Wasserloch hinunterzuführen, auf dessen anderer Seite wieder eine Böschung wartet.

Ronny klopft Enrico auf die Schulter. »Danach kommt dann die Strecke durch den Wald, und auf geht's in die nächste Runde. Ich gebe dir das Zeichen. Du musst dich nur auf die Fahrt konzentrieren.«

Enrico nickt. Er hat plötzlich Hunger.

Vor dem Start kontrolliert Ronny noch einmal Enricos Maschine. Spezialfarbe prangt auf dem vorderen Nummernschild, an Motor, Rädern und Rahmen, denn diese Teile dürfen während des Rennens nicht ausgetauscht werden. Alle anderen Teile dürfen die Fahrer allerdings nur selbst reparieren. Ausgeschlossen für Enrico. Das kann er nicht. Aber seine Maschine ist genauso ausdauernd wie er selbst.

Der Don scheint trotz Dustins Ausfall zufrieden zu sein. »Denkt dran, ihr seid das Team EnDuRo. Und Enrico wird heute wieder mal das Rennen machen.«

Dustin seufzt.

»Du bist auch ein guter Fahrer«, erklärt der Don. »Aber dir gehen einfach zu leicht die Nerven durch. Unser Enrico versteht zwar nicht mal, wie die Auswertung eines Rennens funktioniert, aber er ist immer ganz bei der Sache. Er ist einfach zu blöd, um nervös zu werden.«

»Ich habe Hunger«, sagt Enrico.

Der Don lacht herzhaft. »Er kennt nur Bedürfnisse und seine Leidenschaft.«

In diesem Moment zuckt Enrico zusammen. Da hinten steht die schöne Frau vom Vormittag. Frau Lydia …

Ronny drückt Enrico eine Banane in die Hand. »Die isst du jetzt. Gleich geht es los.«

Enrico schaut auf die Banane und dann wieder zu Frau Lydia. Doch die ist nicht mehr da. Ob ihm sein Gehirn einen Streich gespielt hat? Der Arzt hat ihm das mal erklärt. Nein, er hat es Mutti erklärt. Dass Enricos Gehirn nicht ganz richtig arbeitet, irgendwas mit ›A‹. »Motorisch ist der Junge gut.« Den Satz hat sich Enrico gemerkt. Motor kann er. Darin ist er gut. Enrico schält die Banane und beißt hinein.

»Enrico, du musst auf das Team NaKlaRo achten«, sagt Ronny und deutet auf zwei Männer mit lila Helmen.

Enrico lässt die Banane sinken und sieht, dass die Männer herüberwinken und dann die Daumen nach unten zeigen. Automatisch zeigt Enrico mit der Banane nach unten. Die Männer lachen.

»Das sind Nathan und Klaus«, sagt Ronny.

»Genau, die musst du fertigmachen!« Der Don klingt grimmig. »Die musst du in Grund und Boden fahren!«

Enrico runzelt die Stirn. Wie soll er das denn machen? Er darf die anderen Fahrer doch nicht berühren …

»Gib mir die Banane«, verlangt Ronny. »Und setz Helm und Brille auf. Du musst gleich starten.«

Dustin schüttelt den Kopf. »Ein Wunder, dass er überhaupt in die richtige Richtung starten kann.«

»Halt den Mund!« Der Don klingt verärgert. »Mach die NaKlaRos platt! Die mit den albernen lila Helmen!«

Enrico greift zum Helm. »Warum sind die denn so schlimm? Sind die schlimmer als die anderen?«

»Und ob!« Der Don schnaubt. »Das ist das Team von meiner Exfrau!«

Enrico stülpt den Helm über den Kopf. NaKlaRos sind besonders gefährlich. Das kann er sich merken: Na, klaro! Ronny hilft ihm, die Brille aufzusetzen.

»Und denk dran«, sagt Ronny. »Nicht zu schnell fahren, das gibt Strafpunkte an den Zeitkontrollen.«

Enrico nickt. Dann zieht er die Handschuhe an und geht mit seiner Maschine zum Start. Ein paar weitere Fahrer starten mit ihm. Er reißt wie die anderen die Arme in die Höhe.

»Go!«

Enrico legt einen Blitzstart hin und düst los. Schon beim ersten Sprung verschmilzt er mit seiner Maschine, steht in den Fußrasten und genießt den Geruch von Benzin, Öl und Abgasen. Er atmet ruhig und lenkt die Enduro geschickt über den holprigen Parcours. Er beschleunigt, holt auf und überholt auf der nächsten Hügelkuppe mehrere zuvor gestartete Fahrer.

Er passiert die erste Sonderprüfung und meistert die Kraterlandschaft konzentriert. Geradezu gelassen fegt er kurz darauf über die Sandkuhle hinweg.

Enrico fährt stur weiter. In solchen Momenten weiß er nicht, ob es seine Kraft ist, die wirkt, oder die seines Motorrads. Darüber denkt er nicht nach. Er fühlt einfach nur und handelt genau so.

Er hält auf die Schlammstrecke zu. Mehrere Fahrer stecken mit ihren Maschinen fest. Enrico bahnt sich seinen Weg durch den Morast. Wenig Gas geben, die Füße stützbereit, aber nicht zu nah am schlammigen Boden. Es ist schwierig, er muss langsamer fahren. Er hört jetzt nur noch seine Maschine und knattert glücklich durch den Schlick.

Enrico folgt den Wegweisern. Er ist plötzlich allein auf seinem Streckenabschnitt. Hat er schon alle abgehängt? Nein, da vorn sieht er einen Fahrer. Er trägt einen lila Helm … Na, klaro! Konzentriert heftet sich Enrico ans Hinterrad des anderen. Er muss den richtigen Moment abwarten …

Da, eine Sonderprüfung: Autorreifen liegen kreuz und quer auf dem Weg, dann ein Hügel, der aus aufgestellten Reifen besteht. Diese Station hat er gar nicht bemerkt bei ihrem Rundgang. Enrico kann nicht nachdenken, er muss fahren. Der andere Fahrer hat Probleme. Nach mehreren Reifenhindernissen hat er ihn überholt und folgt dem Weg.

Dort vorn muss er durch einen Bauwagen fahren. Ein echtes Nadelöhr, würde Mutti dazu sagen. Das sagt sie immer, wenn es eng wird. Dass er sich an diesen Abschnitt gar nicht erinnern kann …

Enrico hält auf den Bauwagen zu, sitzt nun auf der Maschine, gibt nur wenig Gas, um die Rampe ohne Sprung zu absolvieren, huscht die wenigen Meter durch den Wagen hindurch und richtet sich im Sprung wieder in den Fußrasten auf. Geschafft.

In einiger Entfernung erwartet ihn ein weiteres Bauwagenhindernis. Enrico hält darauf zu, drosselt sein

Tempo, überwindet behutsam die Rampe und …
Nanu, es ist dunkel, er kann den Ausgang nicht einmal
erkennen. Enrico bremst abrupt. Dann ist es zappen-
duster.

»Was habt ihr denn mit ihm gemacht?«, hört Enrico
eine Frauenstimme. Sogleich taucht das schöne Gesicht
der Kundin mit dem schicken Kleid vor ihm auf.

»Nichts haben wir mit ihm gemacht«, erwidert eine
Männerstimme. »Der Typ heizt wie ein Irrer drauflos.
Der ist nicht ganz frisch in der Birne.«

Birnen, ja, Birnen sind auch lecker. Bananen sind
Enrico trotzdem lieber. Die kleckern nicht so beim
Essen.

Wieder hört er die Männerstimme. »Der Typ kennt
keine Angst. Der wird beim Rennen selbst zur Maschine.«

Rennen? Enrico ist verwirrt, so verwirrt, dass ihm der
Kopf wehtut.

»Apropos Maschine«, sagt die Frau. »Hat sein Motor-
rad etwas abbekommen?«

Die schöne Frau mit dem schicken Kleid und dem
Elch-Bild.

»Nicht der Rede wert, unser Mechaniker hat das wieder hinbekommen. Es kann weitergehen.« Diese Männerstimme stört Enricos Traum von Frau Lydia.

»Und Nathan?«

»Liegt gut in der Zeit.«

»Und was machen wir jetzt mit diesem furchtlosen
Draufgänger?« Die Frauenstimme klingt fast so besorgt
wie Mutti.

»Er muss zurück auf die Strecke und das Rennen beenden.« Der Mann schnaubt. »Schließlich wird erst ausgewertet, wenn alle angekommen sind.«

»Und du meinst, er schafft das?«

Enrico öffnet die Augen und schaut durch seine Brille. Die trägt er doch sonst nicht beim Schlafen. Einen Moment lang glaubt er tatsächlich, die schöne Kundin aus der Reinigung zu sehen.

»Ich kümmere mich drum«, sagt die Männerstimme.

Dann greift jemand nach Enricos Arm. »Komm, Kumpel, du musst weiterfahren.«

Enrico rappelt sich auf und steht einem anderen Fahrer gegenüber. Der trägt einen komischen Helm, so lila.

»Geht's wieder? Bist du okay?«, fragt der andere. »Ich habe gesehen, dass du von der Strecke abgekommen bist …«

Enrico ist ein bisschen schwindelig. Er muss wohl eingeschlafen sein. »Ich muss ein Rennen fahren.«

»Genau, Kumpel.« Der andere Fahrer klopft ihm auf die Schulter. »Los, wir fahren zurück auf die Strecke.«

Enrico prescht den Wurzelpfad hinauf, springt über die Kuppe hinunter, landet kurz vor dem Wasserloch und gibt Gas. Das Wasser spritzt, hinter sich hört er empörte Rufe. Dann heizt er mit jaulendem Motor die steile Böschung hinauf und muss sich mit den Füßen abstützen, um nicht rückwärts wieder hinunterzurutschen. Weiter geht es durch den Wald. Er wartet jetzt nicht mehr auf breitere Wege, sondern überholt sofort und riskant. Da vorn schon sieht er Ronnys Zeichen. Und ab geht es in die nächste Runde!

Enrico hat den helfenden Kumpel und viele andere Fahrer längst hinter sich gelassen. Sein Kopf dröhnt mit dem Motor der Maschine im Gleichklang. Er steht wie angewachsen in den Fußrasten, reißt die Maschine hoch, fliegt fast über die Sandkuhle und donnert durch den Schlamm. Wieder hängen einige Fahrer fest.

In Enricos Kopf sprühen Funken. Entschlossen poltert er über die lange Schotterpiste, steht dabei, muss kein einziges Mal einen Fuß absetzen und erreicht schnurstracks den Wurzelpfad.

In der zweiten Runde ist alles viel überschaubarer. Wieder bezwingt er diese letzte große Hürde, rutscht im Wasserloch kurz zur Seite, landet jedoch wieder in wohldosiertem Tempo auf der Böschung.

Enrico hat vergessen, wo er endet und wo seine Maschine anfängt. Wie aus einem Guss rasen sie durch das Waldstück, preschen auf das Ziel zu und werden von johlendem Publikum und dem Team erwartet.

»Komm, wir müssen zur Seite gehen«, sagt Ronny.

Enrico steigt von der Maschine, und alles um ihn herum wird plötzlich schwarz. Als er die Augen wieder öffnet, trägt er weder Helm noch Brille, und Ronny, Dustin und der Don starren ihn an.

»Was ist mit ihm?«, fragt der Don. »Ist er verletzt?«

Ronny zuckt die Schultern. »Vielleicht hat er eine Gehirnerschütterung ...«

»Was soll denn da bitte erschüttert werden?«, fragt Dustin.

»Halt die Klappe, Dustin, und kümmere dich um die Auswertung!« Der Don schnaubt. »Ich will Ergebnisse!«

»Enrico?« Ronny sieht ihn an.

Enrico stützt sich auf die Unterarme. »Mein Kopf spielt mir manchmal Streiche. Aber Motor kann ich.«

»Alles okay bei euch?« Ein Fahrer streift einen lila Helm ab. »Du bist ja gut wieder eingestiegen.« Er nickt Enrico zu.

»Klaus, was willst?« Der Don schaut böse.

»Don Kern, hallo«, sagt der Fahrer. »Euer Held hat sich zwischendurch verfahren und ist gestürzt. Ich habe nur geholfen …«

Enrico nickt. Aua, der Kopf!

»Du? Das glaubst du doch wohl selbst nicht!«, schreit der Don. »Wo ist sie, diese Schlampe?!«

»Aua, nicht so laut …« Enrico hält sich den Kopf.

In diesem Moment kommt Dustin angelaufen. »Hey, zweiter Platz! Enrico liegt vor Nathan. Der hat mehr Strafpunkte, war zu schnell.«

»Enrico, du musst dich nicht in den Laden stellen«, sagt Mutti am Montagmorgen. »Du hast doch schon seit vorgestern Kopfschmerzen.«

»Es geht, Mutti.« Enrico schielt auf das Elch-Bild am frisch gereinigten und gebügelten bunten Kleid. Er will auf keinen Fall verpassen, wenn Frau Lydia es abholt.

Trotzdem muss er zweimal hinschauen, als sie kurz darauf die Reinigung betritt. Er traut seinem Gehirn nicht recht.

»Ihr Kleid. Es ist fertig.« Enrico entfernt das Zettelchen unter der Schutzhülle.

Sie reicht ihm ihr Elch-Bildchen und nimmt lächelnd das Kleid entgegen.

»12 Euro 80 bitte«, sagt Enrico. Den Satz hat er schon beim Frühstück geübt.

»Stimmt so.« Sie reicht ihm einen Zwanzig-Euro-Schein. »Sind Sie nicht Enrico vom Team EnDuRo? Sie haben doch am Wochenende den zweiten Platz gemacht.«

Enrico strahlt. »Ja, der bin ich. Motor kann ich.«

»Das habe ich gesehen. Toll!« Sie beugt sich über den Ladentisch. »Haben Sie nicht Lust, für mein Team an den Start zu gehen in Schweden? Wir starten in Vimmerby!

»In … Vimmerby?« Enrico starrt sie an. Die schöne Frau Lydia dreht sich auf einmal ganz schnell im Kreis vor seinen Augen. Er versucht, sich am Ladentisch festzuhalten, doch die Knie sacken ihm weg.

»Enrico!« Das ist Mutti.

Und die schöne Frau Lydia ist neben ihr. »Wir müssen einen Arzt rufen. Er ist beim Rennen am Wochenende schon gestürzt.«

Mutti schluchzt. »Das wird nichts bringen. Der Junge hat ein Aneurysma.«

»Ein Blutgerinnsel im Gehirn?« Frau Lydias Stimme klingt schrill. »Oh, mein Gott! Was haben wir getan?« Dann sieht sie Mutti an. »Was haben Sie getan? Wie können Sie Ihren Sohn mit einem Aneurysma Enduro fahren lassen?«

Mutti schluchzt. »Aber er kann doch nichts anderes. Der Motorsport ist seine ganze Leidenschaft, sein ganz großer Erfolg.«

»Motor kann ich, mit Frau Lydia in Vimmerby.« Enrico lächelt und stirbt.

Todesspiel

CHRISTIAN KLIER

> *Es gibt nur ein Mittel,*
> *im Schachspiel unbesiegt zu bleiben.*
> *Spiele nie Schach.*
> Kurt Tucholsky

Travis H. Wilson stand in seiner sechs Quadratmeter großen Zelle und starrte auf die Bilder, die an der gegenüberliegenden Wand hingen. Er liebte Lady Di und hatte jeden Zeitungsausschnitt, jedes Foto der verstorbenen Prinzessin gesammelt. Denn Lady Di, so glaubte Wilson, musste ein guter Mensch gewesen sein.

Wilson erinnerte sich an die Zeit, zu der auch er noch ein guter Mensch gewesen war. Schon als Kind war er fasziniert gewesen von den schwarz-weißen Figuren. Dem Pferd, dem Läufer, dem Turm, den Bauern und der Dame. Was man alles mit diesen Figuren anfangen konnte. Er begann zu spielen, in dieser kleinen Stadt nahe Michigan City, die sein Heimatort war, und man erkannte schnell sein Talent. Mit gerade einmal vierzehn Jahren nahm er an der Meisterschaft des Bundesstaates Indiana teil und gewann. Es folgten die nordamerikanische Meisterschaft, die United States Championship und schließlich die panamerikanische Meisterschaft. Als Nächstes hätte die Weltmeisterschaft angestanden. Doch inzwischen hatte sich Travis H. Wilson hinsichtlich seiner Interessen umorientiert.

Seit mehr als zwei Jahren war Wilson im Hochsicherheitstrakt des Staatsgefängnisses von Indiana zur Untersuchungshaft eingesperrt, weil man ihn für den Kopf eines Kartells hielt, das den gesamten mittleren Westen der USA mit Prostitution, illegalen Waffengeschäften und Drogen kontrollierte. Ein großer Prozess, der weltweit Aufsehen erregte, sollte ihn verschiedener Verbrechen überführen, unter anderem des mehrfachen Totschlags und des Mordes. Es hieß, Wilson habe mehrere Mitglieder eines gegnerischen Kartells eigenhändig umgebracht. Die Verhandlung, die Wilson seiner Schuld überführen sollte, war für den nächsten Tag angesetzt.

Ein Gefängniswärter erschien und sagte, dass der Direktor bereit sei. Wilson ging an das Gitter, durch das ihm der Wärter Hand- und Fußfesseln anlegte. Schließlich wurde die Zellentür geöffnet.

* * *

Detective Benjamin Connor war soeben aufgewacht. Jetzt starrte er an die Decke seiner Garage, in der er seit der Scheidung lebte.

Wieder klingelte sein Mobiltelefon. Connor griff nach dem Handy, das neben einer geöffneten Flasche Whisky stand. »Was gibt's?«

Seine Kollegin war am Apparat. Ein Fall, wahrscheinlich ein Suizid. Connor schenkte sich von dem Whisky ein und fragte sich, warum er diesen ganzen Scheiß überhaupt noch mitmachte.

»Ich komme«, sagte er und legte auf. In einer schnellen Bewegung stürzte er den Whisky herunter, verzog kurz das Gesicht und erhob sich.

* * *

Unweit des Morain Naturparks, direkt am Highway 6, lag der Reiterhof »Horses of Rohan«. Victor Kaschinsky fuhr an dem Anwesen vorbei und steuerte seinen Wagen in einen Feldweg. Er parkte das Fahrzeug hinter ein paar Büschen.

Kaschinsky holte sein Präzisionsgewehr aus dem Kofferraum. Dann schlug er sich in die Büsche. Er legte an und sah durch das Zielfernrohr. Das Tor einer Halle fest im Blick, wartete er. Nach einer guten Viertelstunde erschien ein Reiter auf einem Schimmel. Das Pferd wechselte vom Schritt in den Trab. Kaschinsky fixierte das Gesicht des Reiters und verglich es einige Sekunden lang mit den Bildern, die er in seinem Kopf abgespeichert hatte. Kurz bevor das Pferd in den Galopp verfiel, drückte Kaschinsky ab. Der Reiter fiel zu Boden. Leblos blieb er liegen. Aus seiner Wunde am Kopf sickerte Blut.

* * *

Detective Connor sah sich gerade die Sauerei an, die der Selbstmörder angerichtet hatte. Sich mit einer abgesägten Schrotflinte das Hirn wegzublasen hinterließ wenig appetitliche Spuren. Viel Spaß beim Saubermachen, dachte er, als sich von der Decke ein Klümpchen Hirnmasse löste, um auf die Sitzfläche eines Stuhls zu fallen. Da klingelte Connors Handy. »Ich höre.«

Innerhalb der wenigen Minuten, die das Gespräch dauerte, machte Connors Gesicht eine regelrechte Metamorphose durch. Als er auflegte, schien sein Blick klar und wach. Alles an ihm strahlte Konzentration und Zielstrebigkeit aus.

Ab jetzt würde er keinen Tropfen mehr trinken, schwor er sich. Nichts mehr, bis dieser neue alte Fall gelöst wäre.

Detective Connor wies seine Kollegin an, die Suizid-Angelegenheit ohne ihn zu Ende zu bringen, und stieg in seinen Wagen.

* * *

Gefängnisdirektor Huxley sah auf das Schachbrett. Es war bereits die fünfte Partie, die sie gemeinsam spielten, sein Häftling und er. Und vermutlich nicht die letzte. Daran würde der morgige Prozess nichts ändern. Huxley ging davon aus, dass Wilson auch nach seiner Verurteilung im Indiana State Prison bleiben würde.

Einmal hatte Huxley sogar gewonnen. Er fragte sich, ob Wilson ihn vielleicht nur aus Langeweile hatte gewinnen lassen, wer wusste das schon. Und doch: Entscheidend war, dass er, John Huxley, mit dem berühmten Travis H. Wilson, ehemals Meister des Panamerican Chess Championship, gemeinsam an einem Schachtisch saß.

Wie in Zeitlupe legte Wilson seinen Finger auf das weiße Pferd.

* * *

Victor Kaschinsky mochte seine Arbeit. Er mochte überhaupt Tätigkeiten, die sowohl Präzision als auch einen kühlen Kopf voraussetzten. Und sein Beruf bedeutete Freiheit, denn ein ordentlich durchgeführter Auftragsmord war mit viel Geld verbunden. Was die Bestellung anging, die er momentan ausführte, handelte es sich um ein Vielfaches dessen, was er normalerweise erledigte. Eine besondere Herausforderung, die – im Falle einer erfolgreichen Ausführung – ihn auf Jahre hinweg finanziell unabhängig machen würde.

Er beobachtete die Möwen an der Promenade des Lake Michigan. Von Zeit zu Zeit richtete er das Fernglas auch auf die Jogger, die zwischen den Bäumen den Strand hoch und runter liefen.

Endlich erkannte er die neongelbe Mütze, auf die er gewartet hatte. Er griff unter sein Jackett und legte den Schalter um, der die Pistole entsicherte.

Als der Jogger nahe genug war, trat Kaschinsky ihm in den Weg. »Entschuldigen Sie bitte! Entschuldigen Sie, können Sie mir sagen, wie spät es ist?«

Der andere blieb stehen. Noch bevor er etwas sagen konnte, hörte man ein kurzes, trockenes Geräusch. Die schallgedämpfte Pistole tat ihre Arbeit. Präzise und kühl.

* * *

»Wo ist er, verdammt noch mal? Wo steckt Huxley? Ich muss ihn sprechen, sofort!« Detective Connor schlug seine Polizeimarke gegen die Scheibe. Der Sicherheitsbeamte auf der anderen Seite zeigte keinerlei Anzeichen von Nervosität, langsam nahm er den Telefonhörer vom Apparat.

»Hier ist ein Detective vom Michigan City Police Departement. Will den Chef sprechen.«

* * *

Der Wachmann blickte auf den Bildschirm, der den Raum zeigte, in dem Huxley mit Wilson Schach spielte. Wilson griff den Läufer und setzte ihn auf ein schwarzes Feld. Der Wachmann zoomte die Kamera ein wenig an das Schachbrett heran, dann setzte er den Kugelschreiber an und notierte den Zug.

Was für ein Wahnsinn, dachte er, dass dieser Kumpel seines Cousins ihm pro Partie, die er aufschrieb, ganze hundert Dollar zahlte.

Der Wachmann zoomte wieder zurück. Er sah, wie die Tür geöffnet wurde. Ein Wärter kam herein, ging zu Huxley und flüsterte ihm etwas ins Ohr. Huxley sprach kurz mit Wilson. Dieser nickte. Dann verließ der Gefängnisdirektor den Raum.

»Und Sie sind sicher, dass es sich bei dem Ableben dieser Person nicht um einen Zufall handelt?« Gefängnisdirektor John Huxley hatte die Ellenbogen auf seinen Schreibtisch gestützt. Jetzt legte er die Fingerspitzen seiner Hände auf die jeweils gegenüberliegenden. Eine Geste, die Ruhe und Überlegenheit ausstrahlen sollte.

»Der Mann wurde erschossen, mit einem Präzisionsgewehr. In den Kopf. Es handelt sich um einen wichtigen Zeugen, der morgen im Prozess gegen Travis Wilson hätte aussagen sollen. Ich kenne Wilson, ich habe ihm jahrelang hinterhergejagt, bis er endlich hinter Gitter kam. Hinter dieser Sache *kann* nur Wilson stecken.«

Huxley atmete tief ein. Es ärgerte ihn, dass er wegen dieses durchgeknallten Cops sein Schachspiel hatte unterbrechen müssen. Sollte dieser Connor doch mit Wilson reden. Für seinen Gefangenen war es vollkommen unmöglich, irgendwelche Informationen oder Anweisungen aus dem Hochsicherheitstrakt nach außen zu schaffen, die die Liquidierung möglicher Zeugen zur Folge haben könnte. Seit Wilsons Inhaftierung herrschte für diesen ja ein absolutes Kontaktverbot. Der Zusammenhang, den dieser Detective da sah, war Unsinn.

Bevor Huxley etwas erwidern konnte, klingelte Connors Handy. Der Detective nahm ab. Während Connor telefonierte, beschlich John Huxley ein unangenehmes Gefühl.

* * *

Seine Auftraggeber hatten ihm prophezeit, dass es bei seinem Einsatz zu Schwierigkeiten kommen würde. Jetzt war es so weit. Victor Kaschinsky überblickte die beiden Polizeiautos, die vor dem Anwesen standen, und überlegte. Schließlich setzte er das Fernglas ab, holte diverse Utensilien aus dem Kofferraum und stopfte sie in einen Rucksack, den er sich umschnallte. Dann ging er los.

Als er die Mauer erreicht hatte, holte er aus dem Rucksack ein Seil, an dessen Ende sich ein stählerner Haken befand. Er warf das Tau mit dem Haken voran. Ein kurzes, metallisches Geräusch. Vorsichtig zog er an dem Strick, bis er sich nicht mehr weiter bewegen ließ. Schnell zog er sich an der Mauer hoch.

Geschützt von Sträuchern und Büschen, legte er sich auf die Lauer. In dem Garten vertraten sich ein paar Beamte die Füße. Sie benahmen sich eher gelangweilt als aufmerksam, folgerte Kaschinsky, nachdem er Gestik und Habitus der Gesetzeshüter studiert hatte.

Mit seinem Fernglas tastete Kaschinsky Haupthaus und Nebengebäude ab. Als er endlich einen Turm beobachtete, der etwas abseits stand, erkannte er durch ein Fenster das Gesicht, welches er suchte.

* * *

»Sie haben es gehört. Es gibt ein weiteres Opfer.« Detective Connor klappte sein Mobiltelefon ein und ließ es in die Manteltasche gleiten. »Also, was ist? Vorausgesetzt, die Morde gehen auf Wilsons Anweisungen zurück, wie könnte er eine Botschaft nach außen gesendet haben?«

»Ich … ich«, stotterte Huxley. »Es könnte sein, dass … aber das ist unmöglich.« Er machte eine wegwerfende Geste.

»Nun reden Sie schon, Mann.«

»Vor drei Monaten bekam Wilson Besuch von seinem Bruder. Unter strengster Bewachung natürlich. Eine absolute Ausnahme. Die Sache wurde vom Gouverneur genehmigt«, log Huxley und hoffte, dass Connor seine Aussage nicht verifizieren würde. Hätte er dem Detective etwa die Wahrheit sagen sollen? Dass er als Gegenleistung für ein paar Schachspiele mit Wilson diesem eine halbe Stunde Besuch gestattet hatte? »Das Treffen wurde aufgezeichnet. Jedes Wort ist auf Band festgehalten. Wenn Sie wollen, lasse ich die Aufnahme für Sie holen.«

»Tun Sie das.« Connor verschränkte die Arme und lehnte sich zurück.

* * *

Er hatte den Auftrag erledigt, auch wenn es dabei eine ziemliche Sauerei gegeben hatte. Aber wenn man lautlos töten musste, dann war ein gewisser Körperkontakt im Prinzip unvermeidlich. Und so ein guter Bogenschütze war Kaschinsky nicht, dass er den Mann im Turm aus der Distanz hätte erledigen können. Da musste nun mal das altbewährte Messer zum Einsatz kommen.

In einem Bach hatte er sich das Blut von den Händen gewaschen. Die benutzten Klamotten hatte er verbrannt.

Jetzt saß er in seinem Wagen und griff nach dem Tablet-PC. Eine neue Nachricht. Er öffnete die Kurzmitteilung. Eine Adresse, zu der er sich umgehend begeben sollte. Ein Spezialauftrag. Es ging um eine Übergabe.

Kaschinsky legte den Tablet-PC zur Seite und ließ den Wagen an. Eine Übergabe?, fragte er sich, während er zurück auf den Highway fuhr. War er etwa ein verdammter Postbote?

* * *

»Das Band ist verschwunden?« Connors Augen traten wütend aus ihren Höhlen »Huxley! Ich werde Ihnen die Interne auf den Hals hetzen, darauf können Sie sich gefasst machen. Sie sind die längste Zeit Chef des Staatsgefängnisses von Indiana gewesen!«

»Ich … es gibt da vielleicht …« Huxleys Gesicht war hochrot, seine linke Augenbraue zuckte. »Sprechen Sie doch bitte erst mit den beiden Aufsehern, Connor!«

Der Detective stand auf und beugte sich über den Tisch hinweg zu Huxley. »Dann machen Sie«, flüsterte Connor. »Wenn die beiden nicht innerhalb von fünf Minuten hier erscheinen, dann können Sie Ihren Hut nehmen!«

* * *

Victor Kaschinsky stand auf dem Parkplatz eines Fast-Food-Restaurants. Durch die Frontscheibe seines Wagens sah er einer Papiertüte dabei zu, wie diese um eine Hausecke wirbelte. Zum wiederholten Male schaute er auf die Uhr, dann auf den schwarzen Aktenkoffer, der auf dem Beifahrersitz lag. Eine »Zugabe« hatte der Typ diese Übergabe-Sache genannt. Jetzt bat sich das Kartell neben den vielen Auftragsmorden, die er eh schon an der Backe hatte, eine Sondernummer aus. »Du musst ihn nicht umlegen«, hatte der Typ gesagt. »Du musst ihm nur diesen Koffer geben.«

Ein rostiger Pick-up fuhr auf das verlassene Gelände. Hinter dem Steuer saß ein fetter Kerl. Als er ausstieg und näher kam, ließ Kaschinsky die Fensterscheibe herunter.

Noch bevor der Fettsack den Mund öffnen konnte, sagte Kaschinsky: »Erst die Ware.«

Widerspruchslos hielt ihm der Mann ein braunes Kuvert vor die Nase. Kaschinsky nahm es und warf einen Blick hinein. Eine kleine Kassette, ein Tonband.

Kaschinsky reichte dem Mann den Aktenkoffer. »So, und jetzt hau ab!«, sagte er. Der dicke Mann nickte aufgeregt.

* * *

»Da gab es echt nichts Außergewöhnliches. Die zwei redeten über die Familie. Der Bruder hatte ein Bild dabei, das ein Neffe gemalt hatte«, sagte der eine Sicherheitsbeamte. Connor nickte.

»Ja, das stimmt«, sagte der andere. »Nichts Außergewöhnliches. Ein Kinderbild. Vater, Mutter, Haus und eine gelbe Sonne.«

Connor schüttelte den Kopf. »Irgendwas!«, rief er. »Da muss irgendwas gewesen sein. Denken Sie nach.

Selbst wenn es Ihnen bedeutungslos vorkommen mag.«

Für einige Momente herrschte Schweigen. Plötzlich begann einer der beiden zu reden: »Ich weiß nicht, ob das was sein könnte. Also, irgendwann haben sie über Schach gesprochen, glaub ich. Ich hab's nicht kapiert. Das war so was wie Fachsprache. Ziemlich mathematisch, wenn Sie wissen, was ich meine.«

* * *

Die Mittagspause war vorbei. Kevin Smith brachte den Pick-up auf dem Angestelltenparkplatz des Indiana State Prison zum Stehen. Er hatte sich verhalten wie ein jämmerlicher Amateur, ging es ihm durch den Kopf, während er nach dem Koffer griff. Er hätte den Koffer an Ort und Stelle überprüfen müssen. Smith legte das viereckige Teil auf die Knie. Er würde sich und seine Familie retten, dachte er und legte seine Finger auf die Schnappschlösser. Er würde das Haus abbezahlen. Kein Gerichtsvollzieher, keine Pfändung. Die Schlösser schnappten, Kevin Smith lächelte.

Eine Reihe von Geldpäckchen lag vor ihm. Smith warf einen hektischen Blick aus dem Fenster. Niemand zu sehen. Dann hob er eines der Päckchen an und ließ seinen Daumen durch die Scheine fahren. Das darf nicht wahr sein, dachte er erschrocken. Er sah sich den Packen genauer an. Nur der oberste Schein war echt, darunter nur weißes Papier!

Smith warf den Packen auf den Beifahrersitz und griff in den Koffer. Nur Papier! Plötzlich sah er ein blaues Kabel, das zwischen den Papierpäckchen hing.

Er hob den Packen daneben an. Ein rotes, blinkendes Licht. Und weitere Kabel. Was war das?

* * *

Man hätte die Explosion durchaus wahrnehmen können, doch Detective Connor war derart in Gedanken versunken, dass von außen nichts mehr an ihn herandrang. Connor war sich sicher, dass dieses Gespräch über das Schachspiel der Schlüssel war.

Von draußen drangen Sirenen von Polizei und Feuerwehrfahrzeugen an sein Ohr. Connor stand auf. Er würde mit Travis Wilson sprechen. Jetzt sofort.

* * *

Victor Kaschinsky mochte die Gegend. Die gute Luft ohne Abgase, der blaue Himmel, die Pferde. Das Klappern ihrer Hufe auf dem Asphalt, dahinter die schwarzen Kutschen, auf denen bärtige Menschen mit Schlapphüten saßen. Diese Amish-Leute lebten einfach gesünder als der Rest der amerikanischen Gesellschaft, dachte Kaschinsky. Im Prinzip bedauerte er es, dass er einen dieser Amish-Bauern vor wenigen Minuten hatte töten müssen. Kaschinsky schlug die Klappe des Kofferraums zu und stieg in seinen Wagen. Er öffnete das Handschuhfach und griff nach dem Tablet-PC. Die Liste. Vier Namen standen auf ihr. Jetzt sollte ein fünfter dabei sein. Ein letzter Auftrag. Kaschinsky ließ das Gerät hochfahren und rief seine Nachrichten ab. Doch keine neue Nachricht, kein neuer Name.

Kaschinsky zog sein Handy aus der Jackentasche und wählte die Nummer von Hank Wilson.

»Es kann noch eine Weile dauern, bis wir den Namen haben. Ich geb dir Bescheid, wenn's so weit ist.«

Kaschinsky steckte das Mobiltelefon weg und ließ den Wagen an.

* * *

Die Kamera war auf das Schachbrett gerichtet. Gerade hatte Huxley seinen König umgelegt. Der Wachmann notierte den letzten Zug. Endlich. Die Zeit, die der Gefängnisdirektor abwesend gewesen war, hatte sich ganz schön hingezogen. Und dann hatte man auch noch Wilson herausgeführt. Nach zweieinhalb Stunden war das Spiel dann schließlich weitergegangen. In fünfundzwanzig Minuten hätte er Dienstschluss. Dann würde er den Zettel abgeben und seine hundert Dollar einstreichen können. Der Wachmann steckte die Liste mit den Schachzügen in die Brusttasche seines Hemdes und lächelte.

* * *

Benjamin Connor war in seiner Garage. Er öffnete den Kühlschrank, entnahm ein paar Eiswürfel, die er in ein Glas mit Wasser gab. Tonic Water ohne Gin, ausnahmsweise. Er würde keinen Tropfen zu sich nehmen bis zum Ende. Bis zum morgigen Prozess. Da war noch eine letzte Zeugin. Die würde Wilson nicht kriegen. Das Polizeiaufgebot, das sich um die Bewachung der

Dame kümmerte, war so groß, dass es eine kleine Armee brauchte, um sie zu überwältigen.

Connor hob das Glas in die Höhe und prostete einem imaginären Gegenüber zu. »Auf den Prozess.« Dann ging er zum Sofa. Er erinnerte sich an das Gespräch mit Wilson. Die Befragung hätte er sich sparen können. Aus dem Mann war nichts herauszubekommen. Connor nahm einen Schluck von dem Wasser und verzog das Gesicht.

Er ließ seinen Blick über das Chaos in seiner Garage wandern. Plötzlich hatte er eine Idee. Er stand auf und öffnete eine Umzugskiste nach der anderen. Als er gefunden hatte, was er suchte, lächelte er. Zum ersten Mal an diesem Tag. Er nahm das Schachbrett und die Schachtel mit den Figuren, baute das Ganze auf dem Tisch auf. Dann zog er die Figuren über das Brett und überlegte. Irgendwann griff er nach seinem Mobiltelefon und wählte die Nummer der kryptografischen Abteilung des Michigan City Police Departements.

* * *

Es war eine Viertelstunde vor Prozessbeginn. Detective Benjamin Connor stand vor dem Gerichtsgebäude, in einiger Entfernung zu den vielen Journalisten und Kamerateams, und wartete. Helen Lambert, die letzte lebende Zeugin, dachte Connor und zog nervös an seiner Zigarette. Fünf Minuten vergingen, dann fuhr ein Zivilwagen der Polizei vor, etwas abseits, in der Nähe eines Seiteneingangs. Dunkel gekleidete Männer verließen das Fahrzeug, sprachen mit den Uniformierten, die damit begannen, eine Gasse von dem Wagen bis zum Eingang zu bilden. Einer der Zivilbeamten neigte sich in das Auto, dann erschien sie: Helen Lambert. Sie trug einen langen Pelzmantel. Über den dunkelrot geschminkten Lippen saß eine übergroße Sonnenbrille. Wie eine Dame schritt sie durch die Gasse.

Da fiel ein Schuss. Als hätte ihn ein Schlag getroffen, schnellte der Kopf Helen Lamberts nach hinten. Dann fiel der Körper zu Boden.

Benjamin Connor rannte über die Straße. Als er Helen Lambert erreicht und das Loch in ihrer Stirn sah, wusste er, dass jede Hilfe zu spät kam.

* * *

Alles war vorbei. Und wieder einmal war er der Verlierer. Connor prostete dem Barmann zu und stürzte den Cocktail hinunter. Travis H. Wilson würde aus dem Gericht als freier Mann herausspazieren, dachte er. »Noch einen!« Connor knallte das leere Glas auf den Tresen.

Aufgeregte Rufe drangen von draußen an sein Ohr. Das mussten die Reporter sein. Connor drehte sich um. Jetzt sah er Wilson, der vor eine Reihe Journalisten trat, die ihm ihre Mikrofone hinhielten. Wilson sagte ein paar Worte, dann setzte er das Lächeln des Siegers auf.

»Ihr Gin-Tonic«, sagte der Barkeeper hinter ihm. Connor beobachtete, wie Wilson sich zu einer schwarzen Limousine mit getönten Scheiben hinbewegte, die am Ende einer Seitenstraße wartete. Mit einem Mal wurde Connor von einer unbändigen Wut erfüllt. Er ließ den Cocktail stehen und stürmte aus dem Laden.

Die Limousine war im Begriff anzufahren, als Connor sie erreichte. Er schlug gegen die Scheiben und brüllte. »Halt an! Halt an, verdammt noch mal!« Zu seiner Überraschung stoppte der Wagen tatsächlich. Ein Seitenfenster wurde heruntergelassen. Travis H. Wilson saß auf der Rückbank. »Detective Connor! Wie schön, Sie zu sehen. Möchten Sie mir etwa zu meinem Freispruch gratulieren?«

»Wilson!« Connor biss die Zähne zusammen. »Ich weiß, wie du es gemacht hast. Dieses Treffen mit deinem Bruder. Ich sage nur: Schach! Ich weiß, dass es da mathematische Formeln gibt, ausgeklügelte Algorithmen, durch die man aus Schachzügen Buchstaben und Namen machen kann.«

Wilson lachte. »Mensch Connor! Ehrlich gesagt bedauere ich es zutiefst, dass ein Mann von Ihrer Intelligenz und Ausdauer für die falsche Seite arbeitet. Vielleicht überlegen Sie es sich ja anders. Für Sie ist bei mir jederzeit ein Platz frei.« Wilson hob die Hand. Mit einer Geste, die beinahe etwas Königliches an sich hatte, begann er zu winken.

Während das Fenster nach oben surrte, griff Connor nach seiner Waffe. Er schoss. Einmal, zweimal, dreimal. Er schoss, bis das ganze Magazin leer war.

Wilsons fiel nach hinten. Sein Mund war geöffnet, als ob er noch etwas hatte sagen wollen. Bis zuletzt war seine königliche Hand in die Luft gereckt. Doch schließlich fiel auch sie nach unten.

Hetzen, hetzen bis zum Tod

Manfred Köhler

Neben seinem Auto stand ein anderes. Das fiel Kurt von Weitem auf, obwohl es fast schon dunkel war. Um die Zeit, an einem Werktag und bei dem Schneematschwetter war das ungewöhnlich. Immerhin lag der Parkplatz mitten im Wald. Es gab nur ein paar Stellplätze für Wanderer, Mountainbiker und Nordic Walker. Man fuhr vom Ortsrand über eine schmale Piste ein ganzes Stück erst über Felder und dann durch Jungwald, bis man hierherkam.

Egal, Kurt dachte sich nichts dabei, er war einfach nur fertig. Er hatte es geschafft, ganz nah an seine Grenzen zu gehen, näher als sonst. Seine Muskeln fühlten sich an wie ausgebrannt, auch in den Armen, obwohl ja die Beine die Hauptarbeit bei seinen Querfeldeinläufen leisteten.

Er überlegte, einmal bei einem Iron-Man-Triathlon mitzumachen. Schwimmen war seine Stärke, Laufen war es seit einiger Zeit geworden. Radfahren war eher nicht sein Ding, aber das konnte er üben. Der Gedanke an einen solchen Wettkampf war so ziemlich das einzige Ziel, das er im Moment noch hatte – abgesehen von seinem Hauptziel, seine Exfreundin Margitta zurückzugewinnen.

Er bräuchte auch endlich wieder einen Job, aber da war es so schwer, sich aufzuraffen. Internetsuche lag ihm nicht, er hatte auch keinen Computer, und die kleinen Anzeigen in den Zeitungen verwirrten ihn, alles verschwamm beim Lesen.

Er ließ die Arbeitsagentur mal machen, irgendwann würden die schon was für ihn haben. Er kam zurecht im Moment, hatte noch Ersparnisse. Die wollten ihn umschulen. Er konnte ja wirklich nicht viel. Bademeister in einem Hallenbad stellte er sich schön vor. Aber Umschulung, noch mal lernen ...

Er war zwar erst 27, aber sich zu konzentrieren und etwas zu begreifen war ihm schon immer schwergefallen. Er konnte nichts behalten, schon das Lesen von einfachen Texten strengte ihn an, er kam selten über den ersten Satz hinaus. Mit Zahlen war es totaler Mist, da ging gar nichts.

Aber laufen, das war was. Laufen bis zum Umfallen. Triathlon. Der Gedanke daran. Er war ganz gut gelaunt von dem Gedanken, als er auf den Parkplatz kam.

Die Fahrertür des anderen Autos ging auf, als er seinen Schlüsselbund aus der Tasche ziehen wollte. In der Dämmerung erkannte Kurt den Kerl erst nicht, sein Auto war nur ein dunkler Schatten. Als er sagte: »Na, Kurt, wie war dein Lauf?«, da wusste er, mit wem er es zu tun hatte. Die Frage klang freundlich, aber die Stimme war eiskalt, sie hörte sich an wie »He, du Dreckskerl, jetzt bist du fällig!«.

»Ach Niklas«, stellte er so abweisend wie möglich fest, »willst du was von mir?«

Es war klar, dass er was von ihm wollte. Aber irgendwas musste man ja sagen. Ihm fiel nichts Besseres ein. Ihm fiel selten was Gutes ein. Außerdem wollte er gar nichts sagen, nicht zu dem. Es kotzte ihn an, dass der da war, ausgerechnet jetzt, wo er so fertig war und nur seine Ruhe wollte.

»Du bist schon wieder mal bei Margi gewesen.«

Margi! Sie heißt Margitta oder Gitti, du Affenkopf!

»Na und?«

Niklas kam von seinem an Kurts Auto heran. Kurt spürte seine Wut, hatte sie schon gehört am Klang seiner Stimme, an den schnellen Schritten, aber jetzt schlug sie ihm heiß entgegen. Kurts eigene Wut hatte nicht mehr viel Kraft, und das wusste Niklas genau. Deshalb hatte er ihm hier aufgelauert. Gitti hatte Niklas vermutlich erzählt, wie brutal Kurt lief.

»Hei, hei, nicht so nah!«

Er wollte ihn nicht anfassen, hob nur die Hand, um ihn auf Abstand zu halten, aber Niklas drängte heran, Oberkörper gereckt, als ob er ihn mit dem Brustbein als Rammbock umschubsen wollte. Kurt stoppte ihn, so gut es ging. Diese Wut, sie nahm ihm die wenige Kraft, die er noch hatte. Er wich einen Schritt zurück und geriet zwischen die Autos. Auch wenn es aussah wie Angst, er wollte ihn einfach nicht so nah an sich dran haben.

Niklas setzte sofort nach. Nun hatte Kurt ihn vor sich und hinter sich nasses Dornengestrüpp und neben sich die Autos.

»Hast du ihr gesagt, sie soll mein Kind nicht kriegen?«

Sein Wut-Schweiß stank Kurt entgegen. Er dachte nicht dran, darauf zu antworten, überhaupt mit dem darüber zu reden.

»Hast du ...!«, schrie er.

Seine Arme und Beine waren so schwer. Er musste ihn erst mal wegdrücken, aber das würde zum Kampf führen. Er hatte keine Kraft mehr für einen Kampf. Den konnte der Depp gern haben, morgen, aber heute, jetzt, nicht jetzt, unmöglich.

»Du verdammtes Schwein!«, schrie Niklas ihm so nah und geifernd ins Gesicht, dass sein Speichel ihn anspritzte. Kurt bekam das eklige Zeug in den Mund und spuckte sofort aus, wischte sich mit dem Ärmel übers Gesicht.

Es ging nicht anders, er musste ihn jetzt wegschieben, zumindest einen Meter auf Abstand bringen, die Arme freibekommen. Niklas stemmte sich ihm sofort entgegen, packte ihn, riss an ihm herum und schrie dazu:

»Sie hat's wegmachen lassen wegen dir! Und ich als Vater weiß es nur deshalb, weil es Komplikationen gab.«

Bloß nicht diskutieren. Kurt musste die letzten Kräfte schonen, die er noch hatte.

»Hast du kapiert?«, brüllte Niklas. »Du hast mein Kind auf dem Gewissen!«

Was Kurt kapierte: Dieses Arschloch war durchgedreht. Hier ging es nicht darum, etwas auszutragen, sondern um Leben oder Tod. Der wollte keine Antworten, der wollte ihm auch keine Angst machen, der wollte ihn einfach nur zusammenschreien und dann umbringen.

Er musste ins Auto und dann nichts wie weg. Seine Muskeln, es kam keine Kraft mehr aus seinen Muskeln, nur brennender Schmerz und zähe Leere.

»Lauf!«, schrie Niklas, obwohl er Kurt noch fest gepackt hielt.

»Lauf!«, und er stieß ihm das Knie unten rein.

»Lauf!«, und Kurt sank zu Boden.

»Lauf!«, und Niklas trat nach ihm, aber traf nur seinen Ellenbogen. Noch ein Tritt, noch einer. Er traf sein Knie, stieg über ihn drüber, trat von hinten, traf seinen Rücken, traf mit der Schuhspitze seinen Hals, seinen Kopf.

»Lauf!«

Kurt rollte sich auf alle viere, stemmte sich hoch und machte einen Satz zwischen den Autos hervor auf den leeren Parkplatz. Niklas ließ ihn, trat nicht mehr, packte ihn nicht, er wollte ja, dass er lief, er sollte laufen.

Kurt wollte zu seinem Auto und dann weg. Aber wandte sich, betäubt von den Tritten und da ihm der Weg abgeschnitten war, in die falsche Richtung, taumelnd, dann sicherer. Da war noch Kraft, jetzt sprang sie an, ein Notprogramm des Körpers. Er rannte auf den Wald zu, den Weg, den er gekommen war.

Kurt hörte, dass der andere dicht hinter ihm lief. Der meinte wohl, er könnte ihn endlos durch die Gegend hetzen, aber wusste nicht, was Kurt wusste. Ganz in der Nähe war ein altes Haus, ein verlassenes Forsthaus im Wald. Wenn er es bis dahin schaffte, dort gab es Zeug, Werkzeug am Boden, Geräte im Schuppen. Dort gab es Verstecke. Kurt kannte sich aus, Niklas nicht.

Er lief schneller, das Laufen brachte noch mal etwas Kraft zurück. Auch sein Verfolger musste jetzt rennen, um dranzubleiben. Er hörte ihn hinter sich, seinen frischen Trab gegen sein eigenes schlaffes Schlapp-Schlapp. Sein Kopf war nur noch zum Vorwärtskommen da, Kommandozentrale für die Beine, er lief automatisch und dachte nicht, ließ sich treiben, von seinem Verfolger vor sich hertreiben.

Als er sich am Abzweig zum Haus wähnte, schlug er einen Haken runter vom Weg. Der frühere Zufahrtsweg war längst überwuchert. Kurt blieb im Unterholz hängen, strauchelte, befreite sich mit einem trägen Sprung, der andere hinterher.

»Na los, schneller!«, schrie Niklas.

Kurt hatte inzwischen zu tun, sich auf den Beinen zu halten. Warum blieb er nicht stehen und wehrte sich? Vielleicht ein Programm aus der Urzeit. Instinktiv wusste man, wie gefährlich die Wut des Gegners war, wie überlegen seine Kraft und welche Reaktion fürs Überleben die richtige. Auch wenn Kopf, Kampfwille, Restwut sagten, auch wenn Stolz und Hass auf diese Mistkröte brüllten: Kämpfe! Im Moment war das nicht angesagt.

Er hätte sich bei seinem Training nicht selbst so antreiben dürfen, aber wer rechnete mit so was? Hätte er damit rechnen müssen? Er hatte Gitti nicht aufgehetzt, er hatte nur mit ihr über die Schwangerschaft gesprochen, und zwar auf ihren Wunsch. Wie sehr sich ihr Leben verändern würde. Ihr noch ganz junges Leben. Und ob sie sich denn wirklich restlos sicher sei mit diesem Idioten?

Sie musste das geplant haben, schon länger. Sie ließ sich doch nicht in so einer wichtigen Frage von ihrem Exfreund beeinflussen und bekam am nächsten Tag gleich einen Termin. Allenfalls hatte er sie nicht davon abhalten können, ohne es zu wissen. Sie hatte sich bestimmt schon zu 99 Prozent entschieden gehabt. Er hatte nur das letzte Prozent beigesteuert und sie den Termin einhalten statt im letzten Moment schmeißen lassen.

Sie hätte sich mit dem verdammten Typen nie abgeben dürfen, schon gar nicht so weit! Kurt musste sich einfach einmischen, es betraf ihn doch unmittelbar. Er wollte sie zurück, und sie wollte ja wohl auch nicht so weit gehen mit dem, doch kein Leben mit dem verbringen, dem Spinner, der andere Leute durch den Wald hetzte, diesem mordlustigen Irren.

Kurt sah fast nichts mehr, kriegte die Füße kaum hoch. Seine Lunge platzte gleich, er musste was machen, wollte nicht, von dem doch nicht, da vorne, breiter Schatten vor letztem Restlicht, das Haus, hoffentlich reichte die Kraft noch.

Worauf er spekulierte: Da war ein Loch im Boden, mitten im Hauptraum des alten Forsthauses. Kellerdecke eingestürzt. Er wusste, wo das war, der andere nicht. Zu sehen würde es hoffentlich nicht sein. Er sprang drüber oder wich aus, der andere fiel rein. So musste es klappen.

Wenn nicht, dann schnappte er sich irgendwas. Er war oft genug da gewesen und hatte sich umgeschaut. Der letzte Bewohner hatte seinen ganzen Krempel dagelassen, sogar halb leere Bierkästen mit ungeöffneten Flaschen, außerdem Kerzen, Streichhölzer, Kanister, ein Auto ohne Räder. Eine rostige Axt. Er wollte ihn nicht erschlagen, natürlich nicht, aber drohen und ihn sich vom Leib halten, das konnte er damit.

Kurt prallte gegen das Haus, hangelte sich an der Wand entlang, kalte, feuchte, schmierige Mauer. Irgendwie fand er den Eingang nicht im Dunkeln oder weil sie von der falschen Seite kamen. Es war auch alles noch voll Schnee, das irritierte ihn.

Er machte kehrt und wandte sich in Richtung Schuppen. Der stand ein Stück vom Haus weg, dazwischen lag ein verwilderter Garten, auf halbem Weg ein Brunnen, ziemlich tief. Er hatte mal Steine reingeworfen. Es hatte ewig gedauert, bis sie unten ankamen.

In dem Brunnen war noch Wasser. Komisch, dass niemand den Rand abdeckte, das war doch gefährlich! Aber das Haus war so weit im Wald, der Zufahrtsweg verwildert, das fand einfach niemand. Er hatte es auch nur durch Zufall entdeckt, weil er gern querfeldein lief.

Auf dem Weg zum Schuppen blieben sie am Brunnen hängen und spielten Katz und Maus, immer rings herum, den anderen auf Abstand gehalten.

»Du sollst rennen!«, schrie Niklas. »Glaub bloß nicht, ich lasse zu, dass du dich hier ausruhst!«

Kurt versuchte gar nicht, ihn zu besänftigen. Es ging darum, ihn auszuschalten. Weiterlaufen war unmöglich. Er war am Ende, seine Beine waren so übersäuert und steif, als würden sie in Ofenrohren stecken. Er konnte die Knie nicht mehr beugen, alles war verkrampft. Der Brechreiz kam ganz plötzlich und mit Urgewalt.

Und da packte Niklas zu. Er hatte sich über den Brunnen geworfen, Kurt an der Jacke erwischt und versuchte nun, ihn von der anderen Seite her über den Rand zu zerren. Kurt sah dem Tod ins Auge. Eine spontane Idee änderte alles.

Sein Erbrochenes, statt es planlos von sich zu geben, sammelte Kurt es im Mund und spuckte ihn damit an. Niklas hatte zum tödlichen Ruck angesetzt, hielt inne vor Ekel – da kam der tödliche Ruck von Kurt.

Sein Ausruf, als er den Halt verlor und über den Brunnenrand kippte, klang wie »Höps!« und drückte Verwunderung aus. Er fiel ohne Schrei. Der Aufschlag war hart, das Wasser spritzte bis hoch zu Kurt. Ein paar Sekunden schwiegen beide, dann rief Niklas von unten:

»Hol mich bitte raus! Ich hab ein Abschleppseil im Auto.«

Seine Stimme klang hohl aus der tiefen Röhre, atemlos und verfroren. Kurt versuchte, ihn da unten zu erspähen, aber sah nur Schwärze. Vielleicht kam die Schwärze auch von innen, sein Kreislauf spielte verrückt. Aber ein Gedanke war ganz klar: »Du hast zehn Minuten da unten, dann stirbst du an Unterkühlung. Das ist unmöglich zu schaffen.«

»Dann versuch's doch wenigstens! Bitte!«

Warum sollte er? Damit der andere ihn dann doch noch umbrachte, irgendwann? Oder ihm die Schuld gab für alles? Kurt fragte: »Wo ist dein Autoschlüssel?«

Atemlose Pause des Begreifens, dann: »Verdammt, hier unten.«

»Kannst du nicht doch irgendwie rausklettern?«

Es schwappte und spritzte, dann gab er auf.

»Unmöglich, viel zu glatt, kein Halt! Hast du kein Seil?«

»Nein, ich glaub nicht.«

»Oder ein Handy?«

»Im Auto.«

»Meines auch.«

»Dann schmeiß den Schlüssel zu mir hoch. Na, komm schon.«

Komisch, dass er ihn so auf Trab hielt. Er wusste doch jetzt schon, dass es keinen Zweck hatte. Lautlos verharrte er am Brunnenrand und lauschte den Versuchen seines Feindes, den Schlüssel hochzuwerfen. In dem Haus gab es kein Seil, er hatte nie eins gesehen. Eine Leiter könnte er holen, aber die wäre viel zu kurz. Machte es ihn zum Mörder, es nicht wenigstens zu versuchen? Oder sonst irgendwas?

Aber was? Ihm fiel nie was ein, in Stresssituationen schon gar nicht. Sein Auto war zu weit weg. Handys hatten hier draußen sowieso keinen Empfang. In die Stadt zu fahren und Hilfe zu holen käme viel zu spät und konnte ihm Schwierigkeiten bringen. Beide konkurrierten seit Jahren um Gitti, jeder wusste, dass sie sich hassten bis aufs Blut. Er könnte ihn absichtlich in den Brunnen geworfen und den Rettungsversuch nur gespielt haben. Andererseits würde man Niklas vermissen, wenn Kurt einfach gar nichts machte. Und ihn suchen. Und merken, dass Kurt log, wenn er behauptete, von nichts zu wissen.

Ein spitzer Verzweiflungsschrei lenkte ihn ab.

»Was ist?«

»Der Schlüssel ist abgesoffen.«

Vor Zittern brachte er kaum noch ein Wort heraus, Kurt reimte sich sein Stottern zusammen.

»Es ist sowieso zu spät.«

»Ich will aber nicht sterben!«

Er quiekte und heulte und verzitterte alles. Es würde bald vorbei sein. Das hieß für Kurt, es wurde höchste Zeit, eine Entscheidung zu treffen. Ohne Schlüssel konnte er das Auto des anderen nicht verstecken. Würde seine Leiche an der Oberfläche treiben oder auf den Grund sinken?

»Sie stirbt auch, wenn du mir nicht hilfst. Ich hab ihr was angetan.«

Die Stimme aus dem Brunnenschacht war kaum noch verständlich, Kurt fragte: »Wem?«

»Na wem wohl, Margi. Die Schlampe hat unser Kind getötet wegen dir. Ich hab sie aus dem Krankenhaus entführt und wollte euch beide erledigen, dich zuerst. Damit sie deine Leiche noch sieht, bevor sie selbst dran ist.«

»Und wo ist sie? Bei sich daheim?«

»Natürlich nicht. Ich hab sie lebendig vergraben, irgendwo in diesem Wald, und genug Platz für deinen Kadaver gelassen. Sie hat noch ein paar Stunden, bevor sie erstickt.«

»Nein. Das hast du dir gerade ausgedacht. Damit ich dich doch noch rette.«

Er wollte ruhig und sicher klingen, aber seine Stimme überschlug sich.

»Ach wirklich? Traust du mir das nicht zu? Und willst du's riskieren?«

Kurt schüttelte den Kopf und traf eine Entscheidung.

»Es gibt einen Vorschlaghammer im Haus. Ich könnte eine deiner Autoscheiben einschlagen und das Seil holen. Hältst du noch so lange durch?«

»Ich schwimme, ich trete, ich kämpfe, ich zapple mich warm.«

Kurt antwortete nicht, er lief zum Haus. Seine steifen Beine, sein dröhnender Kopf, die anhaltende Übelkeit, alles egal. Gitti war in Gefahr. Er packte den Vorschlaghammer, torkelte und stakste schlackernd vor Erschöpfung in den Wald und in die hoffentlich richtige Richtung zum Parkplatz.

Es war stockdunkel. Sein Körper war lahm und wurde lahmer. Keine Reserven mehr. Ausgebrannt, dehydriert und restlos übersäuert. Nur sein eiserner Wille trieb ihn noch und der Entschluss, sich gegen den Todeskampf des eigenen Organismus zu stemmen, der nun stockte wie ein Automotor ohne Benzin. Die letzten Zuckungen seiner Beine brachten ihn fast bis zum Parkplatz.

Dass er den Vorschlaghammer unterwegs verloren hatte, merkte er nicht. Auf allen vieren schaffte er ein paar Meter, kriechend noch ein paar Zentimeter. Die Autos waren nun in Sichtweite, aber versteckten sich in der Dunkelheit. Dann verschwanden die Schemen des finsteren Waldes hinter Kurts Augendeckeln, die zugingen, ohne dass er es merkte.

Niklas' Todesschrei hörte er mit einem letzten Flackern der schwindenden Sinne seines erfrierenden Körpers, der tierisch gurgelnde Laut schraubte sich aus dem Brunnen in den Waldhimmel, wurde von den

Bäumen gebrochen und verklang über dem Parkplatz.

Für einen eigenen Todesschrei hatte Kurt keine Kraft mehr.

Margittas Todesschrei erstickte tief unter der Erde.

Das Schweinchen

RALF KRAMP

Die Platane legte einen gewaltigen Schatten über den festgestampften, sandigen Platz des Dorfes. Im Blätterdach balgten sich halbherzig ein paar mittagsmüde Vögel, und vor dem kleinen Café saßen zu dieser Stunde nur wenige Gäste. Wie lauwarme Suppe schwappte die Luft durch die Gässchen des Dorfes am Fuße der Cevennen.

Zwei alte Männer standen beinahe regungslos am Rande der großen Fläche und redeten miteinander. Nur hin und wieder ging einer von ihnen in die Hocke, spreizte je nachdem die Beine oder bückte sich nur mit dem Oberkörper im geraden Winkel nach vorne, die Knie aneinandergelegt. Dann blickten sie ihren metallisch glänzenden Kugeln hinterher, die in elliptischen Bahnen durch die Luft flogen oder gemächlich über den Kalksplitt kullerten. Es gab klackernde Geräusche, wenn Metall auf Metall prallte, und große Gesten oder halblautes Lamento.

Bertrand ging mit entspannt wiegendem Schritt auf die beiden zu. Sie waren sicher gut zwanzig Jahre älter als er. Der eine trug ein Strohhütchen, aus dessen Geflecht einzelne Halme herausragten. Er hatte eine getönte, klobige Brille auf der Nase und steckte in einem geblümten, kurzärmeligen Hemd.

Der andere hatte das graumelierte, schüttere Haar in pomadigen Wellen in den Nacken frisiert und ließ ununterbrochen eine erkaltete Zigarette von einem Mundwinkel in den anderen tanzen. Er trug ein weißes Feinrippunterhemd und eine khakifarbene Hose mit unzähligen Taschen.

»Ein Ründchen?«, fragte der mit der Zigarette in Bertrands Richtung und ließ einladend die Petanque-Kugel ein paar Zentimeter hoch in die Luft hüpfen. »Keine Angst. Wir scheren uns nicht um die Regeln. Das ist kein Wettkampf, nur Zeitvertreib.«

»Wir lassen ein bisschen die Kugeln rollen. Je langsamer wir das machen, umso seltener müssen wir uns bücken, um sie wieder aufzuheben. Zu dritt macht es mehr Spaß«, ergänzte der mit dem Hütchen. »Oder wollen sie lieber uns zwei alten Schildkröten dabei zugucken, wie wir hier in Zeitlupe durch die Gegend kriechen?« Die beiden lachten schnarrend.

Bertrand zuckte mit den Schultern. Er war auf der Durchreise, er hatte Zeit. »Warum nicht?«

Die beiden Alten wurden auf einmal emsig. Sie drückten ihm die Hand. »Ciprian«, stellte sich der mit dem Hütchen vor. »Lucas«, sagte der mit der Zigarette.

Bertrand nahm zwei Kugeln entgegen, die die Sonne aufgeheizt hatte.

Lucas schob die Unterlippe vor und richtete die Zigarette steil auf. Dann warf er das Schweinchen. Die kleine hölzerne Kugel kullerte langsam aus, und Lucas schickte nur ein paar Minuten später seine Metallkugel gleich hinterher. Er drehte dabei geübt das Handgelenk. Sie landete aber nicht gerade in der unmittelbaren Nähe des Schweinchens, was seinem Kumpel Ciprian ein Kichern entlockte. Der schob seinen Hut in den Nacken und warf nun ebenfalls. Seine Kugel näherte sich dem Schweinchen mit holprigen Bewegungen und wurde im letzten Moment durch eine kleine Unebenheit abgelenkt. Ciprian sog zischend die Luft durch die Zähne ein.

Nun war die Reihe an Bertrand. Er hatte lange nicht gespielt. Sicher würde er ein paar Anlaufschwierigkeiten haben. Er versuchte es mit einem Flachschuss, das war schon immer seine Spezialität gewesen. Tatsächlich gelang es ihm, näher ranzukommen als seine beiden Mitspieler, was ihm ein anerkennendes Nicken der beiden einbrachte.

Ciprian trottete gemächlich zum Café hinüber und kehrte mit einem kleinen Tablett und drei Gläsern Rotwein zurück.

Sie prosteten einander zu und tranken. Dann folgte der nächste Durchgang. Jeder spielte nun seine zweite Kugel.

»Wo waren wir vorhin stehengeblieben?«, fragte Lucas, während er erneut Stellung bezog, um seine Kugel zu rollen.

»Bei Martine«, knurrte Ciprian und rieb sich die Nase, wobei seine Brille hoch und runter tanzte.

»Jaja, Martine« seufzte Lucas und schoss gezielt Ciprians Kugel zur Seite.

Bertrand registrierte, dass die beiden offenbar keine Scheu hatten, ihn an ihren privaten Unterhaltungen teilhaben zu lassen. Er gehörte jetzt anscheinend zum Trio dazu.

Als hätte er seine Gedanken erraten, sagte Lucas: »Wir plaudern gern beim Spielen. Wundern Sie sich nicht.«

»Keine Sorge.« Bertrand plauderte eigentlich auch gerne, hatte aber nur selten Gelegenheit. Seit er allein lebte, hatte sich die Welt um ihn herum seltsam verwandelt. Er war nicht mehr geübt im Umgang mit Menschen. Diese Begegnung hier war für ihn ein ungewohntes Vergnügen.

»Es war dieser schreckliche Mistral damals, weißt du?«, knurrte Lucas. »Ich bin hier aufgewachsen, ich habe hier fast mein ganzes Leben verbracht, ich bin hier zum alten Mann geworden, aber ich kann mich einfach nicht an diesen verteufelten Mistral gewöhnen. Hui! Huiui …« Er ahmte das Geräusch des Windes nach. »Er macht die Menschen verrückt. Er treibt sie in den Wahnsinn, ist es nicht so?« Er bedachte Bertrand mit einem fragenden Blick. Der wackelte unentschlossen mit dem Kopf.

Ciprian grunzte vergnügt. »Unser junger Freund hat sicher noch keinen Mistral erlebt. Er ist blass wie ein Stallkaninchen. Paris, stimmts?«

»Hört man es an meiner Sprache?«

»Ja, ein bisschen.«

Lucas räusperte sich vernehmlich. »Martine also …« Die beiden anderen verstummten. »Wenn der Mistral nicht gewesen wäre, wäre das auch mit Martine nicht passiert, da bin ich mir sicher.«

Inzwischen hatte Ciprian wieder seine Position eingenommen und versuchte, die Laufbahn seiner zweiten Kugel vorauszuplanen. Währenddessen erzählte Lucas weiter, und seine Zigarette hüpfte auf und ab: »Martine Malmont war ein wildes Weib, doch, doch, muss man schon sagen. Oben aus Saint-Hilaire kam sie. Sie war ein bisschen wie der Mistral, glaubt mir. Eine schwarze Mähne, glänzend wie Kaviar. Und Zähne. Die konnte beißen ...« Er kicherte still in sich hinein. Im nächsten Augenblick hob er dann aber mit bedauerndem Ausdruck die Augenbrauen in die Höhe und seufzte: »Dass es so enden musste, war traurig. Wirklich traurig. Eine reine Eifersuchtssache. Wie gesagt, der Mistral ... Kein Wunder, wenn man bedenkt, wie die es getrieben hat.« Er ließ seine Arme mit den mittlerweile leeren Händen hin und her baumeln. »Ganz einfache Sache. Ein kleines Löchlein im Bremsschlauch ihres 2CV. Wirklich nur ein klitzekleines Loch.«

»Hätte auch ein Materialschaden sein können. Ein Unfall«, brummte Ciprian.

»Jaja, genau danach sollte es ja auch aussehen. Aber es war eben dieses kleine Löchlein. Und dann hat die Ente das Fliegen gelernt. In den Serpentinen zwischen Valliguières und Campey ist es passiert. Die Leute fragen sich heute noch, warum sie da rumgekurvt ist. Nun, die wissen ja auch nichts von dem kleinen Briefchen, das sie da hin gelockt hat, die arme Martine Malmont.« Er lächelte still in sich hinein.

Bertrand runzelte die Stirn. Was redeten die beiden Alten da?

Und wieder schien Lucas in diesem Augenblick seine Gedanken zu erraten. »Verwirrt Sie das, was wir hier erzählen?«, fragte er. »Schenken Sie uns einfach keine Beachtung. Wir sind nur zwei alte Säcke, die nicht mehr viel Zeit haben, in ihren Erinnerungen zu schwelgen.«

Ciprian warf jetzt die Kugel in schulterhohem Bogen. Sie setzte einen halben Meter vor dem Schweinchen auf und rollte dann gemächlich weiter darauf zu. Zwei Handbreit vor der kleinen Holzkugel blieb sie liegen. Ciprian drückte den Rücken durch und grunzte verächtlich. Das hatte er sich schöner vorgestellt.

Dann schien auch ihn plötzlich eine Erinnerung abzulenken: »Bei mir war es Oulivié Cerdan.« Ein Lächeln umspielte seinen Mund. Er rückte die dicke Brille zurecht. »Das war aber was anderes. Keine Eifersucht. Da ging es um Geld. Um richtig viel Geld.«

Unsicher stellte sich Bertrand zum Wurf auf. Er spürte, wie seine Hand, in der er während der ganzen Zeit seine zweite Kugel gehalten hatte, zu schwitzen begann. »Entschuldigen Sie bitte, aber was Sie da erzählen, meine Herren … Ich weiß wirklich nicht …«

Die beiden Alten grinsten schelmisch. »Ich sagte doch, hören Sie einfach nicht zu. Es sind nur wehmütige Erinnerungen.« Lucas deutete auf das Schweinchen. »Los, nur zu, zeigen Sie uns, wie man das in Paris macht.«

»Genau, konzentrieren Sie sich!«

Aber genau das konnte Bertrand nicht. Er visierte sein Ziel an und schwenkte die Hand mit der Kugel mehrfach in der ungefähren Richtung der Flugbahn. Hinter sich hörte er die Stimmen der beiden Alten, und trotz der drückenden Schwüle glaubte er einen kalten Hauch in seinem Nacken zu verspüren.

»Ein ganz anderes Kaliber als deine Martine«, schnarrte Ciprian. »Oulivié Cerdan war ein schlankes, scheues Wesen, von einer reinen, unberührten Schönheit. Was man auf den ersten Blick nicht sah: Sie hinkte. Aber nicht nur ein bisschen, sondern so richtig, wie ein alter Bollerwagen, dem ein Rad fehlt. Und was man auch auf den zweiten und dritten Blick nicht erkennen konnte: Sie war steinreich. Ihrem Vater gehörten drei Ölmühlen. In Uzès, in Remoulins und das dritte hab ich vergessen. Oulivié jedenfalls hat immer in dem kleinen Teich am Waldrand von Pouzilhac gebadet. Sie war ein echtes Naturkind, die kleine Oulivié. Jaja, lange her. Dreißig Jahre mindestens …« Er seufzte. »Ach, damals, ja, damals …«

»Und wie geht's weiter?«, fragte Lucas.

Bertrand glaubte, seinen Ohren nicht trauen zu können.

»Wie gesagt, eine Geldsache. Sie hatte eine Kontovollmacht. Und so, wie Oulivié von der Oberfläche des kleinen Teichs verschwand … blubb … blubb … so waren auch zigtausend Francs ganz plötzlich vom Konto verschwunden. Sie hat bezahlt für ihr heimliches Vergnügen. Viel bezahlt, weil sich sonst keiner mit ihr abgeben wollte, wegen ihres Klumpfußes. Ja, am Ende hat sie sogar mit dem Leben bezahlt.«

»Unter Wasser gedrückt?« fragte Lucas.

Ciprian schüttelte den Kopf. »Gezogen. Fester Griff, rechtes Fußgelenk … also das gesunde Bein … und weg war sie.«

Die Kugel rutschte jetzt mehr aus Bertrands Hand als dass sie gezielt geworfen wurde. Schnurgerade rollte sie auf das Spielfeld, ließ mit lautem Klackern die Kugeln von Ciprian und Lucas zur Seite springen und positionierte sich schließlich genau neben dem Schweinchen.

»Donnerwetter!« rief Lucas.

»Sauhund!« Ciprians Beschimpfung war eher als Lob gemeint.

Bertrand hörte, wie hinter ihm in die Hände geklatscht wurde, aber seine Gedanken waren mit etwas völlig anderem beschäftigt.

»Ein Pastis vor der nächsten Runde?« fragte Ciprian und klopfte ihm auf die Schulter.

Bertrand fuhr herum. »Hören Sie,«, sagte er aufgebracht. »Das, was Sie beide da gerade erzählt haben …«

Die zwei Männer sahen ihn erwartungsvoll an.

»Vergessen Sie das am besten gleich wieder. Das ist so lange her«, sagte Lucas und winkte ab.

Aber Bertrand ließ nicht locker. Sein Mund öffnete und schloss sich ein paar Mal in schneller Folge. Die Worte wollten nicht heraus. Stattdessen ruderte er mit den Händen durch die Luft.

»Celine Malaussène«, spuckte Bertrand jetzt einen Namen aus. »Ich habe es noch nie einer Menschenseele erzählt. Celine Malaussène, die Frau von diesem Quizmaster aus dem Fernsehen?« Er sah die beiden Alten erwartungsvoll an. Diese runzelten ratlos die Stirn und zuckten mit den Schultern. »Egal! Es war jedenfalls dieser eine schreckliche Abend vor drei Jahren, an dem sie mir auf den Anrufbeantworter gesprochen hatte, dass sie mich nicht mehr treffen kann. Ich glaube nicht, dass ihr Mann wirklich etwas ahnte, das hat sie nur vorgegeben, da bin ich mir heute noch sicher.«

Wie von selbst begann Bertrand, während er erzählte, die Kugeln vom Boden aufzusammeln und an die beiden Männer zu verteilen. Er plapperte jetzt geradezu munter vor sich hin. Ein Damm schien gebrochen.

»Sie haben mich ins Vertrauen gezogen, und nun vertraue ich im Gegenzug Ihnen. Es bleibt ja alles unter uns, nicht wahr? Nun ja, ich habe ihr jedenfalls aufgelauert. Ich wusste ja, wo sie abends gerne spazieren ging. Wie ich das tun konnte, weiß ich bis heute nicht. Aber ich hab's getan. Man hat geglaubt, es handele sich um einen ganz gewöhnlichen Handtaschenräuber, der nur zu fest zugeschlagen hat. Celine hat keinem mehr erzählen können, was wirklich passiert ist. Sie schweigt für immer.«

Er betrachtete für einen Moment die verzerrte Spiegelung seines Gesichts in der Boulekugel. Dann blickte er auf und hielt das Schweinchen zwischen ihnen in die Luft, wie um zu fragen, wer nun an der Reihe sei. Und für den Bruchteil einer Sekunde schoss ihm die Frage durch den Kopf, warum das Schweinchen so ganz anders beschaffen war als die anderen Kugeln in diesem Spiel.

Die beiden Alten starrten ihn mit offen stehenden Mündern an. Lucas' Zigarette war zu Boden gefallen.

»Ich hätte nie gedacht, dass ich das mal jemandem anvertrauen kann«, sagte er beinahe beseelt. »Und dann treffe ich auf Sie beide.«

Ciprian fand als erster die Sprache wieder. »Mein lieber Freund«, sagte er krächzend »wir sind zwar alt und klapprig , und wir sind jetzt auch schon einige Jährchen im Ruhestand. Aber unsere grauen Zellen funktionieren noch recht gut.«

Und Lucas fuhr fort: »Beim Boulespiel sprechen wir eben manchmal über den ein oder anderen Mordfall, den wir in unserer Laufbahn nicht haben lösen können. Wir haben die Opfer, die Motive und die Tatumstände. Nur eben keine Täter.« Er blickte zu seinem alten Kumpel hinüber, der ebenfalls einen fassungslosen Gesichtsausdruck aufgesetzt hatte. »Wissen Sie, es ist doch immer dasselbe: Einmal Polizist, immer Polizist.«

Ciprian und Lucas ließen achtlos die Boulekugeln auf den staubigen Boden fallen und langsam sank Bertrands Hand mit dem Schweinchen darin nach unten.

Die Autoren

Ella Danz, gebürtige Oberfränkin, lebt seit ihrem Publizistikstudium in Berlin. Nach Jahren in der Ökobranche ist sie mittlerweile als freie Autorin tätig. Mit Genauigkeit und Nachsicht beobachtet sie ihre Mitmenschen nach dem Motto: Das ganze Leben ist eine Stoffsammlung. Neben dem Schreiben gilt ihre Leidenschaft der Pflege einer nachhaltigen, genussvollen Esskultur. Diese wird in ihren Romanen um Kommissar Angermüller, den Genießer im Polizeidienst, ausgiebig zelebriert, was ihr bei der Kritik den Titel »Agatha Christie des Gourmetkrimis« eingebracht hat. Dass sie auch sportlich kann, zeigt sie mit ihrem Segelkrimi »Alles im Eimer«. www.elladanz.de

Jürgen Ehlers, geboren 1948 in Hamburg, pensionierter Eiszeit-Geologe. Er lebt mit seiner Familie mitten im Wald, unweit von Hamburg. Er hat kürzlich am 100-Kilometer-Lauf von Biel teilgenommen (1972) und wenig mehr als doppelt so lange wie der Sieger gebraucht. Ehlers ist Mitglied im *Syndikat* und in der englischen *Crime Writers' Association*. Er hat bisher acht Kriminalromane und einen »Krimi-Reiseführer Hamburg« veröffentlicht. www.juergen-ehlers.com

Kai Engelke, geboren 1946 in Göttingen, aufgewachsen in Hildesheim, Berlin und Wyk auf Föhr, Internat in Marburg/Lahn, Abitur in Gießen, Redaktionsvolontariat bei dpa in Frankfurt/Main, Pädagogikstudium in Hildesheim, Grundschullehrer im Emsland, zahlreiche Einzelveröffentlichungen und Herausgaben, drei CDs, Beiträge in mehr als 100 Anthologien, mehrere Literaturpreise, künstlerischer Leiter der *Landesliteraturtage Niedersachsen/Bremen* 2001 und 2007, künstlerischer Leiter der *Meppener Krimi-Literaturtage* seit 2009, Mitglied im *Syndikat* – Autorengruppe deutschsprachiger Kriminalliteratur, Juror *Liederbestenliste* und *Preis der deutschen Schallplattenkritik*, Moderator der *internationalen Liederfeste* auf Burg Waldeck/Hunsrück, lebt als Musikjournalist und Schriftsteller in Surwold/Emsland. www.kaiengelke.de

Romy Fölck wurde 1974 in Meißen geboren. Sie studierte Jura in Dresden, ging in die Wirtschaft und arbeitete zehn Jahre für ein großes Unternehmen. Mittlerweile lebt sie als freie Autorin in der Elbmarsch bei Hamburg. Sie arbeitet an ihrem vierten Kriminalroman und schreibt regelmäßig Kurzgeschichten für Anthologien und Zeitschriften. www.romyfoelck.de.

Carsten Sebastian Henn wurde 1973 in Köln geboren und lebt heute noch im Rheinland. Der WDR erklärte den mehrfach ausgezeichneten Autor zu »Deutschlands König des kulinarischen Krimis«. In vielen seiner Romane und Kurzgeschichten geht es um Mord, Wein und gutes Essen. Auch durch seine Sachbücher zum Thema Wein hat Carsten Sebastian Henn sich deutschlandweit einen Namen gemacht. Er ist zudem ständiger Mitarbeiter des internationalen Weinmagazins »Vinum« und Redaktionsmitglied des »Gault Millau WeinGuide Deutschland«. 2009 gründete Carsten Sebastian Henn, der in Australien während seines Studiums auch Weinbauseminare belegte, die »Deutsche Wein-Entdeckungs-Gesellschaft« und keltert seitdem gemeinsam mit den besten Winzern Deutschlands streng limitierte Spitzenweine. www.carstensebastianhenn.de

Kai Hensel, geboren 1965 in Hamburg, lebt als freier Autor in Berlin. Sein Roman »Sonnentau« stand auf der Shortlist für den *Friedrich-Glauser-Preis* 2015.

Rudi Jagusch, Jahrgang 1967, studierte Verwaltungswirtschaft in Köln. 2006 erschien sein erster Krimi, weitere folgten im Jahreszyklus. Heute lebt und arbeitet er als freier Schriftsteller mit seiner Familie im Vorgebirge am Rande der Eifel. www.krimistory.de

Thomas Kastura, geboren 1966 in Bamberg, lebt ebendort mit seiner Frau und seinen beiden Töchtern. Er studierte Germanistik und Geschichte und arbeitet seit 1996 als Autor für den Bayerischen Rundfunk. Zahlreiche Erzählungen, Jugendbücher und Kriminalromane, u. a. »Der vierte Mörder« (2007 auf Platz 1 auf der KrimiWelt-

Bestenliste), »Fünf Leichen zu viel« (mit Brandeisen & Küps) sowie aktuell der Thriller »Dark House«. Thomas Kastura ist außerdem Herausgeber der KBV-Krimianthologie »Scotch as Scotch can«. www.thomaskastura.de

Christian Klier, 1970 in Nürnberg geboren, lebte an verschiedenen Orten in Deutschland und in Frankreich. In Augsburg und Würzburg studierte er Germanistik und Romanistik. Einige Jahre verbrachte er in Paris, wo auch sein Kriminalroman »Das ganze Jahr November« spielt. Seit 2010 erscheint seine Reihe um den Nürnberger Kultkommissar Werner Klotz: »Klotz, der Tod und das Absurde« (2010), »Klotz und der unbegabte Mörder« (2012), »Klotz und der Schatz im Silbersee« (2013) und »Klotz und die Blumen des Bösen« (2014). Beiträge in verschiedenen Anthologien. www.christian-klier.de

Manfred Köhler, geboren 1964 in Hof, arbeitet seit 1994 als freiberuflicher Redakteur und Autor. Mit dem Thriller »Schreckensgletscher« war er für den *Glauser-Krimipreis* 2008 nominiert. Aktuell erhältlich sind derzeit rund 40 E-Books, Printveröffentlichungen und Hörbücher. In mehreren Kurzkrimi-Anthologien über das Vogtland hat er seine Spuren hinterlassen. www.manfred-koehler.de

Regine Kölpin, geboren 1964 in Oberhausen (NRW), lebt in Friesland. Sie liebt die Nordseeküste, weil sie das raue Klima, die Weite des Meeres und der Landschaft für ihre Inspiration braucht. Regine Kölpin hat viele Preise und Auszeichnungen erhalten. Zuletzt war sie nominiert für den *Kärntner Krimipreis* 2008 und erhielt im Jahr 2010 das Krimistipendium *Tatort Töwerland*. 2011 wurde sie zu einer der *Starken Frauen Frieslands* ernannt. www.regine-koelpin.de

Tessa Korber, bürgerlich Dr. Tessy Klier, wurde 1966 in Grünstadt/Pfalz geboren und lebt seit ihrem vierten Lebensjahr in Franken. Sie hat in Germanistik und Geschichte promoviert, an der Universität und als Werbetexterin gearbeitet und ist seit 1998 freie Schriftstellerin. Neben zahlreichen historischen Romanen verfasst sie bevorzugt Krimis, aktuell die Serie um den Bestatter Viktor Anders. Sie lebt mit ihrem Mann, dem Autor Christian Klier, in der Nähe von Würzburg.

Henner Kotte, geboren 1963, Krimifan seit dem ersten Lesealter. Germanistikstudium in Leipzig und Moskau. Wissenschaftlicher Assistent am Institut für deutsche Sprache, Mannheim. Ohne Arbeit, Dozent, Redakteur, freiberuflich. 1997 *MDR-Literaturpreis*. Werkauswahl: »Blutige Felsen« – Kriminalgeschichten aus der Sächsischen Schweiz, »Blutiges Erz« – Kriminalgeschichten aus dem Erzgebirge, »Leipzig mit blutiger Hand« – Wahre Kriminalfälle, »99 x Dresden, die besonderen Seiten der Stadt« – Reiseführer (alle 2015), »Der Pianist ohne Gedächtnis« (2014), »Die vermauerte Frau« (2012), »Im Paradies gibt's keinen Gänsebraten« (2012), »Augen für den Fuchs« (2010), »Die Zähne vom Schwarzen Gruhl« (2010), »Frederikes Höllenfahrt« (2009).

Ralf Kramp, geboren 1963 in Euskirchen, lebt und arbeitet als Krimiautor, Karikaturist und Veranstalter von

Krimi-Erlebniswochenenden in der Eifel. Für sein Debüt »Tief unterm Laub« erhielt er 1996 den *Eifel-Literatur-Förderpreis*. Seither erschienen zahlreiche weitere Bücher bei KBV, unter anderem sechs schwarzhumorige Kurzkrimisammlungen und die bisher sechsteilige Romanreihe um den kauzigen Helden Herbie Feldmann.

Im Jahr 2002 erhielt er den *Kulturpreis des Kreises Euskirchen*. Seit 2007 führt er mit seiner Frau Monika in Hillesheim das »Kriminalhaus« mit dem »Deutschen Krimi-Archiv« mit 30.000 Bänden, dem Krimi-Café »Café Sherlock« und der »Buchhandlung Lesezeichen«. www.ralfkramp.de, www.kriminalhaus.de

Tatjana Kruse, Jahrgangsgewächs aus süddeutscher Hanglage, lebt und arbeitet in Schwäbisch Hall, wo sie alles treibt, nur keinen Sport! Mehr über die Autorin auf Facebook, Twitter und unter www.tatjanakruse.de

Christoph Krumbiegel wurde 1972 im Vogtland geboren, wo er heute eine kleine Land-Apotheke betreibt. Seine skurrilen Kurzgeschichten sind Bestandteil von Anthologien wie »Mords-Sachsen« 2 bis 5, »Gauner, Geigen, Griegeniffte« oder »Wer mordet schon im Vogtland?«. Bei Lesungen in der Region ist er gern gesehen. Er konnte bereits mehrmals den *Vogtländischen Literaturpreis* gewinnen. www.krumbiegel.de

Bettine Reichelt, Autorin und Pfarrerin, geboren in Plauen/Vogtland, zwei Söhne, studierte Theologie in Leipzig, seit 2003 freie Autorin und Lektorin, geprägt durch mythologische Geschichten, Klänge, das Labyrinth und Reisen quer durch Europa, 2008 auf Einladung der Armenisch-Apostolischen Kirche mehrwöchige Reise in den Libanon und nach Syrien, verfasst Gedichte, Kurzgeschichten, Essays, Märchen, Kriminalgeschichten und einen Kriminalroman.

Das aktuelle Projekt »Rilkes Raben« erzählt von Begegnungen und Erfahrungen mit weisen Vögeln, Irritationen, gemeinsamen Lernen, von Abschied und Neubeginn.

Regina Schleheck, 1959 in Wuppertal geboren und in Köln aufgewachsen, absolvierte ein Studium der Fächer Germanistik, Sozialwissenschaften und Sport, das sie in Aachen abschloss. Zehn Jahre lebte sie in Herford, seit 1996 ist sie in Leverkusen wohnhaft. Sie hat fünf mittlerweile erwachsene Kinder, ist Oberstudienrätin an einem Berufskolleg, nebenberuflich Referentin an Erwachsenenbildungseinrichtungen. Seit 1999 Autorentätigkeit, Lektorat und Herausgeberschaft mit Schwerpunkt Kurzprosa und Hörspiele, aber auch Erzählungen, Drehbücher, Theaterstücke. Viele Veröffentlichungen und Auszeichnungen, zum Beispiel den *Kurzkrimi-Glauser* 2013. www.regina-schleheck.de

Gunnar Schuberth wurde in Münchberg/Oberfranken geboren. Seine erste Veröffentlichung war ein Gedichtband, danach schrieb er Satiren für Zeitungen, Drehbücher und Krimis. Er lebt seit seinem Germanistikstudium in Nürnberg. Heute arbeitet er als Softwareentwickler und Autor. Zuletzt erschienen von ihm der Nürnberg-Krimi »Der Kreuzweg« sowie das E-Book

»Das Buch der Verdammnis«. Gunnar Schuberth ist Mitglied im *Syndikat* und anderen Autorenvereinigungen und liest regelmäßig aus seinen Büchern bei Veranstaltungen in Nürnberg und im Raum Hof.

Astrid Seehaus, geboren 1961, ausgewandert in Kinderjahren nach Australien, studierte Diplom-Biologin, gründete 1990 ein Landschaftsarchitekturbüro. Sie ist Autorin und Verlegerin. Bisher hat sie 30 Kinderbücher, mehrere Krimis und Kurzkrimis veröffentlicht, ein paar ihrer Bilderbücher wurden ins Englische und Japanische übersetzt. Für »Tod im Eichsfeld« erhielt sie 2012 den *1. Thüringer Krimipreis*, für ihre kulturellen Verdienste im Eichsfeld die Silberne Ehrennadel des Eichsfeldes. www.undine-verlag.de

Roland Spranger, Jahrgang 1963, arbeitet als Betreuer in Wohneinrichtungen für geistig Behinderte. Daneben betätigt er sich in verschiedenen Live-Literatur-Projekten, als Moderator einer Talkshow ohne Kameras (»Nachtgebiete – Gwaaf zer Nacht«) und als Theaterautor (seine Stücke wurden auf zahlreichen Bühnen in Deutschland aufgeführt). 2002 wurde sein Debütroman »ThRAX« veröffentlicht. Für seinen Thriller »Kriegsgebiete« erhielt der Autor mit dem *Friedrich-Glauser-Preis* 2013 den höchstdotierten Preis für deutschsprachige Kriminalliteratur. Danach erschienen sein Roman »Elementarschaden« und eine Reihe von Short-Stories in Krimi-Anthologien. Roland Spranger lebt und arbeitet in Hof. www.roland-spranger.de

Petra Steps, Jahrgang 1959, hat einen Uni-Abschluss als Diplomphilosophin und als Lehrerin, sich aber nach dem Abitur nie mehr schulischen Zwängen unterworfen. Sie arbeitet als Journalistin, Autorin und Herausgeberin, hat an verschiedenen Regionalia und Anthologien mitgewirkt und mehrere Kurz-Krimi-Anthologien wie »Gauner, Geigen, Griegeniffte« (KBV) herausgegeben. In Anthologien anderer Herausgeber ist sie ebenfalls mit Kurzkrimis vertreten. Sie ist Intendantin der *KrimiLiteraturTage Vogtland* und Mitglied im *Syndikat*. www.bienebissig.de

Klaus Stickelbroeck wurde 1963 in Anrath geboren. Er lebt in Kerken am Niederrhein und arbeitet als Polizeibeamter in Düsseldorf. Seinen ersten Kurzkrimi veröffentlichte er im Jahr 2000. Mit der Reihe um den Ex-Profifußballer und Privatdetektiv Hartmann begeistert er nicht nur Fans im Rheinland. Der Hartmann-Krimi »Fischfutter« wurde 2011 als einer der fünf besten deutschsprachigen Kriminalromane für den *Friedrich-Glauser-Preis* nominiert. Stickelbroeck ist zudem einer der fünf KRIMI-COPS, deren Kriminalromane mittlerweile Kultstatus erreicht haben.
www.klausstickelbroeck.de – www.krimi-cops.de

Christine Sylvester, geboren am 16. April 1969 in Bielefeld, ist Diplomjournalistin und arbeitet als Belletristik-Autorin sowie als freie Dozentin für Medien, Deutsch und Kommunikation. Sie hat zwei Kinder und lebt seit 1998 in Dresden. Sie ist Mitglied bei den *Mörderischen Schwestern* und im *Syndikat*. www.sylvester-artikel.de

Sabine Trinkaus wuchs im Norden hinter einem Deich auf. Zum Studium verschlug es sie ins Rheinland, wo sie nach internationalen Lehr- und Wanderjahren sesshaft und heimisch wurde. Heute lebt sie mit Schaf und Familie in Alfter bei Bonn. 2007 begann sie, ihre kriminellen Neigungen in schriftlicher Form auszuleben. Sie veröffentlichte Kurzgeschichten, für die sie einige Blumentöpfe gewann. 2012 begann sie dann, auch in langer Form zu morden. Gerade ist ihr vierter Roman »Schnapspralinen« erschienen. Wenn sie nicht schreibt, rennt sie gern im Wald herum oder schwimmt in großen Becken. Außerdem besucht sie fast regelmäßig einen Pilates-Kurs – bislang ohne tödliche Folgen. www.sabine-trinkaus.de

Rainer Wittkamp, Krimiautor aus Berlin, veröffentlichte im Mai 2015 mit seinem Kriminalroman »Frettchenland« den dritten Teil seiner erfolgreichen Reihe um den Ermittler Martin Nettelbeck. In seinen Krimis gelingt dem Autor immer wieder die Balance zwischen Komödie und Spannung. Sein Roman »Kalter Hund« wurde im Mai 2015 mit dem *Krimi-Blitz 2014 National* ausgezeichnet.

Petra Busch (Hg.)
**TÖRTCHEN-
MÖRDCHEN**

Taschenbuch, 352 Seiten
ISBN 978-3-95441-260-0
9,95 EURO

Backe, backe, Kuchen, der Mörder hat gerufen!

Eine Mordstorte für die Queen, ein Kleinstadtdealer auf Bienenstich, eine tödliche Tortenschlacht … Zuckerbäckersüße, mandelbittere, locker-luftige und schwarzhumorige Stückchen, gebacken von Daniel Holbe und Ivonne Keller, Thomas Kastura, Tatjana Kruse, Elke Pistor, Uta-Maria Heim, Ulrike Bliefert, Ralf Kramp, Regina Schleheck, Sunil Mann, Petra Busch und vielen anderen.

Und als Sahnehäubchen zu jeder Story das Rezept. Köstlich, kreativ und absolut giftfrei!

»Einige der Kurz-Krimis sind drastisch, einige überraschend und viele mit Humor gewürzt.«
(ekz.bibliotheksservice zu »Mördchen fürs Örtchen«)

KRIMINALROMAN

KBV

Kai Magnus Sting
LEICHENPUZZLE

Taschenbuch, 304 Seiten
ISBN 978-3-95441-238-9
10,50 EURO

Stück für Stück für Stück, kommt ein toter Mann zurück.

Eigentlich beginnt alles mit einem Körper, der in seine Einzelteile zerlegt wird ... Kopf ... Arme ... Beine ... Ein regelrechtes Puzzle aus menschlichen Gliedern ist das.
Doch dies ist erst der Auftakt zu einer schrecklichen Geschichte: Friedrichsberg, Straaten und Dahl, ein kriminalistisches Altherren-Trio vom Niederrhein, hat alle Hände voll mit einer mysteriösen Selbstmordserie, mit fiesen Axtmorden und rüpelhaften Schlägertruppen zu tun.

»Ein mörderischer Unfug! Kai Magnus Sting ist der Papst des Gemetzels.« (Henning Venske)

»Kai Magnus Sting fährt die literarische Achterbahn ... Eine Meisterleistung!« (Westdeutsche Allgemeine Zeitung)

KRIMINALROMAN

KBV

Peter Godazgar
DER TUT NIX, DER WILL NUR MORDEN!

Taschenbuch, 352 Seiten
ISBN 978-3-95441-262-4
9,95 EURO

Kurz, schwarz, gut!

Meistens führen sie gar nichts Böses im Schilde, all diese schrägen Vögel. Wie etwa der Lyriker, der sein Publikum hasst, der fanatische Toilettenpapiersammler oder die Dumpfbacken, die eine Sex-Hotline eröffnen wollen. Wenn Manni Schibulski, der größte Udo-Lindenberg-Fan der Welt, den Geburtstag seines Idols feiern will, oder wenn Helga, die Politesse, in ihrem Eifer nicht merkt, dass es keine normalen Falschparker sind, mit denen sie sich da anlegt, dann läuft schnell etwas aus dem Ruder. Allesamt verträgliche Typen, die wirklich niemandem etwas tun. Eigentlich. Man darf sie eben nur nicht ärgern.

Mit viel schwarzem Humor und einem untrüglichen Sinn für groteske Pointen führt der Autor seine Figuren von einem Fettnapf zum nächsten.

Die Stories von Peter Godazgar gehören zum Lustigsten, was die deutsche Krimiszene zu bieten hat.

KBV KRIMINALROMAN

Tatjana Kruse

**EIN MÄNNLEIN
HÄNGT IM WALDE**

Taschenbuch, 272 Seiten
ISBN 978-3-95441-235-8
9,90 EURO

Nur ein toter Mann ist ein guter Mann!

Tatjana Kruse hat es wieder getan – sie kann das Morden einfach nicht lassen: Männer, Frauen, Schafe, Barbiepuppen ...
alle müssen dran glauben. Und das flächendeckend in
Deutschland, Österreich und der Schweiz. Im Wald und in
der Stadt. Ob beim Zelten oder Suppe kochen, beim Opa gießen auf dem Friedhof oder beim Pendeln im Zug, nirgends ist
man vor ihr sicher.
Whiskytrinker, Ehebrecher, Ölbilder von Flamencotänzerin-
nen mit Stieren – alle kriegen ihr Fett weg. Und Tatjana Kru-
ses Tipps für ein nachhaltiges veganes Leben oder eine sinn-
erfüllte Freizeitgestaltung sind weder jugendfrei noch zum
Nachmachen empfohlen. Aber dafür schwarzhumorig und
wie immer höchst amüsant zu lesen ...

*»Das Erfinden grotesker Situationen und eine ausgefeilte Sprach-
akrobatik sind zweifellos die Stärken von Tatjana Kruse. Ihre Slap-
stick-Krimis bereiten unter Garantie Vergnügen.« (WDR 4 Radio)*

KRIMINALROMAN

Mirelli, Kramp, Henn
MORDS-GEBURTSTAG
Taschenbuch und Pustekuchen
im Organzabeutel · 120 Seiten
978-3-942446-18-1 · 9,95 Euro

Mirelli, Kramp, Henn
MORDS-WEIHNACHT
Taschenbuch und Sternseife
im Organzabeutel · 117 Seiten
978-3-940077-38-7 · 9,95 Euro

Mirelli, Kramp, Henn
MORDS-OSTERN
Taschenbuch und Seifen-Osterhase
im Organzabeutel · 127 Seiten
978-3-940077-57-8 · 9,95 Euro

Mirelli, Kramp, Henn
MORDS-MUTTERTAG
Taschenbuch und Mini-Lavendel-Garten
im Organzabeutel · 127 Seiten
978-3-940077-81-3 · 9,95 Euro

Mirelli, Kramp, Henn
MORDS-HOCHZEIT
Taschenbuch und Seifen-Herzen
im Organzabeutel · 125 Seiten
978-3-942446-88-4 · 9,95 Euro

Voehl, Kramp, **Henn**
MORDS-URLAUB
Taschenbuch und Wasserspritzpistole
im Organzabeutel · 136 Seiten
978-3-95441-239-6 · 9,95 Euro